U0787821

读客®

读客外国小说文库

熊猫君激发个人成长

有如一只病恹恹的蜗牛。可尽管它如此之慢，他却跑不过它。他的腿仿佛灌了铅，得花上好几个钟头才能控制住，最后他终于成功地让两只脚同时接触到地板，拼命蹬地，制造出堪比大陆漂移的加速度。

当他在空中缓缓扭动时，死神和和气气地说：**没用的，你知道。你自然想要试试，不过没用的。**

仿佛在梦里一般，小亡飘过了一个静悄悄的世界……

箭射中了目标。死神双手握住剑柄一挥，刀刃轻轻划过国王的脖子，没有留下一丝痕迹。小亡仍然在微光中轻柔地旋转，在他看来，那一剑仿佛鬼影般一闪而过。

那不可能是国王，因为他显然仍旧站在原地，正带着极端惊讶的神情直视着死神。他脚边影影绰绰有个什么东西，远处的人也都有了反应，开始嚷嚷、尖叫。

活儿干得干净利落。死神说，**王室成员总是有些麻烦，倾向于死不放手。一般的农民，我说，巴不得早点儿完事呢。**

“你他妈到底是谁？”国王问，“你在这儿干吗？呃？卫兵！我要求——”从眼睛持续传来的信息终于敲进了他脑子里。小亡很受感动，奥勒弗国王把王位攥在手心里这么多年，即便现在死了，也知道该如何举止得体。“哦，”他说，“明白了。没想到这么快就看到你。”

陛下，死神鞠了一躬，**很少有人想得到。**

国王看了看周围，影子的世界昏暗、静谧，而外头则显得激动非常。

“那下头是我，不是吗？”

恐怕是的，陛下。

“活儿干得挺利索。十字弓，嗯？”

是的。现在，陛下，请你——

“谁干的？”国王问。死神有一瞬间的迟疑。

安卡-摩波来的职业刺客。

“呃，聪明。真要恭喜斯托·赫里特。我还一天到晚地吃解毒剂呢，什么也解不了冷冰冰的钢铁，呃？呃？”

的确如此，陛下。

“绳梯和吊桥边的快马，老把戏了，呃？”

看来是这样，陛下。死神轻轻拉起影子国王的胳膊，**不过，假如这也算是一点安慰的话，那匹马真得跑快些才是。**

“呃？”

死神露出了自己的招牌笑容，并让自己的嘴比平日咧得更开些。

明天我在安卡跟它的骑手有个约会。死神说，**你看，他接受了公爵为他打包的午餐。**

奥勒弗是个杰出的国王，拥有完全胜任自己职位的品质，也就是说，他在理解力方面并不十分迅速。国王陛下琢磨半晌，发出一声短促的大笑，然后第一次注意到了小亡的存在。

“这是谁？”他问，“也死了？”

我的学徒。死神说，**在长岁数之前先得让他好好长点记性，小无赖。**

“小亡。”小亡机械地纠正道。死神和国王交谈的声音回荡在他身边，但他没法把眼睛从周围的事情上移开。他觉得自己很真实，死神看上去也结结实实的。至于国王，对于一个死人而言，他看上去健康得让人吃惊。可世界的其他部分仿佛滑动的阴影。有人在跌倒的身体旁弯下腰来，轻而易举地穿过了小亡，这些人似乎并不比雾气更实在。

那姑娘抽泣着跪下。

“那是我女儿，”国王说，“我该觉得伤心，却没有，为什么？”

情绪都给留下了。完全是腺体的作用。

“啊。应该是吧，我猜。她看不见我们，嗯？”

看不见。

“我猜是没有可能让我再……？”

绝不可能。

“你瞧，她就要成为女王了，如果我能让她——”

抱歉。

那姑娘抬起头，眼睛的视线穿过了小亡。小亡眼看着公爵走到她身后，伸出一只手放在她肩上安慰她。一个假笑在那人嘴角逡巡。有种动物常在沙丘上等待粗心大意的游泳者，它们脸上的笑容跟公爵一模一样。

我没法让你听到我的声音，小亡说，但别相信他！

她凝视着小亡，揉了揉眼睛。小亡伸出手去，眼看着自己的手直接穿透了对方。

来吧，孩子。别在那儿无所事事了。

小亡感觉到死神收紧了放在自己肩上的手，不过倒没有什么不友好的意味。他不情不愿地转过身，跟在死神和国王身后往外走。

死神和国王穿墙走出大厅，小亡也已经走过去一半，这时却突然意识到穿墙而过是不可能的。

这自杀性的逻辑差点要了他的小命。他感到冰冷的石头从四面八方包围了他。这时，一个声音在他耳朵里说——

你应该这么看。这堵墙不可能在那儿，否则你也不会穿过它了。不是吗，孩子？

“小亡。”小亡说。

什么？

“我的名字叫小亡，或者亡沙漏。”小亡气哼哼地往前冲，将冰冷的感觉留在了身后。

并不是太难嘛，嗯？

小亡左右打量了一番走廊，还试验性地拍了拍墙壁。他刚才肯定穿过来了，但现在它摸起来真的挺结实，里头还有一块块小云母对他闪啊闪的。

“怎么回事？”他问，“我是怎么办到的？是魔法吗？”

你要是问它不是什么，那答案正是魔法，孩子。等你能靠自己这么干的时候，我就再没有任何东西可以教你了。

国王似乎已经开始弥散：“我得承认，这令人印象深刻。顺便提一下，我好像正在消失。”

是形态发生场在逐渐减弱。死神说。

国王的声音不比耳语更大：“就是这样吗？”

每个人都有这么一回。尽量享受它。

“怎么享受？”声音已经变成了空中的一点形象。

做你自己就好。

就在这时，国王坍塌了。形态发生场坍塌成一个细小的亮点，他也在空中越变越小。事情发生得很快，小亡差点没看清。从鬼魂到尘埃只用了半秒钟，还附带一声微弱的叹息。

死神轻轻拾起小亮点，把它装进了袍子里的什么地方。

小亡问：“他怎么了？”

只有他自己知道。来吧。

“我奶奶说死亡就像睡觉一样。”小亡加上一句，声音里略带着些希望。

我可不知道，两样都没试过。

小亡看了走廊最后一眼。大门朝大厅里打开，宫廷的人正往外拥。两个有些年纪的女人在奋力安慰公主，但她昂首阔步地走在了她们前头，两人只好像一对毛躁的气球一样蹦蹦跳跳地跟上去。她们消失在了另一条走廊里。

已经是个女王了。死神满心赞许。他喜欢有性格的人。

接下来师徒二人都没说话，默默地一路走到房顶。死神取下冰冰的马粮袋。

你想警告他。

“是的，先生。对不起。”

你不能干涉命运。你是谁？凭什么判断谁该活、谁该死？

死神仔细地观察着小亡的表情。

只有神才有这个权力。他补充，**干涉命运，哪怕只是一个人的命运，也可能毁灭整个世界。明白了？**

小亡可怜巴巴地点点头：“你要打发我回家吗？”

死神伸手把他拉上马来：**就因为你有同情心？不。要是你露出高兴的样子，我倒真有可能把你打发走呢。但你必须学会跟这行相称的同情。**

“是什么？”

一片锋利的刀刃。

日子一天天过去，尽管小亡不大确定究竟是多久。在死神的世界里，昏沉沉的太阳定期划过天际，但拜访凡间的旅程似乎并无规律可循。死神也不仅仅拜访国王和大战，大多数时候他的对象都挺普通的。

伙食由阿尔伯特负责，他常常自顾自地微笑，却不怎么说话。尹莎贝尔大部分时间都关在自己屋里，要么就在屋外黑色的荒野骑她的马驹，任长发在风中飞舞。这景象本来可以更令人叹为观止，假如她的骑术能更高明些，或者马驹的体格能再大些，又或者她长着那种能够飞舞得很自然的头发。有的头发能行，有的不行。她的不行。

没去出任务（这是死神的说法）的时候，小亡就给阿尔伯特帮帮忙，或者在花园、马厩找些活儿干，再不然就泡在死神那间令人咋舌的图书室里。他好像头一次发现了文字的魔法，什么都读，一点不挑食。

当然了，图书室里大部分都是传记。

这些传记的与众不同之处在于，它们是自己写出来的。那些已经死翘翘的人，他们的书自然已经从头到尾写满了，而还没出生的人只好忍受空白的纸张。处在中间状态的人嘛……小亡特别留意过。据他观察，有的书一天能添上四五段。他认不出书上的笔迹。

最后，他终于鼓足了勇气。

什么？死神正坐在自己华丽的书桌前，惊讶地看着他，镰刀形的切纸刀在手里掂来掂去。

“半天休息。”小亡重复道。房间突然显得巨大空旷，很有压迫感，他站在一片原野大小的地毯中间，完全无处藏身。

可是为什么？死神问，**不可能是去参加祖母的葬礼吧，**他加上一句，**否则我会提前知道的。**

“我只是想，您知道，出去见见人什么的。”小亡努力抵御对方坚定不移的蓝色目光。

可你每天都有见人啊。死神抗议道。

“是的，我知道，只不过，嗯，时间都不太长。”小亡说，“我是说，要是能见上几个寿命不止剩下几分钟的人就更好了。先生。”他加上敬语。

死神伸长手指在桌上敲敲打打，发出类似老鼠跳踢踏舞的声响，接着又送给小亡几秒钟的眼神。他发现这孩子跟记忆中有些不同了，胳膊肘好像少了些，站得也更直了点，而且，直说吧，居然会用“寿命”这样的字眼了——全都是图书室搞的鬼。

好吧。他勉强同意，**只不过，在我看来，你需要的一切这儿都有嘛。任务并不繁重吧，嗯？**

“不，先生。”

而且你好吃好喝，还有暖和的床和娱乐以及同龄人。

“抱歉，先生？”

我女儿。死神说，**你已经见过她了，我相信。**

“哦。是的，先生。”

她性格很热情，等你们熟了你就会发现的。

“我敢说是这样，先生。”

尽管如此，你还是希望——死神往这几个字里塞满厌恶的意味，**半天休息？**

“是的，先生。如果您允许的话，先生。”

很好，就这么办吧。你可以休息到太阳下山为止。

死神打开他的大账本，拿起一支笔开始写字，还时不时伸手拨动算盘的珠子。

过了一分钟，他抬起眼睛。

你还在。说完他又酸溜溜地加上一句，**而且花的是你自己的时间。**

“呃，”小亡说，“人家能看见我吗，先生？”

我想是的，我敢说他们能。死神说，**在你出去浪荡之前，还有什么我能效劳的吗？**

“呃，先生，还有一件事，先生，我不知道该怎么去凡人的世界，先生。”小亡绝望地说。

死神大声叹口气，伸手拉开一个抽屉。

只管走就行了。

小亡可怜巴巴地点点头，开始踏上通往房门的漫漫长路。当他拉开门时，死神咳嗽了一声。

孩子！他把什么东西扔了过去。

门吱吱地打开，小亡条件反射似的接住那东西。

门消失了。脚底厚厚的地毯变成了泥泞的鹅卵石。明亮的日光水银般倾泻在他身上。

“我叫小亡。”小亡对整个宇宙说。

他身旁的摊主问："啥？"小亡瞪大眼睛四下打量，发现自己正站在人声鼎沸的市集里，到处都是人和动物。什么东西都有卖，从绣花针（由巡回先知们贩卖的）到人类获得拯救的预言。要想进行比大喊大叫稍稍安静些的谈话根本没有可能。

小亡拍拍摊主的背。

"你能看见我？"

摊主斜着眼睛评头论足一番。

"我估摸着是这么回事。"他说，"要么就是哪个特别像你的家伙。"

"谢谢你。"小亡大大地松了口气。

"不用放在心上，我每天都能免费看见好多人。想买几根鞋带吗？"

"还是算了。"小亡说，"这是什么地方？"

"你不知道？"

隔壁摊上的几个人若有所思地望着他。他的脑子开始飞快地转动。

"我师父经常旅行。"这可是大实话，"我们昨晚才到，我一直在车里打瞌睡。现在师父放我休息半天。"

"啊。"摊主身子前倾，露出了然的神情，"想找点儿乐子，嗯？我可以帮你安排。"

小亡承认："要能知道这是哪儿我的确会非常乐意。"

对方结结实实地吃了一惊。

"这是安卡-摩波。"他说，"谁都该看得出来，也能闻得出来。"

小亡抽抽鼻子，空气的确有些不同凡响。你能感觉到这是见过世面的空气，而且每吸一口你都不能不注意到，世界上有成千上万人与你同在，几乎个个都长了胳肢窝。

摊主挑剔地打量着小亡。他注意到对方脸色苍白、衣裳剪裁合身，还有种古怪的存在感，类似弹簧的效果。

“听着，咱们直说了吧。”他说，“我可以给你指间很棒的店。”

“我已经吃过午饭了。”小亡含混地回答道，“不过你倒是可以告诉我，有个地方，我想是叫作斯托·拉特，我们离那儿远吗？”

“中轴地方向，大约二十英里，不过对于你这种血气方刚的年轻人来说，那儿可啥也没有。”商人噼里啪啦地往下说，“我知道，你自个儿跑出来，你想要新体验，你想要刺激、浪漫——”

与此同时，小亡打开了死神给他的袋子。里头装满了小金币，跟衣服上的小亮片差不多大。

一幅图画又一次出现在他心里，那是红发之下一张苍白而年轻的面孔，虽然不知是怎么回事，但她确实看见了他。过去几天，那种模模糊糊的感觉一直萦绕在他心头，现在它突然变得尖锐起来。

“我想要，”他坚定地说，“一匹特别快的马。”

五分钟之后，小亡迷了路。

安卡-摩波的这一区名叫暗影区，地处内城，急需政府援助，或者，假如想要更彻底地解决问题，最好还是来个火焰喷射器。你不能管它叫臭气熏天，因为那样会把这个词撑到临界点。它已经超出了臭的界限，并且从另一头钻出来，根据一种爱因斯坦式逆转，达到令人叹为观止的恐怖。暗影区把它当建筑大奖一样穿在身上炫耀着。这里实在又嘈杂又憋闷，味道仿佛牛棚的地板。

这儿的居住区更像是个生态圈，一个地面上的庞大珊瑚礁。住的倒真是人，没错，是具有人类特质的龙虾、鱿鱼、小虾之类，还有鲨鱼。

小亡绝望地在东拐西弯的街道上徘徊，身后还跟了一大帮人。任何从屋顶往下看的人都会发现一定的模式，也就是说一群人正若无其事地向目标靠拢。正确的结论当然是，小亡和他的金子就好像六车道高速路上的三腿刺猬，阳寿已经到了头。

事情大概已经很明显了，暗影区不是那种有居民的地方，这儿只有住客。小亡会周期性地拉住一个人，企图跟对方交谈，打听哪里能找到合适的马贩子。住客们通常都是一边嘟囔一边飞快地跑开，因为无论是谁，要想在暗影区活过三个钟头，都会发展出非常专门的感官，就像农民不会在雷暴天靠近大树，他们也绝不肯在小亡周围溜达。

于是，小亡最后来到了安卡河边。这是最伟大的河，在进入城市之前就已经带上平原的泥沙，变得又重又慢，等它流到暗影区的时候，即使是不可知论者也可以放心大胆地从河面走过。在安卡要想淹死可不容易，不过窒息倒是很简单。

小亡疑虑重重地凝视着它的表面。它似乎在动，里头有泡泡。肯定是水没错。

他叹息着回转身去。

三个男人出现在他背后，活像是从石头里挤出来的。他们一副笨重、迟钝的样子，不管在哪个故事里头，这样的暴徒一出现，就意味着主人公该受到一点点威胁了。当然并不太多，因为同样明显的是，他们将会大吃一惊。

他们恶狠狠地盯着小亡，这是他们的特长。

其中一个拔出把匕首，挥动手臂在空中划着小圈儿。他缓缓逼近小亡，其余两人吊在后头，提供着不道德的支持。

那人粗声粗气地说："把钱交出来。"

小亡的手伸向腰带上的袋子。

"等等，"他说，"然后呢？"

"啥？"

"我是说，是不是'要钱要命'那种？"小亡问，"强盗不是该这么说吗？要钱要命？我以前在书上读到过一次。"他补充道。

“有可能，有可能。”强盗勉强承认。他感到自己正丧失主动权，不过很快就漂亮地重整旗鼓。“另一方面，也可能是你的钱和你的命。一举两得，可以说是。”那人瞟一眼自己的同事，对方领会了这个明显的暗示，哧哧窃笑起来。

“既然如此——”小亡一手举起钱袋，作势要把它扔进安卡河里，扔得越远越好，尽管它很有可能给弹起来。

“嘿，你干吗？！”强盗开始往前跑，小亡威胁似的把袋子一抛，对方立刻停了下来。

“这个嘛，”小亡说，“我是这么看的。如果说你们反正也要干掉我，我还不如把钱扔掉算了。完全取决于你们。”为了说明自己的观点，他从袋里拿出一枚硬币，漫不经心地往水里一扔。河水发出不祥的汩汩声，把硬币吞进肚子里。三个强盗一齐哆嗦起来。

领头的强盗看了看钱袋，又看了看自己的匕首，接着他看了看小亡的脸，再看了看自己的同伙。

“稍等片刻。”三人凑到一块儿。

小亡在估算自己到小巷尽头的距离，他跑不过去的。再说了，看这三人的模样，穷追猛打很可能是他们的另一项特长。眼下这些家伙还有些紧张，但也只是因为逻辑而已。

领头的回到小亡跟前。他最后瞥了眼自己的同伙，两人都坚定地点了点头。

“我想我们要先杀了你，钱嘛就碰碰运气。”他说，“我们可不想让这种事儿传开去。”

另外两人也拔出了匕首。

小亡咽口唾沫：“这可能不太明智。”

“为啥？”

“呃，首先，我不喜欢。”

“本来就不要你喜欢，只要——你的命。”强盗边说边往前走。

“我不认为我活到头儿了。”小亡开始撤退，“我敢说，肯定会事先通知我。”

“啊，当然，”强盗已经受够了，“没错，嗯，不是已经通知你了嘛，嗯？好一坨冒烟的大象屎！”

小亡再次后退，径直退进了一堵墙里。

领头的强盗瞪大眼睛，他盯着吞掉小亡的坚硬石墙，把小刀一扔。

“哦，他奶奶的，他奶奶的巫师。我恨死他奶奶的巫师了！”

“那你他奶奶的就不该搞他们。”他的一个跟班嘟嘟囔囔，毫不费力地吐出一连串脏字。

三人中的第三个成员反应比较迟缓：“嘿，他钻到墙那头去了！”

“而且咱们还跟了他这么老长时间。”第二个喃喃道，“可真了不起，皮尔贾力克。我早说我觉得他是个巫师，只有巫师才会一个人在这种地方转悠。我没说过他像个巫师吗？我说——”

“你说得太多，过头了。”领头的咆哮道。

“我看见了，他就那么穿到墙那头——”

“噢，当真？”

“当真！”

“就那么穿过去了，你们没瞧见？”

“觉得自己挺犀利，嗯？”

“说起来是挺犀利的！”

领头的把匕首从泥里挖出来，动作十分隐蔽。

“比它还犀利？”

第三个强盗晃到墙跟前，使劲踢了几脚。与此同时，他身后不断传出混战的声响，最后以冒泡泡的噪声作为结束。

“嗯哪，是墙没错。”他说，“肯定是墙，要不我就从没见过墙是啥样。你们觉得呢，伙计们？这是怎么弄的？”

“伙计们？”

他绊了一跤，地上趴着两具尸体。

“哦。”他说。此人尽管脑瓜不大灵光，但还是明白一个重要的道理：他在暗影区，身处一条幽暗的小巷，而且孤身一人。他撒腿就逃，还真是跑出了一段距离。

在存放生命沙漏的房间里，忙忙碌碌的沙漏密密麻麻地挤在一起。死神不紧不慢地在一排排沙漏中间走过，阿尔伯特尽职尽责地跟在他身后，手里抱着本打开的大书，那是死神的账本。

声音在四周咆哮，仿佛由噪声堆成的灰色大瀑布。

它来自一眼望不到头的架子，一排又一排的沙漏正倾泻着凡人的时间。这是种沉重的声响，一种郁闷的声响，就好像有人把颜色暗淡的奶油冻倒在了灵魂那明亮的布丁上。

很好。死神最后说，**总共三个。今晚倒挺清静。**

“好狄·汉姆筋，还有罗布森住持，又是他，再加上凯莉公主。”阿尔伯特道。

我在想，要不要让那孩子去。

阿尔伯特查了查账本。“嗯，好狄不会惹什么麻烦。住持嘛，是人称经验丰富的那种。”他说，“公主真是可惜了，才十五岁。可能不大好处理。”

没错，的确可惜。

“主人？”

死神站在原地，他手里拿着第三个沙漏，若有所思地看着光线在它表面上跳动。他叹了口气。

还这么年轻……

“你还好吧，主人？”阿尔伯特忧心忡忡地问。

时间仿佛永无止息的溪流，把所有的……

“主人！”

什么？死神惊醒过来。

“你有点过头了，主人，就是这么回事——”

你在胡说什么啊，伙计？

“刚才你变得有些古怪，主人。”

无稽之谈，我从没感觉这么好过。那，先前我们在说什么来着？

阿尔伯特耸耸肩，低头瞅了瞅账本上的条目。

“好狄是个女巫。”他说，“要是派小亡去，恐怕她会不大高兴。”

所有魔法从业人员都有这个特权，等他们自己的沙子漏光以后，死神会亲自来索命，而不是派他手下的什么小职员去应付。

死神似乎并没有听到阿尔伯特的话。他的眼睛又落在了凯莉公主的沙漏上。

当你发现事情成了眼前看到的样子，有时候脑子里会出现一种忧郁的憾恨，那种感觉叫什么名字？

“我想是，悲伤，主人。现在——”

我就是悲伤。

阿尔伯特张口结舌地呆立在原处。最后，他好不容易抓住两次精神错乱之间的空隙挤出句话来：“主人，我们刚才说的是小亡！”

哪个小亡？

“你的学徒，主人。”阿尔伯特耐心地解释道，“个子高高的小伙子。”

当然。好吧，我们就派他去。

“他做好准备单独行动了吗，主人？”阿尔伯特有些怀疑。

死神想了想。没问题。他最后说：**他很热心，学得也挺快，而且，**

说真的，他补充道，**这些人也不能指望我一天到晚总追着他们跑吧。**

小亡茫然地睁大眼睛，盯着离自己几英寸远的天鹅绒墙帷。

我穿过了一堵墙，他想，而这是不可能的。

他小心翼翼地把帘子掀开，想找找后头是不是藏了扇门什么的。他只看见些石灰碎屑，而石灰背后的东西尽管有些潮湿，但毫无疑问是堵结结实实的砖头墙。

他试验性地戳了戳。很显然，他肯定别想从原路再回去。

“好吧，”他对墙壁说，“现在怎么办？”

一个声音从他身后传来：“哎，我说？”

他缓缓转过身去。

房间中央摆着张桌子，一个克拉奇家庭围在桌旁，有父亲、母亲和半打个头逐步递减的孩子。八双圆滚滚的眼睛盯住了小亡。第九双眼睛属于一个祖父母辈的老人，性别不明，它们并没有看着小亡，因为其主人相信，到手的一点水煮鱼比任何莫名其妙的事件都要来得实惠，于是趁乱挤到了公用的菜碗跟前。就这样，坚定的咀嚼声打破了屋里的寂静。

房间显得狭小拥挤，一个角落里还摆着献给克拉奇之神奥夫勒的神龛。这位六臂的鳄鱼神咧嘴微笑的样子跟死神一模一样，当然了，死神并没有他手下那群神鸟。据说神鸟不仅会带来崇拜者的消息，还能帮他保持牙齿的清洁。

对于克拉奇人而言，热情好客绝对位于所有美德之首。就在小亡瞪着眼睛时，女主人已经从身后的架子上拿下一个空碟子，默不作声地从大碗里舀出鱼来，并且，在短暂的争抢之后，从那双古老的手里夺下了一块上好的鲇鱼肉。不过，她那双用黑粉描线的眼睛一刻也没离开过小亡。

刚才说话的是父亲。小亡紧张地鞠了一躬。

“对不起。”小亡说，“呃，我似乎是穿过了那堵墙。”这话听上去实在不怎么样，他得承认。

“呃？”男人说。女人的手镯叮当作响，她仔仔细细地往盘里摆上几片胡椒叶，又撒了些绿色的调味料。小亡的心脏咯噔一下，他担心自己认出了那东西：几星期之前他曾经尝过一次，尽管制作方法十分复杂，但只需一口就能真相大白，那是鱼内脏在鲨鱼胆汁里浸泡数年之后的结晶。死神说多吃几次就会爱上它了。小亡决定不去费这工夫。

他尝试贴着墙往挂珠帘的门口移动，所有的脑袋都随他转动起来。他又试着咧开嘴挤出一个微笑。

女主人说：“我一生的丈夫啊，这魔鬼为何露出了牙齿？”

男人回答道：“或许是饥饿，我渴望的月亮。再加些鱼！”

而他们的祖先则抱怨说：“我正吃着呢，讨厌的孩子。这世上的人啊，对高寿的老人简直没有一点敬意！”

掉进小亡耳朵里的话全是克拉奇语，这门语言有无数的花饰和微妙的双元音，而且特别古老、特别精致，举个例子，其他人还没学会拿石头砸烂彼此的脑袋时，克拉奇语里就已经有了十五个可以表达“刺杀”的词。现在，这些话在他脑袋里就像母语一样又清晰又明白。

“我不是魔鬼！我是人！”完美的克拉奇语，他把自己惊得一愣。

“你是贼？”父亲问，“抑或杀人犯？如此这般溜进屋里，难道你是收税的？”他的手滑到桌子底下，掏出一把磨得像纸一样薄的屠刀。他的妻子尖叫着扔下盘子，把最小的几个孩子搂到身边。

小亡望着刀刃划破空气，然后放弃了抵抗。

他胡诌了一句：“我从地狱最幽暗的深渊带来问候。”

对方的转变很是惊人。屠刀放下了，全家人都露出了灿烂的笑容。

“竟有魔鬼到访，于我等真是无上的荣幸。”父亲喜形于色，“噢，奥夫勒腰上丑陋的小鬼啊，您想要什么？”

“抱歉！”

“魔鬼会给帮助它的人带来祝福和好运气。”男人说，“噢，无尽深渊里邪恶的呼吸，我们怎样才能助您一臂之力？”

“那个，我并不很饿。”小亡说，“但假如你知道哪儿能找到一匹快马，好让我在太阳落山前赶到斯托·拉特去——”

那人笑容满面地鞠了一躬：“肠子里恶臭的排泄物啊，我知道一个再好不过的地方，假如您愿意屈尊跟我前往。”

小亡赶忙跟了上去。那位古老的祖先目送他们离开，他的颌骨有规律地咀嚼着，脸上露出挑剔的表情。

“在这地方他们就管那叫魔鬼？”他说，“奥夫勒用潮湿让这片地方腐烂，就连他们的魔鬼也是三流货色，比起咱们老家的魔鬼，它连个脚指甲都不如。”

妻子拿来一碗米饭，放在奥夫勒神像中间那双合起的手上（等明早它就会消失的），然后退后一步。

“丈夫的确说过，上月在咖喱花园，他曾遇上一位不在那里的顾客。”她说，“他很受震动。”

十分钟之后，男人回到家里，他一言不发，神色庄严，把一小堆金币堆到桌上。好一笔横财，足够买下城里的一大片地方。

“他有一口袋的这个。”他说。

一家人盯着钱看了一阵，妻子长叹一声。

“财富带来无尽的烦恼。”她说，“我们如何是好？”

“我们回克拉奇。”丈夫坚定地说，“好让孩子们在一个真正的国家长大，忠于我们古老种族光荣的传统，男人可以挺拔骄傲地矗立，不必再当男招待，给坏心眼的主人服务。而且，海枣芬芳的鲜花啊，我们必须立刻动身。”

“噢，沙漠勤劳的儿子，缘何如此急迫？”

"因为，"男人回答道，"我刚刚卖掉了王公的冠军赛马。"

那匹马比不上冰冰轻灵迅捷，但也能撒开四蹄跑得飞快，而且轻而易举就把几个骑马的卫兵抛在身后。不知为什么，那些人似乎急于跟小亡谈上一谈。很快小亡就远离了摩波简陋的郊区，沿着大道进入斯托平原肥沃的黑土地。无数个世代以来，伟大而缓慢的安卡河定期泛滥，终于形成了这个平原。河流带来的不仅是繁荣和安全，还有慢性关节炎。

这一路无聊到了极点。随着阳光从银白蒸馏成金黄，小亡也飞驰过一片平坦、寒冷的大地，地上全是一格一格的甘蓝菜田。关于甘蓝菜其实有很多可以大书特书的地方。你可以说说它们出众的维生素含量，它们对铁元素的重要补充，它们可贵的粗纤维和其他值得推荐的营养价值。但总体而言它们缺乏某些东西，所以尽管无论在营养还是道德上，它们都宣称自己远胜过，比方说，水仙花，但它们从没能激发诗人的灵感。当然了，诗人饥肠辘辘时除外。从安卡-摩波到斯托·拉特不过二十英里，但若以毫无意义的人类经验做指标，这距离仿佛两千英里那么漫长。

斯托·拉特的大门也有卫兵，只不过和巡视安卡的卫兵相比，他们显得相当羞怯业余。小亡一路小跑过去，其中一个觉得自己未免显得有点傻，就问他来者何人。

小亡说："恐怕我没空停下。"

那卫兵是新手，而且相当尽职。守门并不是人家许诺给他的工作。他从没想到过自己竟然会穿一身锁子甲，拿根系着斧头的长棍子，从早站到晚。他期待的是激情，还有挑战，还有十字弓和下雨时不会生锈的制服。

他上前一步，准备好保卫自己的城市；身为获得正式授权的平民雇员，他决心击败任何胆敢藐视自己命令的人。小亡看了看在离脸旁几英寸晃动的长枪，事情真是越来越过分了。

“话说回来，”他于是镇定地说，“要是我把这匹相当不错的马送给你，你觉得怎么样？”

宫殿的入口并不难找。那儿也有卫兵，而且他们端着十字弓，对生命的看法要无情许多，再说小亡的马也送光了。他在门口逗留了一会儿，眼看着卫兵开始毫不吝惜地对他发送注意力，只好带着满肚子的愁闷，到街上去游荡。

现在他已经踩过了好几英里的苔藓，后背也感觉像块木头，在经历过这一切之后，他甚至不知道自己为什么要来。因为她在他隐身的时候看见他了？这有什么意义吗？当然没有。只不过他老看见她的脸，还有她眼睛里一闪而过的希望。他想告诉她，一切都会好的。他想把自己的事和他所有的愿望都说给她听。他想找出她究竟住在宫殿的哪个房间，然后整夜整夜地守在那儿，直到灯光熄灭。他想做诸如此类的一切事情。

过了些时候，城里的铁匠发现一件怪事。此人的铺子在一条狭窄的小巷里，正好能望见宫墙，当他从活计上抬起眼睛时，一眼便瞧见了一个高高瘦瘦、脸颊有些发红的年轻人正不停地往墙上撞。

又过了好一阵，一个年轻人带着脑袋上的几处外伤走进了城里的一家酒馆，跟人打听距离最近的巫师。

更晚些时候，小亡出现在一幢墙面脱落的房子外头，一块黑乎乎的铜牌宣布这里住着“烈焰·切维尔，数学博士（幽冥），无限与光明的大师，王子的巫师，神圣入口的守护者，如无人应答，信件留与隔壁之努谨特夫人”。

尽管心脏怦怦直跳，这块门牌还是给小亡留下了相当深刻的印象。门上有个沉甸甸的怪兽门环，样子挺怕人，嘴里还含着铁圈。小亡抓起门环敲了两下。

屋里出现了短暂的混乱，那是一系列很居家的声响，要是发生在一幢不那么尊贵的房子里，别人或许会以为这么匆匆忙忙的动静意味着，比方说，屋里的人正把午饭的盘子堆进水槽，把脏衣服往暗处塞。

门终于开了，缓慢而神秘。

“你坠好装出吃惊的样只。”[1]门环很健谈，只是嘴里的铁环有些影响发音，“他拴了根绳只，然后一拉。对开门的咒语不怎么熟，明白？”

小亡看了眼咧嘴微笑的铜脸。我为一个能穿墙的骷髅干活，他告诉自己，我有什么资格大惊小怪？

“多谢。”他说。

“不客气。债鞋垫上察察脚，今天刮土器休息。”

门后头是间大屋子，光线暗淡，天花板有点低。空气里主要是熏香的味道，但也有一点点风化的脏衣服和煮甘蓝菜的味儿，你还能闻出这里住着什么样的人——就是把所有的袜子都往墙上扔，然后拣两只没粘住的来穿的那种。屋里的大水晶球上裂了条缝，星盘缺了几块，地板上的八元灵符磨损得有些厉害，天花板上还吊着个鳄鱼标本。在任何管理完善的魔法机构，鳄鱼标本都是再常见不过的标准配置。这一只嘛，看上去对这样的安排似乎不大满意。

对面的墙上挂着珠帘，帘子以一种戏剧性的方式被掀开。一个人影出现了，面孔隐藏在兜帽之下。

他高声道：“仁慈的星座照耀你我相会的时刻！”

小亡问：“哪些？”

突然出现了一阵忧心忡忡的寂静。

“抱歉？”

“照耀我们的是哪些星座？”

---

1 门环说话有口音，文中皆做相同处理，不再另行说明。——编者注

“仁慈的星座。”人影似乎有些动摇，随后重整旗鼓，“为何打扰烈焰·切维尔，八把迷钥的守护者，地堡空间的旅人，至高无上的巫师——”

“请原谅，”小亡说，“你真的是吗？”

“真的是什么？”

“那个什么什么大师，神圣地牢的什么最高统治者？”

切维尔好不耐烦地一把掀开了兜帽。小亡原本期待看到一个长着灰色长须的神秘人物，结果眼前却出现了一张有些丰满的圆脸，又粉又白，挺像是猪肉馅饼——不只是颜色，在其他方面也有些类似。比方说，像大多数猪肉馅饼一样，它也没有胡子，另外，同样和大多数猪肉馅饼类似的是，它看起来基本上一直都很愉快。

他说：“从修辞的意义上讲。”

“什么意思？”

“呃，意思是不。”切维尔道。

“可你不是说——”

“那是广告。”巫师道，“是我正在钻研的魔法。你到底想要什么？”他意味深长地瞥一眼小亡，“爱情的催化剂，嗯？能鼓励年轻女士的什么东西？”

小亡孤注一掷：“有没有可能穿过墙壁？”切维尔的手已经伸向一个装满黏液的大瓶子，这话让他顿了顿。

“用魔法？”

“呃。”小亡说，“我想不行。”

“那就挑一堵非常薄的墙。”切维尔道，“或者，我还有个更好的主意，从大门走。推荐使用你背后那一扇，如果你只是来浪费我的时间的话。”

小亡稍一犹豫，然后把装金币的钱袋放到桌上。巫师瞄了一眼，喉咙底部发出一点咝咝的噪声，显得蠢蠢欲动。小亡眼疾手快，一把抓住了对方的手腕。

“我曾经穿过了墙壁。”这话讲得慢吞吞的，态度十分沉着。

“当然，当然。”切维尔嘴里咕哝着，眼睛给拴在了钱袋上。他拿过装着蓝色液体的瓶子，拔下软木塞，心不在焉地灌下一大口。

“问题是，在穿之前我不知道自己能行，穿的时候我也不知道自己正在穿墙，而现在穿完了我又不记得是怎么弄的。可我还想再穿一次。”

“为什么？”

“因为，”小亡说，“假如我连墙也能穿透，还有什么干不了的呢。”

“很有深度，”切维尔赞许道，“富于哲理。那么，墙那边的年轻女士是叫……？”

“她是——”小亡吞了口唾沫，“我不知道她的名字。即使真有个姑娘的话，”他急忙加上一句，“而我也没说那儿真有这么个人。”

“当然。”切维尔又灌下一口蓝色液体，然后哆嗦了一下，“好吧。如何穿墙，我会研究研究。不过，费用可能会比较高。”

小亡慢条斯理地拿起钱袋，拈出一小块金币。

“这是订金。”他把金币放到桌上。

切维尔捡起硬币，仔仔细细地检查了一番，仿佛预感它会爆炸或者蒸发似的。

“我从没见过这种硬币。”他控诉道，“这些弯弯曲曲的字是怎么回事？”

“但它是金子造的，不是吗？”小亡道，“我是说，你也不是非接受不可——”

“当然，当然，是金子。”切维尔赶紧附和，“是金子没错。我只是奇怪它是哪儿来的，没别的意思。”

"你不会相信的。"小亡说，"这儿的日落是在什么时候？"

"通常我们都尽量把它安排在夜晚和白天之间。"切维尔仍然盯着硬币，同时小口小口地抿着瓶子里的蓝色液体，"差不多就是现在。"

小亡往窗外瞄了一眼。街上已经有了些黄昏的味道。

"我会回来的。"他一面嘀咕着一面往门口走。巫师喊了句什么，但他只顾没命地往前跑。

他开始惊慌失措。死神会在四十英里外等他。这下可有他好看的。这下——

啊，孩子。

一个熟悉的身影从卖鳗鱼冻的小摊旁转出来，手里还端着盘田螺。

这醋特别开胃。来尝尝，我这儿还有根牙签。

当然了，他是在四十英里之外没错，但这并不意味着他不会同时出现在这里……

而此时，切维尔还在自己乱糟糟的房间里，手里不住把玩着金币，自言自语地嘟噜着"墙壁"，同时继续灌蓝色液体。

直到喝干了瓶里的液体，他才注意到自己都干了些什么。他的眼睛聚焦在瓶子上，透过渐渐升起的粉色薄雾，他看见商标上写着"格兰尼·维若蜡的公羊药高和激情促进剂，睡前符用，没晚一芍，一小芍"。[1]

"我自己？"小亡问。

当然。我对你很有信心。

"哇噢！"

这个建议让小亡把一切都抛在了脑后，还让他有些惊讶，因为自

1 原文故意的拼写错误，正确的应为"格兰尼·维若蜡的公羊药膏和激情促进剂，睡前服用，每晚一勺，一小勺"。——编者注

己并不觉得特别紧张。过去的一个多星期里，他已经见识了不少死亡，再说，一旦你知道之后还要跟牺牲者说话，所有的恐惧就都消失了。大多数人好像都松了口气似的，偶尔有一两个比较愤怒，但他们对几句鼓励的话都反应良好。

觉得能行吗？

“嗯，先生。是的，我想。”

就是这股劲儿。我把冰冰留在街角的马槽旁了，完事以后直接带它回家。

“你要留在这儿吗，先生？”

死神左右看了看，眼窝里精光一闪。

我想我要到处转转。他神神秘秘地说，**我似乎感觉不太好。新鲜空气对我有好处。**他好像记起了什么，把手伸进袍子里神秘的阴影中，掏出三个沙漏。

个个简单明了。他说，**好好享受。**

他转过身，一边哼着歌一边迈开了步子。

“呃，谢谢你。”小亡把沙漏举到灯下，发现其中一个只剩下了寥寥几粒沙子。

“意思是由我负责吗？”他高声喊道，可死神已经转过了街角。

冰冰见到他，轻嘶一声算作招呼。小亡爬上马背，心脏在忧虑和责任的重压下跳动。他的手指自动工作起来，从鞘里拿出镰刀，调整、固定好刀刃（刀刃在夜色中闪烁着钢铁的蓝光，像切腊肠一般斩断了星光）。他下午骑马太多，臀部有些酸痛，所以上马时相当谨慎，但骑在冰冰背上感觉其实跟骑枕头差不多。委托给他的权利让他晕乎乎的，他又想了想，干脆从鞍囊里拿出死神骑马时穿的袍子披上，再把银色的领针小心扣好。

他又看了眼第一个沙漏，然后双膝一夹，催冰冰上路。马儿嗅嗅冰冷的空气，小跑起来。

在他们身后，切维尔冲出门来，在严寒的街道上不断加速，长袍在身后上下飞舞。

冰冰正慢跑着，渐渐加大着马蹄和鹅卵石之间的距离。最后它一甩尾巴，跃过了屋顶，向冰冷的天空飘去。

切维尔并没有看见这一幕。他心头有更紧急的问题。巫师纵身一跃，整个人结结实实地掉进了马槽中刺骨的凉水里。他满心感激地躺在起伏的冰碴中间，没过多久，水面上就冒起了白烟。

小亡伏在马背上，感受着速度带来的纯粹的快感。沉睡的大地在他脚下无声地咆哮。冰冰轻轻松松地奔跑着，鬃毛扫过小亡的面孔；他健壮的肌肉在皮肤下滑动，就像鳄鱼滑下沙丘一样平顺。黑夜从镰刀飞驰的刀刃上滑过，被切成了弯弯曲曲的两半。

他们在月光下疾驰，阴影般悄无声息，只有猫才能看见他们。当然，还有那些涉猎不该为人类所知之事的家伙。

小亡记不太清了，但他很可能曾经放声大笑。

冰冷的平原很快变成了起伏的山地。随后，锤顶山脉的一排排高山也从世界另一头向他们直冲过来。眼前出现了两座山，像小妖精的牙齿一样尖尖的。冰冰低下脑袋，在银色的月光下瞄准了山间的一条通道。不知在什么地方，一只狼嚎叫起来。

小亡又看了眼沙漏。框上雕刻着橡树叶和曼德拉草根，即使在月光下，里头的沙粒也呈现出苍白的金色。他把沙漏左右转动一番，好容易看清了一个淡淡的名字：阿米林（好狄）·汉姆筋。

冰冰放慢了速度。小亡低头一看，只见森林的顶端散落着些许雪花。这要么是初冬，要么就是春天已经近了，两者都有可能。因为锤顶山老喜欢囤积天气，然后再随心所欲地把存货施舍出来，而且并不怎么参考当前究竟是什么季节。

他们身下出现了一道口子。冰冰再次放慢速度，转了一个弯，朝一块积满雪的白色空地降落。那块地方是圆形的，正好在圆心的位置上有一座小屋。要是周围的地面没有积雪的话，小亡还会发现一个问题——空地上连一截树桩也没有。这儿从来就没砍过树，仿佛只是不鼓励树木在这片地方生长，或者是请它们搬到了别的地方，仅此而已。

底楼的一扇窗户透出烛光，在雪地上投下一圈苍白的橘红色。

冰冰的落地动作十分平滑，它踩在冰冻的地面上，一点也没有下沉。当然，也没有留下脚印。

小亡下马朝大门走去，一面低声嘟囔一面试验性地挥舞着镰刀。

小屋的屋檐很宽，既能挡雪又能遮住柴火堆。每年冬天，锤顶山高处的居民都会在屋子三面堆上柴火；不预备柴火就过冬，那是做梦也想不到的事儿。但这里连一个柴堆也没有，尽管距离春天还很远很远。

不过，门边倒是有一捆干草。上头附了张字条，字写得很大，稍稍有些颤抖：给你的马。

这原本会让小亡有些不安，不过他对这种情绪进行了坚决抵制。有人在等他。但最近的日子已经教会他一件事：与其在一片疑云里淹死，还不如纵身一跃冲到它顶上去。再说了，冰冰一点也没为道德上的考虑而瞻前顾后，早已经放口大嚼起来。

现在只剩下一个问题：要不要敲门呢？敲门似乎不大合适：要是没人应门，或者人家叫他走开，那该怎么办？

于是他松开门上的插销，伸手一推。它很合作地朝里打开，没有发出吱吱声。

门里是间厨房，天花板很低，房梁高度适中，刚好能砸中小亡的脑袋。一张长长的碗柜里摆满了瓷器，石头地板被擦洗打磨得闪闪发亮，唯一的蜡烛放出微弱的光芒，反射在瓷器和石板上。火炉的形状像个大坑，虽说生着火，却没能让厨房亮堂多少，因为里边只剩下一根木头和大堆的白灰。小亡知道这是最后一根柴火，尽管并没有人这么告诉他。

一位老妇人正坐在餐桌旁运笔如飞，鹰勾鼻子离纸不过几英寸远。一只灰猫蜷在桌上陪着她，还冷静地冲小亡眨了眨眼。

镰刀撞上根柱子。女人抬起眼睛。

“就来。”她朝桌上的纸皱皱眉毛，“我还没把身心健康那部分写进去，全是些傻话，哪个身心健康的人会死掉？想喝一杯吗？”

“什么？”他记起自己的身份，于是更正道，**“什么？”**

“如果你喝酒的话，当然，是覆盆子酿的。在碗柜上。干脆喝光它。”

小亡对碗柜投以猜忌的目光。他感到自己似乎丧失了主动权，于是掏出沙漏瞪大眼睛，里头还剩了一小点沙子。

“还有几分钟。”女巫头也没抬。

“你怎么，我是说，**你怎么知道的？**”

她没理他，只管自己把纸拿到蜡烛旁烘干墨水，又用一滴烛泪把信封好，塞到烛台底下。最后她把猫抱了起来。

“格兰尼·比德明天会直接过来收拾，你要跟她走，明白？还要监督她把粉红色的大理石脸盆架给盖嬷·纳特利，比德好几年前就盯上我的脸盆架了。”

猫咪心照不宣似的打了个大哈欠。

“我可没有，我是说，**我可没有整晚的时间，你知道。**”小亡责备道。

“你有，没时间的是我，而且也没必要大喊大叫。”女巫从凳子上滑下来，小亡这才发现她的背有多驼，简直就是张弓。她有些吃力地取下挂在墙上的帽子，用一堆帽针把它固定在一头白发上，然后抓起两根拐杖。

她朝小亡走过来，步子有些蹒跚；两个瞳孔像黑醋栗一般又小又亮，此时它们正上上下下地打量着他。

“我会用得上披肩吗？我要不要穿上披肩，你觉得？不，我想不用。我猜我要去的地方会相当热。”她凑到小亡面前凝视着他，两根眉毛皱到了一块儿。

“你比我想象中要年轻多了。”她说。小亡没吱声。好狄·汉姆筋又静静地说：“你知道，我觉得我等的根本不是你。”

小亡清了清嗓子。

“你等的是谁，到底？”

“死神。”女巫的回答简单明了，“这是交易的一部分，你看。提前知道自己的死期，而且确保得到——特别关照。”

“我就是了。”小亡说。

“是什么？”

“特别关照。他派我来的，我为他工作。别人谁也不肯要我。”小亡闭上嘴巴。全错了，他会被灰溜溜地送回家去。第一回承担一点点责任，他就给搞砸了。他仿佛已经听到了大家的嘲笑声。

哀号从窘迫深处升起，像警报一样放开了嗓门：“可这才是我第一份真正的工作，现在我全给搞砸了！”

镰刀“哐当”一声落到地上，切下一片桌腿，又把一块石板拦腰斩断。

好狄望着他，脑袋偏在一边。过来一会儿，她说：“明白了。你叫什么名字，年轻人？”

“小亡。”小亡吸吸鼻子，“亡沙漏的简称。”

“好吧，小亡，我猜你身上什么地方带着沙漏吧。”

小亡茫然地点点头。他把手伸到腰带下头，拿出沙漏来。女巫钻研一番。

"还剩大概一分钟。"她说，"我们没多少时间可浪费了。等我把门锁上。"

"可你不明白！"小亡哀号起来，"我会把事情弄得一团糟！我过去从没干过！"

她拍拍他的手。"我也没有。"她说，"我们可以一起学习。现在把镰刀捡起来，别像个小奶娃似的，真是个好孩子。"

女巫把他赶到雪地里，自己也跟着走出屋子，完全无视他的连声抗议。她拉上门，又从门旁边的钉子上取下把沉甸甸的铁钥匙把它锁好。

雾气收紧了拳头，把森林攥进手心里，直到树根发出吱吱的声响。月亮开始滑落，但满天硬邦邦的白色星星让冬夜显得越发寒冷。好狄·汉姆筋哆嗦起来。

"那儿有根老木头。"她的语气挺随和，"能看见整个山谷，景色美极了。夏天的时候，我是说。我想过去坐坐。"

小亡搀着她穿过雪地，尽量把木头上的积雪清理掉。他们坐下来，沙漏就放在两人之间。无论夏天时景色如何，眼下都只能看见一堆黑色的石头和空中飘落的点点雪花。

"我真不敢相信这一切。"小亡道，"我是说，听你的口气，好像巴不得死了的好。"

"有些东西是挺舍不得。"她说，"不过它也越来越淡了，你知道。生命，我指的是。渐渐地，你自己的身体也信不过了，你就只能上路。我猜我也该尝试点新鲜玩意儿。他跟你提过吗？学魔法的人一直都能看见他？"

"没有。"这个答案并不完全符合事实。

"嗯，我们的确能。"

"他不怎么喜欢巫师和女巫。"小亡主动提供情报。

“没人喜欢臭屁的家伙，”她有些得意，“我们给他惹了不少麻烦，你知道。祭司就不一样了，所以他喜欢祭司。”

“他从没跟我说过。”

“啊，他们老是宣传人死了以后有多么多么好。我们呢，我们却说只要他们肯用心，在这儿一样可以过得不错。”

小亡有些迟疑。他想说：你错了，他根本不是那样子的，他一点不在乎人是好是坏，只要他们别迟到就成。而且，小亡默默加上一句，他对猫很和气。

不过他改变了主意。他想起来，谁都需要相信些什么东西。

又是一声狼嚎，距离很近，吓得小亡四下张望起来。山谷对面传来一声回应，接着森林深处又有几只加入了合唱。小亡从没听到过这么悲伤的声音。

好狄·汉姆筋一动不动地坐着，小亡瞟了她一眼，又瞥了眼沙漏，越来越感到惊慌失措。他一跃而起，抓过镰刀，双手一挥。

女巫站起来，把身体留在了背后。

“干得漂亮。”她说，“刚才有那么一小会儿，我还以为你会错过时间呢。”

小亡靠在一棵树上，大口大口地喘着粗气。只见好狄绕过木头凳子，眼睛盯着她自己。

“唉。”她挑剔地说，“都是时间搞的鬼。”她抬起一只手，透过手掌看到了星星，于是放声大笑起来。

然后她开始变化。灵魂不再被身体的形态场所限制，当它意识到这一点，它就会发生改变，但小亡从没见过有人能控制得如此完美。她的头发从紧束的发髻中散开、加长，还改变了颜色。她挺直了上身，皱纹变少、消失了。灰色的棉裙像海面般波动着，最后勾勒出和先前完全不同的线条，让人心烦意乱。

她低下头，咯咯地笑了，然后把衣裳变成了紧身的叶绿色裙子。

“你觉得如何，小亡？”她的声音曾经嘶哑、颤抖，现在却让人想起麝香、枫蜜汁之类的东西，让小亡的喉结像橡皮筋上的皮球一样上上下下。

小亡想努力作出回答，却没有发出任何声音，他同时紧紧抓住镰刀，直到指关节变得煞白。

她朝他走过去，动作仿佛穿着溜冰鞋的蛇一般顺滑。

“我没听见。”声音很低，而且愉快。

“很……很……很漂亮。”他说，“你过去就是这样吗？”

“我从来都是这样。”

“哦。”小亡盯着自己的脚尖，“我得把你带走。”

“我知道。”她说，“但我要留下。”

“你不能那么干！我是说——”他绞尽脑汁搜索着词语，“你知道，如果留下来你就会，那什么，扩散开，然后变得越来越薄，直到——”

“我会好好享受的。”她的态度很坚决。她微微向前倾，给了他一个蜉蝣的叹息般虚无缥缈的吻。吻还没有结束，她已经开始消失，最后只剩下了那个吻，就好像嬉笑的小猫，只不过更加性感。

“行行好，小亡。”她的声音出现在他脑子里，“你或许想要坚持自己的职业原则，可是你可以偶尔放一次手吗？”

小亡傻乎乎地捧着脸颊呆立在原地。空地周围的树木颤抖了片刻，微风带走了笑声，冰冷的寂静重新围拢过来。

责任穿透了他脑袋里的粉红色薄雾。小亡掏出第二个沙漏。沙子已经快漏光了。

沙漏的玻璃上刻着莲花瓣的图案。小亡伸出手指一弹，沙漏嗡了一声。

他嘎吱嘎吱地跑过雪地，把自己扔到马鞍上。冰冰脑袋一扬，前腿抬起，朝着星星跑去。

一道道壮丽的蓝、绿色光芒从世界的屋脊上静静地下垂。八色光像一片巨大的幕布般缓缓地舞动在碟形世界上空；碟形世界的力场喷射出强大的魔法，形成美丽的极光，渐渐隐入中轴地冰冻的绿色群山中。

正中的天居是诸神的居所，足足十英里高，通体闪烁着冰冷的火光。

有幸见过这景象的人屈指可数，而小亡并不是其中之一，因为当他们追赶着流星穿越夜空时，小亡的脑袋一直埋在冰冰的脖子里，双手拼命抓紧，生怕跌下马去。

天居周围还挤着不少高山。同天居比起来，它们不过是白蚁堆而已，尽管每一座其实都拥有大堆的关隘、山脊、陡坡、峭壁、碎石坡和冰川，能跟这么一串东西打交道，任何普通山脉都会心满意足的。

而在一个漏斗形山谷的尽头，你能找到这些山里最高的一座。山上住着凝听派僧侣。

他们是碟形世界最古老的一个宗教派别，尽管谁也说不清凝听到底算不算正规的宗教，在这个问题上，众神自己也无法达成一致。这些人的神庙本来很可能被几场全副武装的雪崩一扫而光，唯一的问题是，就连众神也有些好奇，想知道凝听派僧侣到底能听到些什么。假如真有什么事能惹得众神心烦意乱，那就是发现竟然还有些自己不知道的事情。

还得再过几分钟小亡才能抵达目的地。一排省略号可以很好地填满这段时间，但读者已经可以注意到神庙古怪的外形：它像块巨大的白色菊石一样蜷在山谷尽头。读者很可能想要一个解释。

事实是，凝听派僧侣希望能弄清楚造物主在创造宇宙时到底说了什么。

他们的理论其实挺简单。

很显然，造物主创造的任何东西都不可能被摧毁，这意味着最初几个音节的回声仍然存在于某个地方，在宇宙的所有物质上弹啊跳啊，一个真正称职的凝听派僧侣应该能听得见。

好多好多个世代之前，凝听派僧侣发现了这个山谷的奇异之处，冰雪和巧合把它塑造成眼下的样子，让它有了跟回声谷截然相反的声学性能。于是他们就在这里建了座多层神庙，其在山谷中的位置与狂热的Hi-Fi[1]迷家里那把舒服的椅子的位置完全相当。各种声响流进寒冷的山谷，被复杂的声音装置攫取、放大，一路往里传，直到神庙中心的房间，无论白天黑夜，那里随时都坐着三个修道士。

坐着凝听。

事实上，他们听到的不仅是最初圣言的回声，同时也有碟形世界上所有的声音，这造成了某些问题。为了能认出圣言，他们就得学会辨别所有其他的噪声。这需要一定的天分，对学徒的考核自然也十分严格。一个新手要想获得接受训练的资格，必须能只凭耳朵听出一千码之外的硬币落地时的声音判断出哪面朝上。而要想真正融入修会，他还必须听出硬币是什么颜色。

尽管神圣的凝听派僧侣如此不问世事，还是有许多人不畏艰险，千里迢迢地来到他们的神庙。这些人穿越了巨怪出没的冰冻之地，在湍急、刺骨的河中涉水而行，爬过难以攀缘的高山，经过荒无人烟的苔原，就为了走上一段狭窄的阶梯，通向隐秘的山谷，敞开心胸寻求造物的秘密。

而僧侣们会对他们高喊："该死的，小点声！"

冰冰像一个模糊的白点般穿过了山顶，降落在一块白雪皑皑的空院子里，天空中变幻的色彩把地面映得很有些诡异。小亡从马背上一跃

1 高度保真的音响装置。——编者注

而下，冲过静悄悄的走廊，来到第八十八任住持的房间。虔诚的追随者围绕在床边，住持已经奄奄一息。

有着繁复图案的马赛克地板在小亡脚下咚咚作响。僧侣们自己穿的都是羊毛套鞋。

他来到床前，镰刀杵在地上，稍稍停了片刻，好让自己喘口气。

住持个子很小，头上完全无毛，皱纹比一口袋的梅干还多。他睁开了眼睛。

“你迟到了。”他低声说，然后断了气。

小亡吞口唾沫，好容易喘过气来，然后举起镰刀慢慢划出了一个弧形。无论如何，他的动作还算精确。住持坐起来，把自己的尸体留在了背后。

“一秒钟也不早。”他用只有小亡能听到的声音说，“刚才你还真让我有些担心呢。”

“好了，”小亡道，“你知道我还得赶去——”

住持跳下床来，穿透一排排悲恸的追随者走到小亡跟前。

“别急着走。”他说，“我对这些谈话总是很期待。平常那一个怎么了？”

“平常那个？”小亡大惑不解。

“高个儿，黑袍。没怎么吃饱的那个，从他的样子看。”

“平常那个？你是说死神？”

“就是他。”住持高高兴兴地说。

小亡的下巴掉了下来。“死的次数还挺多，嗯？”他好不容易挤出一句。

“还算行，还算行，当然，”住持说，“一旦你找着窍门，剩下的就只是练习了。”

“是吗？”

“我们得上路了。”住持说。小亡“啪”的一声合上嘴。

他说：“我一直想说的就是这个。”

“所以，方便的话，把我捎到山谷下头。”小个子僧侣心平气和地继续道。他风一般从小亡身边掠过，径直往院子里走。小亡盯着地板看了片刻，然后撒腿追了上去，其动作不仅有伤体面，而且极度缺乏专业精神。

“我说——”他张开嘴。

“另外那个有匹叫冰冰的马，我记得。”住持愉快地说，“你从他手里把活儿包下来了？”

“活儿？”小亡完全蒙了。

“或者无论什么，请原谅，”住持说，“我其实并不清楚这些事是怎么安排的，小伙子。”

“小亡。”小亡心不在焉地说，“而且我认为你该跟我回去，先生。如果你不介意的话。”他在心里暗暗祈祷，但愿这话显得立场坚定又威信十足。僧侣转过身来，和和气气地冲他笑笑。

“真希望我能。”他说，“或许以后吧。现在，能请你捎我到最近的村子去吗？我想这会儿我正在受孕呢。”

“受孕？可你刚刚才死！”

“没错，不过，你看，我有种那个，嗯，你可以称之为季票。”住持解释道。

理解之光照到小亡身上，不过速度非常缓慢。

“噢。”他说，“我读到过。投胎，对吧？”

“就是它。已经五十三次了，或者是五十四次。”

他们一起朝冰冰走去。马儿抬起脑袋，住持拍拍他的鼻子。冰冰认出他来，轻轻嘶了一声。小亡爬上马背，又帮住持坐到自己身后。

当冰冰开始上升时，小亡说：“这一定非常有趣。”若依闲聊的绝对标准，这句话一定是大大的负分，然而他实在想不出更好的话题。

“不，完全不是。”住持说，“你这么想是因为你相信我能记起我所有的前世，问题是我显然不能。至少在活着的时候不能。”

“这我倒没想到。”小亡承认。

“想想看，学上厕所五十几次。”

“不是什么值得珍藏的回忆，我猜。”

“没错。要是能从头再来，我是不会再投胎的。而且，你才刚活出点眉目来，神庙的伙计们就下来找那个老住持去世的时候受孕的孩子。什么叫缺乏想象力，哈。请在这儿停一下。”

小亡低头一看。

“我们在半空呢。”他有些疑惑。

“不会太久的。”住持从冰冰背上滑下来，在稀薄的空气里走了几步，然后扯着喉咙开始放声大喊。

这一幕似乎持续了相当长的时间，之后住持又爬回马背上。

“你不知道这一刻我等了多久。”

在距离神庙几英里的地方有个地势稍低的山谷，山谷里的村民从事的基本上是服务业。从空中看那是堆七零八落的房子，面积都不大，但隔音效果非常好。

“随便哪儿都成。”住持说。

小亡让冰冰停在房屋显得最密集的地方，住持在雪地上方几英尺的地方站住脚。

小亡说：“希望你的下辈子能有所好转。”

住持耸耸肩。“希望总是有的。”他说，“反正我至少能休息上九个月。景色倒没什么，但最不济里头还算暖和。”

“那就再见了。”小亡道，“我赶时间。”

“后会有期。”住持转身走开，神色有些悲伤。

天还没亮，大地依旧笼罩在闪烁的中轴光之下。小亡叹了口气，拿出了第三个沙漏。

它的架子是白银做的，装饰着许多小王冠。几乎已经没剩下什么沙子了。

到此为止，什么乱七八糟的事他都见识了，小亡相信这一夜已经不可能变得更糟了。他小心翼翼地把沙漏翻过来，瞅了眼上头的名字……

凯莉公主醒了过来。

她听到了什么，那是完全没有弄出一点动静的人所发出的声响。忘了豌豆和公主的故事吧——多少年以来，纯粹的自然选择已经决定了一件事，活得最久的皇族是那些能在一片黑暗中，凭着聪明的刺客没有弄出的动静发现刺客的家伙。因为在宫廷这个圈子里，总有人时刻准备着拿小刀切断继承人的喉咙。

她躺在床上，脑袋转得飞快。她早就在枕头底下藏了把匕首，现在一只手开始贴着被单往上滑，眼睛睁开一条缝，四处窥探着不熟悉的阴影。她心里很清楚，只要露出半点没睡着的意思，她就永远别想醒过来了。

对面的大窗户透进些许光线，但屋里到处摆满盔甲、挂毯和各式各样的用具，加在一起足够掩护整整一支军队。

她发现匕首已经从床头掉了下去。算了，反正她大概也用不好那玩意儿。

呼喊卫兵，她认为，不是什么好主意。要是屋里有人，那么卫兵肯定已经被干掉了，或者至少是被一大笔钱砸昏了过去。

火炉边的地板上有个暖壶，能当武器用吗？

微弱的金属声响。

或许喊人的主意也不是那么糟……

窗户破了。有一秒钟，凯莉看见一幅大片的蓝、紫色火焰背景，一个戴着兜帽的人影匍匐在一匹马上。她还从没见过这么大的马。

床边的确有人，匕首已经举起了一半。

接下来的一切仿佛是慢镜头重放，她如痴如醉地看着：握匕首的胳膊抬起来，马以冰川的速度冲过地板；现在匕首举到了她上方，开始下降，马抬起了前腿，骑手踩着马镫站起来，挥舞着一种什么武器，然后刀刃划破了慢腾腾的空气，发出好像手指擦过湿玻璃边缘的噪声——

光线消失了。什么东西落在地上，发出柔和的闷响，接着是金属“咔嗒”一声。

凯莉深深地吸了一口气。

一只手捂住她的嘴，时间不长；一个忧心忡忡的声音说：“如果你尖叫，我会后悔的。拜托，我的麻烦已经够多了。”

能往声音里加进这么多不知所措的恳求之情，这人要么是真心诚意的，要么就是个超级演员，而超级演员是不需要吃刺杀这口饭的。于是她问：“你是谁？”

“我不知道我是不是有权利告诉你。”那声音说，“你还活着，对吧？”

她及时把一个尖刻的回答吞进肚子里，提问的语调让她有些不安。

“你看不出来吗？”

“这不大容易……”对方顿了顿。她拼命睁大眼睛穿透黑暗，想为声音加上一张脸。只听它补充道：“我或许给你造成了非常严重的伤害。”

“难道你刚刚不是救了我的命？”

“事实上，我不知道我救了什么。这附近有灯吗？”

“女仆有时候会在壁炉上留些火柴。”凯莉感到身边的存在离开了。先是迟疑的脚步声、两声“砰”，最后是一声“咣当”，不过“咣当”并不足以形容金属落地时整个房间里那种丰沛、刺耳的杂音，甚至在你以为已经结束之后的好几秒，又加上了几声叮叮咚咚的脆响。

“我在一副盔甲底下。我该往哪儿去？”声音听上去有些朦胧。

凯莉悄无声息地滑下床，摸索着走到火炉旁，借着快要熄灭的火光找到了一捆火柴，她划燃一根，激起一小片硫黄的烟雾，接着又点了支蜡烛，找到那堆散落的盔甲，从它的剑鞘里拔出剑来，然后差点把自己的舌头给吞了下去。

有谁刚在她耳边吹了口热气，湿乎乎的。

“那是冰冰。”地上的一堆说，“他只是想向你表达友好。我猜他想来点干草，如果你有的话。”

凯莉靠着王家的自制力回答道：“这儿是四楼。女士的卧房。我们没领上来的马有多少，你知道了一定会吃惊的。”

“哦，能不能请你拉我一把？”

她把剑放下，掀开一块胸甲，眼前出现了一张苍白、消瘦的面孔。

“首先，你最好告诉我为什么我不该干脆叫卫兵来了事。”她说，“单凭闯进我卧室这一件也足够把你折磨到死。”

她瞪住他。

最后他说：“那个——能不能放开我的手？谢谢——第一，卫兵很可能看不见我；第二，那样一来你就永远没法知道我为什么在这儿了，而你看起来很想知道的样子；第三嘛……”

“第三什么？”

他张开嘴，又把它合起来。小亡本来想说：第三，你美极了，或者至少是很有魅力，或者反正比我认识的任何姑娘都更有魅力，尽管我得承认我的确不认识多少姑娘。从这里我们就可以看出，小亡天生的诚实已经永远地阻碍了他向诗人的方向发展；要是小亡把哪个姑娘比喻成夏日，接下来他准得详详细细地解释自己心里想的是夏天的哪一日，还有当时下没下雨之类。在当前的情况下，他没能找到嗓子，或许反而是件好事。

凯莉举起蜡烛，看了看窗户。

窗户好好的。石头窗框并没有碎，每一块彩色玻璃都完好无损，包括玻璃上代表斯托·拉特的纹章。

“别管第三了。”她说，“让我们回到第二来。”

一个钟头之后，黎明抵达城里。碟形世界的阳光从来只流动不奔跑，因为一遇上本世界的魔法场，光线的速度就会陡然下降，如一片金色的大海般涌过平坦的土地。有片刻工夫，岩石上的斯托·拉特像潮水中的沙堡似的遗世独立，直到白昼绕过它继续向前爬去。

小亡和凯莉并排坐在她的床边。沙漏就躺在他俩之间，上半格已经没了沙子。

屋外传来城堡醒来的声响。

“我还是不明白。”她说，“这意味着什么？我到底死了还是没有？”

“它意味着，”他回答道，“根据命运或者诸如此类的东西，你应该已经死了。我还没怎么研究过理论。”

“而你本来应该杀了我？”

“不！我是说，不，刺客应该杀掉你。我已经解释过了。”小亡说。

“你为什么要阻止他？”

小亡惊恐万状地看着她。

“你想死吗？”

“当然不想。但看上去大家想不想跟这压根儿没关系，不是吗？我只不过是尝试着讲点常识。”

小亡盯着自己的膝盖，然后站起身来。

他冷冷地说："我想我该走了。"

他折起镰刀，把它装进马鞍背后的鞘里，又看了看窗户。

"你是从那儿进来的。"凯莉热心地说，"你瞧，刚才我不是想——"

"能打开吗？"

"不能。走廊上有个阳台，但人家会看见你的！"

小亡只作没听见。他推开房门，领着冰冰进了走廊。凯莉追了出来。一个女仆停下脚步，行了个屈膝礼，然后微微皱了皱眉头。与此同时，她的大脑明智地选择了忽略一匹高头大马在地毯上行走的景象。

阳台底下是城堡内的一个院子。小亡瞄了眼栏杆，然后上了马。

"小心公爵。"他说，"是他在背后捣鬼。"

"我父亲一直警告我要提防他。"公主说，"我有专人帮我尝毒。"

"你还该弄个贴身保镖。"小亡说，"我得走了，还有不少重要的事情。别了。"他暗自希望这是自尊心受伤时的正确语调。

"我还能再见到你吗？"凯莉问，"我还有好多事想要——"

小亡傲慢地打断了她："这或许不是个好主意，如果你仔细考虑过的话。"他一弹舌头，冰冰一跃而起，跳过了栏杆，跑进蓝色的天空里。

凯莉在他身后吼道："我想说谢谢你！"

刚才的女仆总觉得事情不大对头，于是跟了上来。她问："您还好吗，殿下？"

凯莉心不在焉地看着她："什么？"

"我只是在想——是不是一切都好？"

凯莉的肩膀垮了下来。

“不。”她说，“一切都糟透了。我的卧室里有个死刺客。你能不能想想办法？”

“而且——”她继续说，并抬起一只手，“我不想听你说‘死了，殿下？’或者‘刺客，殿下？’又或者尖叫什么的，我只想要你去处理处理，动作要快。我觉得我有些头疼，所以你点头就好。”

女仆点点头，慌慌张张地行了个屈膝礼，然后退开了。

小亡不大清楚自己是怎么回去的。冰冰滑进了维度之间的裂缝，天空就那么从冰蓝色变成了暗灰。他并没有降落在死神领地的黑土上，是黑土出现在了他脚下，就像是一艘航空母舰轻柔地移动到了喷气式飞机之下，帮飞行员省下了降落的所有麻烦。

冰冰小跑着回到马厩，在门前停下甩甩尾巴。小亡滑下马背，朝房子跑去。

他又停了下来，往回跑，填上草料，再重新往房子跑；再一次停下来，喃喃地跑回马厩，给冰冰擦擦汗，看了看桶里的水够不够，回头又往房子跑；然后再次折回来，从铁钩上取下毯子，帮冰冰扣上。冰冰庄重地用鼻子碰了碰他。

小亡从后门溜进去，一路到了图书室，路上没遇到什么人。即使在夜里的这个时候，空气也跟热辣辣的干沙差不多。他搜索着凯莉公主的传记，时间仿佛已经过去了好几年，但他终于还是找着了。传记放在一个高高的架子上，薄得让人郁闷，全靠了图书室的梯子，小亡才把它拿到手。那是个装着滑轮、摇摇欲坠的东西，和早期围城的机械有着极大的相似性。

小亡用颤抖的手指翻开了最后一页，然后发出一声哀鸣。

“公主在十五岁时遇刺，”上头写着，“随之而来的是斯托·拉特和斯托·赫里特的统一，以及稍后中央平原各城邦国家的崩溃和……”

他继续往下读，根本停不下来，偶尔发出一两声悲叹。

最后他把书放回架子上，稍一迟疑，又把它塞到了其他几部书背后。他从梯子上往下爬，却仍能感觉到它的存在，感觉到它在向整个世界发出尖厉的控诉。

碟形世界上找不到什么远洋轮船，没有哪个船长喜欢冒险驶到看不见海岸线的地方。事实令人遗憾，当你看到远方的船好像越过了世界的边界时，它们并不是消失在了地平线背后，而是真的从世界边缘掉了下去。

几乎每代人里头都会出现几个热情洋溢的探险家，他们怀疑这个事实，于是驾船出海准备证明通常的观点是错误的。奇怪得很，从来都没有一个人回来宣布自己的研究结果。

由于这个原因，接下来的这个类比对小亡而言也就变得毫无意义了。

他感到自己仿佛在搭乘泰坦尼克号时遭遇了船难，命悬一线之际，却又被路西塔尼亚号[1]救了上去。

他感到自己仿佛一时冲动扔了个雪球出去，结果眼睁睁地看到自己引发的雪崩吞噬了三个滑雪胜地。

他感到历史正在自己周围碎成一片一片。

他感到需要找人谈谈，而且要快。

这个“人”指的肯定是阿尔伯特或者尹莎贝尔，因为，经历了如此漫长的一夜，还要对那两粒蓝色的小光点解释一切，这样的前景实在无法想象。而尹莎贝尔，好吧，有那么几回，尹莎贝尔的确曾屈尊往他所在的方向瞟过几眼，但她的心思很明白，在小亡和一只翘掉的癞蛤蟆之间，唯一的区别只有颜色而已。至于阿尔伯特……

1　由纽约驶往利物浦的客轮，1915年5月7日在爱尔兰附近海域被德国潜艇击沉。通常被认为不是特别理想的交通工具。——译者注的确，老头子算不上什么完美的心腹知己，但绝对是最好的，因为场上只剩下了一名选手。

小亡从梯子上滑下来，穿过一排排书架往回走。睡上几个钟头也是个不错的主意。

就在这时，他听到有人倒吸了一口凉气，然后是奔跑的脚步声和关门的声响。他从最近的书柜旁探出头去，眼前只有一张凳子，上头放了两本书。他拾起一本，瞟了眼书名，又读了几页。书旁边还有张湿漉漉的蕾丝手巾。

小亡起晚了，他急急忙忙地跑去厨房，随时准备接受教训。然而什么也没有发生。

阿尔伯特站在石头水槽边，若有所思地盯着自己的平底锅，大概正在考虑是把油脂刮掉还是让它再待一年。小亡拖出把椅子，阿尔伯特转过身来。

“看来你挺忙的嘛。”他说，“半夜三更还在到处闲逛，我听说。我可以给你弄个鸡蛋，或者还有稀饭。”

“鸡蛋，谢谢。”对于阿尔伯特的稀饭，小亡从没鼓起过足够的勇气。它们似乎在锅子深处过着自己的小日子，还拿调羹当饭吃。

“主人待会儿要见你。”阿尔伯特补充道，“但他说你不必着急。”

“哦。”小亡盯着桌子，“他还说了别的什么吗？”

“他说昨晚是他一千年以来头一回轻松轻松。”阿尔伯特道，“他哼着歌呢。我可不喜欢，我从没见过他这个样子。”

“哦。”小亡吃起了早餐，“阿尔伯特，你在这儿待了很长时间吗？”

阿尔伯特的目光从镜片上边射过来。

"也许。"他说，"在这儿很难弄清楚外头的时间，孩子。我是老国王死了没多久过来的。"

"哪一个国王，阿尔伯特？"

"阿托若罗，我想他是叫这个名字。胖乎乎的小个子，说话叽叽喳喳的。不过我只见过他一次。"

"在哪儿？"

"安卡，当然是。"

"什么？"小亡道，"安卡-摩波没有国王，这谁都知道！"

"我说过，那是以前的事儿了。"阿尔伯特坐下来，从死神专用的茶壶里给自己倒了杯茶，昏花的眼睛里露出向往的神情。小亡满怀期待地等待下文。

"那时候还有国王，真正的国王，不像你现在摊上的这些。他们是君主。"阿尔伯特小心翼翼地往自己的茶碟里倒了些茶，呆呆地拿头巾来回扇着。"我是说，他们既贤明又公正，嗯，相当贤明。而且——"他赞许似的加上一句，"他们看你一眼就能下定决心砍下你的脑袋，根本不用想第二回。所有的王后都是高高的个子，脸色苍白，戴着从脑袋一直裹到肩膀的大帽子，叫什么巴拉克之类的——"

"巴拉克拉瓦头巾？"小亡问。

"啊，对，还有公主们，白昼有多长她们就有多美，非常高贵，能尿透一打床垫——"

"什么？"

阿尔伯特有些迟疑。"反正就是些诸如此类的。"他没有坚持，"还有舞会、赛马和私刑。伟大的日子。"他如痴如醉地对着自己的记忆微笑起来。

"一点不像你现在摊上的这些日子。"阿尔伯特从白日梦里钻出来，心绪显然不佳。

小亡问："你还有其他的名字吗，阿尔伯特？"然而短暂的咒语已经失效，老头不肯上钩。

"哦，我知道了。"他厉声道，"搞到阿尔伯特的名字，然后你就去图书室里找找看，嗯？探头探脑，到处打听。我知道你，一天到晚躲在里头，看那些年轻女人的故事——"

一定是愧疚的使者在小亡眼睛深处吹响了沉闷的喇叭，因为阿尔伯特咯咯笑起来，还伸出根干瘪瘪的手指戳了戳他。

"你至少该哪儿拿的放回哪儿去，"阿尔伯特说，"而不是到处乱丢，等老阿尔伯特来收拾。再说了，这么干也不对，偷窥那些可怜的死人，多半会看瞎你的眼睛。"

"可我只——"小亡想起了衣袋里湿漉漉的蕾丝手帕，于是闭上了嘴巴。

他留下阿尔伯特一个人去喋喋不休、收拾餐具，自己悄悄溜进了图书室。苍白的阳光透过高处的窗户射进屋里，落在那些古老、耐心的书本上，温柔地侵蚀着它们的封面。无数细小的灰尘飘浮在一片金色中，时不时会有一道光落在其中一粒上，让它像微型超新星一般熠熠生辉。

小亡知道，只要努力竖起耳朵，他就能听到好像昆虫的声音，那是传记在书写自己。

换成过去，小亡或许会觉得很诡异。可现在——现在这让他安心。它说明宇宙目前运转良好。他的良心捕捉到这个念头，发现自己终于找到了一个插话的机会，于是愉快地提醒他，没错，宇宙或许的确运转得很好，但它显然没有对准正确的方向。

他穿过一片书架海，往昨晚那两本神秘的书走去，发现它们已经不见了。阿尔伯特一直在厨房，而小亡从没见死神本人进过图书室。那么，尹莎贝尔在找什么？

他瞄了眼矗立在头顶的书架，想到将要发生些什么，他的胃都凉了……

没别的法子。他必须找人谈谈。

与此同时，凯莉也发现生活有些艰难。

这是因为因果关系带有让人难以置信的惯性。小亡由于愤怒、绝望和初生的爱情发动了错误的一击，把因果关系推上了另一条轨道，但它自己还没察觉。这就好像踢了恐龙的尾巴一脚，得等上一会儿，另一头才会反应过来该嗷一声。

简而言之，宇宙知道凯莉已经死了，所以发现她还没停止走动、呼吸，不禁觉得有些吃惊。

这体现在很多小地方。早上的时候，廷臣会鬼鬼祟祟地向她投以古怪的眼神，而且记不起为什么一见她自己就莫名其妙地觉得不舒服。更让他们万分尴尬，也让她心头不爽的是，他们发现自己老想忽略她的存在，或是压低了嗓门讲话。

侍从长发现自己指示手下降半旗，却拼了老命也没法解释自己为什么要这么干。接下来他又莫名其妙地订购了一千码[1]长的黑色旗布。这个事件引发了轻微的神经痛，人家只好小心翼翼地把他送回到自己床上。

那种诡异而缥缈的感觉很快就在整座城堡蔓延开。马夫长让人把国葬时用的棺材架子取出来擦洗，然后又站在马厩的院子里，拿抹布揩眼泪，因为他记不得这一切是为了什么。仆人们轻手轻脚地走路。厨师有种难以抗拒的欲望，想要准备葬礼后标准的冷肉晚宴，为此他不得不作出艰苦卓绝的斗争。王室的狗齐声悲鸣，又闭上嘴巴，觉得自己好傻。通常负责为斯托·拉特王室葬礼拉车的两匹牡马变得难以驾驭，差点踢死一个马夫。

1　1码≈0.9144米。——编者注

在斯托·赫里特自己的城堡里，公爵等待着信使。事实上对方的确已经出发，只是走到街中央却想不起自己该干什么，于是又停住了。

在这一切当中，凯莉就像个固体鬼魂一样飘来荡去，而且越来越心烦意乱。

午餐的时候事情发展到了顶点。她冲进大厅，发现王座前竟没有摆上餐具。她大声而清晰地对仆役长讲话，这才得以纠正这个错误。可之后大家递菜盘子时又直接绕过了她，她根本没机会下手。随后，她恼火地看到侍从端上酒来，第一个倒给了内阁大臣。简直让人难以置信。

这些事儿实在显得虚幻，但她的确伸出一只脚绊了一下倒酒的侍从。对方一个趔趄，小声嘟哝了些什么，然后低头盯住了石板。

她转向另一边，朝餐室主管的耳朵里大喊道："你看得见我吗，伙计？我们吃冷猪肉和火腿干吗？"

对方正低声跟北塔小六边形房间的女官谈话，此时转过身来，盯着她看了好一会儿，眼神里的惊讶渐渐被无法聚焦的迷惑取代："怎么，是的……我可以……呃……"

"尊贵的殿下。"凯莉提示道。

他喃喃道："可是……是的……殿下。"两人之间出现了一阵沉甸甸的沉默。

然后，仿佛重新上好了发条一般，他背转身去，继续跟女官聊起天来。

凯莉呆坐了半晌，又惊又怒，脸气得煞白，然后她把椅子一推，横冲直撞地回到了自己的房间。几个仆人正偷空在房间外的走廊上分享一支卷烟，结果被一种隐形的东西撞得东倒西歪。

凯莉跑回自己屋里，用力拉了拉铃，值班的女仆就在走廊尽头的起居室待命，听到铃声应该赶紧过来。然而，过了好一阵子，门才被缓缓推开，一张脸探进来窥视着她。

这回她认出了那个表情，而且已经做好准备。她抓住女仆的肩膀，硬生生地把对方拽进屋里，“啪”的一声关上房门。惊慌失措的女人眼睛到处乱瞄，就是不看凯莉。凯莉后退一步，照着对方的脸颊给了她一记响亮的耳光。

“你感觉到了吗？感觉到没有？”她尖声叫着。

“可是……你……”女仆呜咽起来，跌跌撞撞地往后退，一直退到了床边，她重重地坐了下来。

“看着我！我跟你说话的时候看着我！”凯莉怒吼着朝她逼近，“你能看见我，不是吗？告诉我你能看见我，不然我就让人杀了你！”

女仆看进凯莉惊骇的眼睛里。

“我能看见你。”她说，“可是……”

“可是什么？可是什么？”

“你不是已经……我听说……我原以为……”

“你以为什么？”凯莉厉声道。她已经不再大喊大叫了，她嘴里吐出的每一个字都仿佛白热的鞭子。

女仆抽泣着瘫倒在床上。凯莉站在旁边，一只脚在地上啪啪地敲着。过了一会儿，她轻轻摇了摇女仆。

“城里有巫师吗？”她问，“看着我，看着我。城里有个巫师，对吧？你们这些姑娘老是偷偷躲起来巫师长巫师短的！他住哪儿？”

女人泪流满面的脸转向凯莉。所有的直觉都嚷嚷着公主并不存在，但她英勇地抵抗着。

“呃……巫师，是的……切维尔，在华尔街。”

凯莉的嘴唇压出一个稀薄的笑容。她不大清楚自己的外套放在什么地方，但冰冷的逻辑告诉她，比起说服女仆感觉自己的存在来，亲自去找那该死的衣服要容易得多。她等待着，同时仔细观察，女仆止住了抽泣，带着茫然的困惑看了看自己周围，然后急急忙忙地跑了出去。

她已经忘记我了，凯莉心想。她看着自己的双手，它看上去不是挺结实吗？

一定是魔法。

她溜达进自己的更衣室，试探着打开几个柜子，终于找到一件带兜帽的黑色长袍。她披上衣服，闪进走廊，跑下了仆人用的楼梯。

自从长大以后她再也没走过这边。这是被单毛巾、赤裸的地板和货梯的世界，空气略带着发霉的面包味儿。

凯莉穿过这片地方，活像个被束缚的幽灵。当然，她知道宫里有仆人的住处，就好像大家在心里的某个地方都意识到了下水道和排水沟的存在一样；而且她也准备承认，尽管仆人们的长相大同小异，但他们肯定都有各自的特色，好让跟他们最亲最近的人能够，从理论上讲，把他们区分开。不过她没有准备好迎接眼前的景象：掌酒侍从摩葛德隆，从来都像只张满帆的大帆船一样庄严地在宫廷里行驶，现在却悠闲地坐在食品间里，外套敞开，还抽着烟斗。

几个女仆咯咯笑着从她身边跑过，根本没瞅她第二眼。凯莉继续往前跑，她有种奇怪的感觉，仿佛她是她自己城堡的闯入者似的。

而那，她意识到，是因为它压根儿就不是她的城堡。她周围这个吵吵闹闹的世界，包括它冒着白烟的外衣和冷飕飕的储藏室，都是它自己的世界。它不属于她，很可能她倒属于它呢。

她跑到最大的厨房里，从桌上拿了只鸡腿。这地方排着无数的陶罐子，借着火光看过去，活像是为乌龟准备的兵工厂。凯莉罕见地感到有些做贼心虚。贼！在她自己的王国里！而且厨师的视线就那么穿过了她，眼神像煮过的火腿一样光滑。

凯莉跑过马厩，出了后门，途中的岗哨尽管个个目光敏锐，却都没能发现她。

到了街上就没那么诡异了，但她莫名地感到自己无足轻重。这很让人灰心丧气。在凯莉的整个人生经验中，世界一直都绕着她打转，现在却发现满大街的人都各干各的，甚至懒得瞅她一眼。行人撞上她又弹开去，只花片刻琢磨自己是不是撞上了什么东西；有几次她不得不从马车的轮子跟前跑开。

鸡腿没能有效地填补午餐留下的空缺，她从一个小摊上顺了几个苹果，暗自提醒自己让侍从长去搞清楚苹果什么价，回头给摊主送些钱来。

就这样，头发蓬乱、衣裳邋遢，还略微散发着马粪味儿的凯莉公主终于来到了切维尔的门前。门环给她带来些麻烦。根据她的经验，门是会为她打开的；这种事情应该有专人负责才对。

由于心情过于烦躁，她甚至没注意到门环在冲她挤眼睛。

她又试了一次，觉得远处仿佛传来东西落地的声响。过了些时候，门开了几英寸，她瞄到张圆嘟嘟的红脸蛋，上头还盖着卷发。她的右脚显示出十足的机智，自动跑去抵在门缝里，这让她吃惊不小。

“我要求会见巫师。”她宣布，“请立刻领我进去。”

“他现在挺忙的。”那张脸说，“你是想要一剂爱情药水吗？”

“一剂什么？”

“我——我们在搞降价促销，切维尔的激情药膏之盾。”那张脸用一种令人吃惊的方式使了个眼色，“提供你狂野的燕麦，同时保证作物歉收，懂我意思吧？”

凯莉昂起脑袋。“不。”她十足冷静地撒起谎来，“我不懂。”

“公羊药膏？少女的稻草？持久药水？莨菪眼药水？”

“我要求——”

“抱歉，我们打烊了。”那张脸把门关上。凯莉抽回脚来，时机刚刚好。

她嘟囔了几个能让宫廷教师惊诧莫名的字眼，接着乒乒乓乓地砸起木头门来。

敲打的节奏突然慢了下来，她意识到一件事。

他看见她了！他还听到了她说话！

她以加倍的热情对大门发动了新的攻势，使出肺里所有的力气嚷嚷起来。

她耳朵边有个声音说："涮了吧。他可固执着呢。"

凯莉慢吞吞地四下瞅瞅，眼睛对上了门环莽撞的目光。它冲她晃晃自己的铜眉毛，嘴里含着铁环，说起话来含含糊糊的。

"我是凯莉公主，斯托·拉特的王位继承人。"她用骄傲掩饰自己的恐惧，"我不跟门上的零件讲话。"

"啊，可我不过是个门环，我想跟谁说话就跟谁说话。"怪兽高高兴兴地说，"而且我可以告竖你，主人今天心情很召，不想被人打扰。不过你可以试试那个有魔力的纸眼。"它补充道，"虫一个漂亮女人锥里说出来，八次里头九次都能皱效。"

"有魔力的字眼？什么有魔力的字眼？"

门环毫不掩饰地讥笑道："人家就啥也没教过你吗，小姐？"

凯莉挺直了身子，不过并没有产生多大效果。她觉得今天自己的心情也糟透了。她父亲曾亲手在战场上处死过一百个敌人，她也该能搞定一个门环才对。

"我受过良好的教育。"她冷冰冰地告诉对方，"由这片土地上几位最优秀的学者提供指导。"

门环并没有露出万分景仰的样子。

"要是他们没教过你那个有魔力的纸眼，"它平静地说，"他们又可能有多优秀呢？"

凯莉伸手抓住这个沉甸甸的门环，使劲把它往房门上撞。门环对她猛抛媚眼儿。

“跟窝来硬的，”它大着舌头道，“窝喜欢！”

“你真恶心！”

“没绰。噢噢噢，感觉好极了，债来一回……”

门开了一条缝，阴影中凯莉瞄到一丝卷发。

“小姐，我说过我们打烊——”

凯莉崩溃了。

“请帮帮我。”她说，“拜托！”

“瞧见啦？”门环得意洋洋地说，“每个人都能想起那个有魔力的纸眼，迟找的事儿！”

凯莉曾经访问过安卡-摩波，见过几个幽冥大学——那是碟形世界的首席魔法学府——的高级祭司。他们中有的个子很高，大多数都挺胖，而且几乎个个都打扮得十分光鲜，或者至少自以为打扮得很光鲜。

事实上，在巫师的圈子里也有各种潮流，跟那些比较平凡的手艺人没什么不同，而时下这种老参议员的作派不过是暂时性的。前几代人曾经追求过完全不同的东西，比如苍白有趣的脸色，或者邋邋遢遢的德鲁伊风格，又或者神秘阴郁的气质。而在凯莉的心目中，巫师大致跟镶着皮毛的小山差不多，说话时还带点儿哮喘。烈焰·切维尔与这幅图画实在有些差距。

他太年轻了。好吧，这怪不得他；从理论上讲，即使巫师也得从年轻的时候慢慢老下去。另外他也没留胡子，镶在脏兮兮的袍子上的只有磨烂的衣角而已。

“要喝杯什么吗？”屋子里穿过的衣服、用过的盘子扔得到处都是。切维尔一边说话一边偷偷把一件衣服踢到了桌子底下。

凯莉四下瞅瞅，想找个没被占据的地方坐下，同时摇了摇头。切维尔注意到了她的表情，赶紧补充道：“是乱了些，恐怕。”他用胳膊肘把吃剩的大蒜香肠击落在地，“平时有努谨特夫人帮我打理，一个星期两次，可她姐姐出了些毛病，所以她得过去一阵子。真的不喝吗？一点不麻烦。昨天我还看见一个空杯子来着。”

“我遇到了麻烦，切维尔先生。”凯莉说。

“稍等片刻。”壁炉上钉着个吊钩，切维尔从吊钩上拿下顶尖角巫师帽。这帽子过去也应该有过风光的日子，尽管很可能并不比如今威风多少。切维尔戴上帽子：“好了，说吧。”

“这帽子很重要？”

“噢，至关重要，不戴上恰当的帽子你别想干好巫师的活儿。这档子事我们巫师最清楚。”

“那好吧。我说，你看得见我吗？”

他凝视了片刻：“是的，没错，我能肯定地说我看得见你。”

“也能听见？你能听见我说话，对吧？”

“清清楚楚。是的，每个音节都很响亮，没有问题。”

“那么，要是我告诉你整个城里只有你能，你会吃惊吗？”

“只有我？”

凯莉哼了一声：“还有你的门环。”

切维尔拉出把椅子坐下。他在椅子上扭了扭，脸上闪过若有所思的表情。他站起来，伸手从屁股底下掏出块扁扁的红红的东西，看起来仿佛曾经是半块比萨[1]。他哀怨地望着它。

1　碟形世界的第一块比萨由克拉奇神秘主义者荣荣·“启示者乔”·叔瓦蒂创造。他声称菜谱是碟形世界的造物主亲自托梦传给他的，同时造物主似乎还顺带表示自己原本想造的其实就是这个。原版比萨据说奇迹般地保存在禁忌之城“易”，有些前往沙漠的旅行者见过它，他们说造物主想造的是个挺小的玩意儿，有奶酪和意大利腊肠，还点缀了几粒黑橄榄*，而山啊、海啊之类的东西都是最后临时起意加上去的。搞创作通常都是如此。

* 后来发生了顺时向主义者大分裂，大分裂后又有圣战，死了两万五千余人，那之后信徒们获得许可，可以往菜谱里加进一小片贝叶。

"我找了它整整一上午，你能相信吗？"他说，"这可是块总汇比萨，还加了双份胡椒呢。"他好不伤心地在压扁的面团上咬了一小口，然后突然想起了凯莉的存在。

"老天，真是对不起。"他说，"我的礼貌都哪儿去了？你会怎么看我啊？来，吃块凤尾鱼吧。请。"

"你到底听没听我说？"凯莉厉声质问道。

"你觉得自己是个隐形人？在心里，我是说？"切维尔含含糊糊地问。

"当然不是，我只觉得愤怒，所以我要你给我占一卦。"

"这个嘛，我拿不准，听起来像是医学上的什么问题——"

"我可以付钱。"

"这是违法的，你知道。"切维尔可怜巴巴地说，"先王特别下令严禁在斯托·拉特占卜。他不怎么喜欢巫师。"

"我可以付很多钱。"

"努谨特夫人跟我说过，说现在这个姑娘很可能比她爸爸还糟。傲慢得很，她说。我们这些从事微妙艺术的人，在她那种人眼里是落不着好的，我恐怕。"

凯莉微微一笑。有的朝臣见过这笑容，假使他们在这儿，一准会赶紧把切维尔拽开，弄到个安全的地方，比方说另一块大陆上。可巫师只呆呆坐在原地，奋力想把袍子上的蘑菇渣挑出来。

"我听说她的脾气坏得很。"凯莉道，"就算你什么也没干，她没准儿也一样会把你赶出城去，很可能。"

"噢，天啊。"切维尔说，"你真这么想？"

"你看，"凯莉说，"你不用帮我预测未来，只看看现在就成。就算她也找不出什么反对的理由。要是你愿意，我还可以替你跟她说说情。"凯莉表现出十足的宽宏大量。

切维尔大喜过望："噢，你认识她？"

"是的。只不过，有时候，我觉得跟她也不是太熟。"

切维尔叹口气。他在桌面上的废墟里翻了老半天，掀开一大堆功勋卓著的盘子和几顿饭的木乃伊，终于挖掘出一个胀鼓鼓的皮革钱包，上头还沾着片奶酪。

"好吧，"他似乎仍然心存疑虑，"我有塔罗牌，古人智慧的结晶什么的。或者中轴地之京族序列，赶时髦的人现在都用这个。我不玩茶叶占卜。"

"给我试试那个京族什么的。"

"那就把这些蓍草根往上扔。"

她扔了。他们看着蓍草形成的图案。

"唉。"过了一会儿，切维尔说，"嗯，壁炉里一根，可可杯里一根，街上一根，讨厌的窗户，桌上一根，还有一根，不，两根在碗柜后头。剩下的嘛，我猜努谨特夫人会找出来的。"

"你又没说用多大力气。要我再来一次吗？"

"不不不，我想不用了。"切维尔抽出垫在桌腿底下的黄色大书，"这个图案似乎很有意义。是的，这儿，八元灵符8887：违规，不知悔改的傻瓜。然后参照这里……等等……等等，没错，找到了。"

"怎么说？"

"胭脂虫的皇帝没有直起身子，明智地选择了在下午茶时间出发；晚上，杏花中的软体动物一片沉寂。"

"请接着说？"凯莉满怀着敬意，"这是什么意思？"

"大概没多大意思，除非你是只软体动物。"切维尔说，"我猜在翻译的时候可能译丢了些什么东西。"

"你确定你知道该怎么弄吗？"

切维尔急忙说："咱们试试塔罗牌吧，"他把牌摆开，"拿一张，随便拿。”

“是死神。”凯莉说。

切维尔很快作出解释：“啊，嗯。当然了，抽着死神并不是在所有情况下都意味着死亡。”

“在哪些情况下不意味着死亡？是不是对方过于激动而你又太尴尬，不好意思说真话的那些，嗯？”

“这样吧，再抽一张。”

“也是死神。”

“你把刚才那张放回去了？”

“没有。要我再抽一张吗？”

“反正也不会有什么害处。”

“呃，真是巧了！”

“死神第三号？”

“没错。这副牌是专门用来整人的？”凯莉竭力显得沉着镇定，但就连她自己也能察觉出声音里那一点点歇斯底里的苗头。

切维尔朝她皱着眉头，然后小心翼翼地把牌全都收起来，洗了几次，在桌面上一张张地翻开。里头只有一张死神。

“哦，天啊。”他说，“我想这回问题比较严重了。我能看看你的手相吗？”

他仔仔细细地研究了半晌。还跑去拉开碗柜的抽屉，翻出个宝石匠用的眼镜，拿自己的袖子擦掉上头的稀饭，又在她的手上花了好几分钟，任何细节都没放过。最后他往椅背上一靠，取下眼镜，瞪住了凯莉。

“你已经死了。”他说。

凯莉等待着。她想不出恰当的回答。“我没死”缺了点性格，而“严重吗？”又显得太过轻佻了些。

“我跟你说过吗？我觉得问题严重了？”切维尔问。

“我想你已经说过了。”凯莉小心地控制住自己的声音，完全平稳，没有问题。

“我说对了。”

“哦。”

“可能是致命的。”

“难道说，”凯莉道，“比变成死人还致命？”

“不是对你而言，我指的。”

“哦。”

“有些非常基本的东西似乎出了问题，你看。从每种意义上讲你都已经死了，只除了，呃，实际上。我是说，塔罗牌认为你死了，你的生命线认为你死了，每样东西、每个人都认为你死了。”

“我不这样认为。”可惜她的声音缺了些说服力。

“恐怕这事儿你说了不算。”

“可大家都能看见我，还能听到我说话！”

“恐怕人并不怎么注意那种东西，重要的是他们的心怎么说。进了幽冥大学，人家最先教你的就是这个。”

“你是说，他们看不见我是因为他们的心要他们别看见？”

“恐怕是的。这就叫预定，或者诸如此类的。”切维尔可怜巴巴地望着她，“我是巫师，这档子事我们巫师最清楚。”

“事实上，这还不是你进去之后最早学到的东西。”他又补充道，“我是说，之前你要先搞清楚厕所在哪儿什么的。不过等那些都弄明白了之后，就是它了。”

“可是，可是你能看见我。”

“啊，当然。巫师受过特别的训练，能看见存在的东西而又不看见不存在的东西。你得专门做些练习——”

凯莉在桌上弹着手指，却发现这个动作实施起来有些困难。她带着茫然的恐惧低头往下一看。

切维尔赶忙过去拿衣袖抹了抹桌子。

“抱歉。”他嘟囔道，“昨天的晚餐，蜜糖三明治。”

“我该怎么做？”

“什么也不做。”

“什么也不做？”

“嗯，你当然可以做个非常成功的夜贼……对不起，这话太没品位了。”

“我也有同感。”

切维尔笨拙地拍了拍她的手，而凯莉专心致志地思考着，竟没有意识到对方正堂而皇之地冒犯皇家尊严。

“你看，一切早就预定好了，历史已经给算出来了，从头到尾。事实究竟是什么样子跟这没有关系，历史会直愣愣地从它们顶上滚过去。你没法改变任何东西，因为改变早就是历史的一部分。你死了，这是你的宿命，只能接受。”

他抱歉地笑笑。“如果能客观地看待这个问题，你会发现自己其实比大多数死人要走运多了。”他说，“你能活着享受它呢。”

“我不要接受什么宿命。为什么我要接受？又不是我的错！”

“你没听懂。历史已经过去了，你没法再跟它发生什么关系。你不明白吗？那里头没你的位置。最好还是让事情自己发展吧。”他又拍了拍她的手，她看了他一眼，他把手缩了回去。

“那我该怎么办？”她问，“不吃饭吗？因为饭的命运不是被我吃？跑到哪个地窖去过活？”

“好像有点过于装腔作势了，嗯？”切维尔表示同意，“这就是命运，恐怕。如果世界感觉不到你，你就不存在。我是巫师，这档子事我们巫师——”

“别说了。”

凯莉站起身来。

五代人以前，凯莉的祖先还在到处游牧。一天，她的一个祖先领着自己手下的匪类来到了距离斯托·拉特几英里远的地方。此人注视着沉睡的城市，脸上露出特别坚毅的表情，好像在说：就是这儿了。尽管你生在马鞍上，但这并不意味着你就得死在那见鬼的东西上。

奇怪的是，他的不少特别之处都出现在了眼前这一位[1]身上，这大概就是遗传的把戏了。也正是它们造就了她那种相当不同寻常的魅力，而它们还从没像现在这么明显过。就连切维尔都感动不已。论起决心来，你能在她的下巴上敲碎石头。

她的祖先在发动攻击前曾对自己那群疲惫不堪、汗流浃背的追随者说过一番话[2]，她现在的口气跟他毫无二致，她说：

“不，不，我不接受，我才不要缩成什么鬼魂。你要帮助我，巫师。”

切维尔的潜意识认出了这个声音。它的谐波能让地板里的蛀虫都停下手里的活儿，立正站直了。它不是在阐述一种观点，它是在说：事情将会如此。

“我吗，小姐？”他战战兢兢地问，“我看不出我能干些什——”

---

1 尽管颓废的胡子和那顶带鹿角的圆皮帽显然是失传了。

2 这番演讲以史诗的形式传给了后代，诗是他儿子找人代写的，这位王子不仅没有生在马背上，而且还能用刀叉吃饭。开头如下：

“看那边，愚钝的敌人还在酣睡，
怀抱着偷来的金银，灵魂堕落。
将你们的愤怒化作长矛，变成旱季大风天里草原的大火；
把你们诚实的刀剑变成五岁野牛的角，像它害了牙疼一样挥舞冲刺……”

然后就这样持续整整三个钟头。而现实呢，由于通常付不起钱请诗人，所以由它记录下来的内容就比较简短。据说整个演讲只不过是：

“伙计们，他们基本上都还在床上，咱这就冲进去，准跟克哑克的果实掉进矮个老太婆的肚子里一样容易。再说我反正是受够帐篷了，嗯？”

他从椅子上被拽下来，拉到了大街上，袍子在身上翻滚。凯莉迈着坚定不移的步子朝王宫走去，巫师像只不听话的小狗一样被拖着前进。当自家的娃带着乌黑的眼圈回家时，母亲们就是这么朝学校冲锋的。你没法阻止，这就好比时间的进程。

“你想怎么样？”切维尔有些结巴，他惊恐地意识到自己完全无法抵抗，无论他想抵抗的是什么。

“今天是你的幸运日，巫师。”

“哦，太好了。”他虚弱地答道。

“你刚刚被任命为王家提醒官。”

“哦，是个什么职务，具体地说？”

“你要提醒所有人我还活着。这很简单，一天三顿管饱，还有人给你洗衣服。拿出点精神来，伙计。”

“王家的？”

“你是巫师，我想你多少总该懂些事情。”公主说。

是吗？死神说。

（这是个电影里常用的把戏，不适合印刷。死神的话不是冲公主说的。事实上他正在自己的书房里跟小亡讲话。但它还是挺有效的，不是吗？搞电影的大概会叫它渐隐，或者横切／移位，或者诸如此类的东西。在一个把场务助理叫Best Boy[1]的行当，无论搞出什么名字来都不足为奇。）

到底是什么事？他在桌上固定了一把小老虎钳，眼下正往不听话的钩子上缠黑色的丝绸。

小亡犹豫了。主要是出于害怕和尴尬，也因为眼前有个戴着兜帽

1　器材助理，字面意思为“最佳男孩”。——译者注

的死神正安闲自在地制作假饵，这幅画面足以让任何人顿上一顿。

再说了，屋子的另一头还坐着尹莎贝尔，她看起来像是在缝什么东西，可同时也在望着他，满面阴沉的不以为意。他能感到对方那双带红边的眼睛刺进了他脖子后头。

死神插了几根乌鸦毛进去，从牙缝里哼出一曲热闹的小调——他也没有旁的器官可以用来哼曲子——然后抬起头来。

嗯？

“事情——不像我想象的那么顺利。”小亡手足无措地站在桌前的地毯上。

遇上麻烦了？死神铰掉一点点羽毛。

“嗯，您瞧，那个女巫不肯跟我走，还有那个僧侣，呃，他又投胎去了。”

这没什么可担心的，孩子——

“小亡——”

你还不明白吗，每个人都会落得他们心里想的那个下场。这样子要简单多了。

“我知道，先生。可这意味着，如果坏人以为自己会进个什么天堂，他就真能进去。而如果好人担心自己会去某个可怕的地方，他就真的会受苦。这看起来不公平。”

我早说过，你出任务的时候必须记住一件事，是什么来着？

“呃，您——”

嗯？

小亡结巴着结巴着就没了声音。

没有正义，只有我。

“呃，我——”

你必须记住这一条。

“是的，不过——”

我猜最后全都解决了吧。我从没遇见过造物主，但我听说他对人类很仁慈。死神扯断了线，开始把老虎钳解下来。

把这些念头从你脑子里赶出去，他补充道，**至少第三个应该没给你造成什么麻烦。**

就是现在，小亡已经考虑了很长时间，想掩盖真相是没有用处的。他搅乱了历史的整个进程，而这类事情总是会把大家的注意力吸引到自己的身上。最好还是放下这块大石头，像个男人一样，爽快些。把这口苦酒咽下去，摊牌，千万不要躲躲闪闪的。听他发落。

锐利的蓝色眼睛朝他闪闪发光。

他回望着对方，活像只夜里出门的野兔，想要瞪赢一辆十六轮大卡车的前灯，而且人家的司机还是个正在超越魔鬼转速计的咖啡因瘾君子。

他败下阵来。

“没有，先生。”他说。

很好，干得漂亮。那么，现在，你觉得这个怎么样？

钓鱼的人认为，一只好的假饵苍蝇应该巧妙地模拟真品的形态。早上有早上用的苍蝇。晚上用的又有所不同，诸如此类。

但被死神得意扬扬拈在指间的这一只显然出自历史的黎明时期。它是原生质汤里的那只苍蝇，吃的是猛犸象的大便。它不是落在窗玻璃上的苍蝇，而是穿透墙壁的那种。这样一只昆虫，它会从最密实的苍蝇拍中间钻过，口里滴着毒液，叫嚣着报仇雪恨。它长了些奇怪的翅膀，满身都是凸起，仿佛还有许多的牙齿。

“它叫什么？”

我要叫它——死神之荣耀。死神最后一次对它投以欣赏的目光，然后把假饵塞进了袍子的兜帽里。**我感觉今晚仿佛想出去看一点点生命。**他说，**你可以替我出任务，既然你已经上手了。看起来。**

“遵命，先生。”小亡悲哀地应承下来。他仿佛看见自己的一生在眼前展开，活像条讨人厌的黑色隧道，尽头一丝光亮也没有。

死神在桌面上敲着手指，自言自语似的嘀咕起来。

啊，对了。他说，**阿尔伯特告诉我，有人在图书室里捣乱。**

“什么，先生？”

把书拿出来又不好好放回去，关于年轻女人的书。他好像觉得这挺有趣。

我们已经透露过，神圣的凝听派僧侣可以把听力发展到极致，一次干净利落的日落也能震聋他们的耳朵。有那么几秒钟，小亡觉得自己脖子后的皮肤似乎也进化出了这种奇异的能力，因为他可以听到背后的尹莎贝尔手上的动作冻住了，还能听到先前从书架中间传来的倒抽一口凉气的声音。他想起了蕾丝手绢。

他说：“是的，先生。以后不会了，先生。”

好极了。现在，你们俩玩去吧。让阿尔伯特给你们弄个野餐什么的。呼吸点新鲜空气。我早就发现了，你们老躲着对方。他一副心照不宣的神情，用胳膊肘轻轻捅了捅小亡——那感觉活像是给棍子戳了一下——又补充道，**阿尔伯特跟我说了这代表什么意思。**

“哦？”小亡相当沮丧，他发现自己想错了，隧道尽头并非没有亮光，那儿不但有光，还是个火焰喷射器。

死神又送出一记标志性的超新星眼神。

小亡这边完全没有回应。他迈着沉甸甸的步子，转身朝门口走去。与他相比，巨龟阿图因的速度和步态足以媲美欢蹦乱跳的小羊羔。

走廊已经蹭过了一半，他背后响起一阵轻柔急促的脚步声。一只手抓住他的胳膊。

“小亡？”

他转过身，透过绝望的迷雾望着尹莎贝尔。

“你干吗要让他以为图书室里那个是你？”

“不晓得。”

“你……真是……好心。”她谨慎地说。

“是吗？我也不知道自己是怎么了。”他把手伸进衣袋里，掏出手绢，“这是你的，我想。”

“谢谢，”她大声地擤了擤鼻子，“我说——”

“什么？”

“我想说声谢谢。”

“没什么。”他嘟囔道，“只不过你最好别再把书拿走了。这让它们很不安，或者诸如此类的。”他努力制造出一个沉闷的笑声，“哈！”

“哈什么？”

“就是‘哈’！”

他来到了走廊尽头。这扇门通向厨房，阿尔伯特肯定会拿无所不知的目光来瞄他，小亡知道自己眼下没法面对这个。他停下了脚步。

“可是，我不过是想让它们跟我做个伴而已。”她在他身后说。

他投降了。

“我们可以去花园里走走。”这话完全出于绝望，但他立刻又硬起心肠，加上一句，“不带任何义务的，当然是。”

“你是说你不准备娶我？”尹莎贝尔问。

“娶你？”小亡骇得目瞪口呆。

“父亲带你来不就是为了这个吗？”她说，“毕竟，他根本不需要什么学徒。”

“所以他才那么拿胳膊戳我，朝我挤眼睛，还老是说什么‘孩子，总有一天这些都是你的’？”小亡问，“我一直装着没发现。我现在谁也不想娶。”公主的样子在他心头一闪而过，他补充道：“反正肯定不是你，没有不敬的意思。”

“就算碟形世界上的男人都死光了我也不会嫁给你。”她甜蜜地说。

这话让小亡很受伤。不想娶一个人是一回事，可听到人家说不想嫁给你就完全是另外一码事了。

他们踏上死神的黑色草坪，小亡说：“至少我看上去不像是在衣柜里吃了好多年油炸面包圈的样子。”

“至少我走路的时候一条腿里看起来只有一个膝盖。”尹莎贝尔说。

“我的眼睛长得可不像两个黏耙耙的荷包蛋。”

尹莎贝尔点点头：“不过，我的耳朵可不像是枯死的树上长出来的东西。黏耙耙是什么意思？”

“你知道，就像是阿尔伯特弄的那种蛋。”

“蛋白稀稀地流来流去，里头还有好多黏糊糊一团一团的东西？”

“没错。”

“是个不错的字眼。”她若有所思地承认，“可是，我必须指出，我的头发，一点都不像你用来刷厕所的东西。”

“当然，可我的也不像一只湿淋淋的刺猬。”

“请注意，我的胸部可不像个装在湿纸袋里头的烤面包架。”

小亡瞟了瞟尹莎贝尔的裙子，里头的脂肪分给两只小狗崽都绰绰有余。他把舌头上的反驳咽了下去。

“但我的眉毛也不像一对交配的毛毛虫。”他胡乱诌上一句。

“这倒是真的。但是，我提醒你，我的腿至少可以在门口挡住一只猪。”

“啊？”

“不是罗圈腿。”她解释道。

“啊。”

他们从百合之中穿过，一时都找不出什么话讲。最后，尹莎贝尔转身面对小亡，伸出一只手。他满心感激，默默地跟她握了握。

“够了？”她问。

“差不多。”

“很好。我们显然不该结婚，哪怕只是为了子孙后代着想。”

小亡点点头。

几片修剪得整整齐齐的树篱中间有条石凳，他们过去坐下。在花园的这个角落里，死神弄了片水塘，一头石狮子呕出冰冷的山泉流进塘里，养出好些肥肥胖胖的白色鲤鱼，它们有的潜伏在水底，有的从柔美的睡莲间探出脑袋。

“我们该带点儿面包屑过来。”小亡选择了一个完全没有争议的话题，显示出十足的绅士风度。

“他从没到这儿来过，你知道。”尹莎贝尔的眼睛望着鲤鱼，“弄这个只是为了给我找点乐子。”

“没起作用？”

“它不是真的。”她说，“这儿的一切都不是真的。不真实。他喜欢装成人类的样子，没别的。眼下他特别努力，不知道你注意到没。我想你对他有些影响。知道吗？他曾经还试着学过班卓琴呢。”

“在我看来他更像是玩管风琴的类型。”

“他完全摸不着头脑。”尹莎贝尔充耳不闻地继续说道，“他不会创造，你知道。”

“你说他创造了这个水塘。”

“他过去见过一个这样的水塘，就依样画葫芦造了一个。所有的东西都是复制品。”

小亡不安地扭了扭。有只小虫子爬上了他的腿。

“真是太糟了。”他暗自祈祷自己的语气适合眼下的情况。

“是的。”

她从地上抓起一把砂砾，心不在焉地把它们一粒粒扔进水里。

“我的眉毛真有那么难看？”她问。

“嗯。”小亡说，“恐怕是的。”

“哦。”扑通，扑通，鲤鱼厌恶地望着她。

“我的腿呢？”他问。

“是的，抱歉。”

小亡有些着急，赶紧在自己储备的那一点点话题里东翻西找，最后还是放弃了努力。

“算了。”他大度地说，“至少你还可以用眉夹。”

“他很和气。”尹莎贝尔没接茬儿，“那种心不在焉的和气。”

“他不是你的亲生父亲吧，嗯？”

“好多年前，我的父母在穿越大奈夫时出了意外。是场风暴，我想。他发现了我，把我带到这儿来。我不知道他为什么那么干。”

“也许是为你感到难过吧？”

“他从来没有任何感觉。我不是在骂他，你明白。只不过他没有用来感觉的东西，没有那个，叫什么来着，腺体。他没法感觉，他大概是觉得应该为我难过吧。”

她苍白的圆脸转过来面对着小亡。

“我不准任何人说他的坏话。他尽力了，只不过他总有那么多事儿要操心。”

“我父亲过去也有些像他。现在应该也是，我是说。”

“他总该有腺体吧，我猜。”

“我想是的。”小亡不安地扭扭身子，“我从没认真想过那东西，腺体。”

他们一起盯着鲤鱼。鲤鱼也盯着他们。

小亡说："我刚刚搞乱了未来的整个历史。"

"哦？"

"你瞧，他想杀了她，所以我就杀了他，可问题是，根据历史她应该死，然后让公爵成为国王，可最糟糕的，最糟糕的是，尽管他从里到外都烂透了，但他本来会把所有的城市都统一起来，变成一个联邦，书上还说会有一百年的和平昌盛。我是说，看他那样子，你本来以为会有恐怖统治什么的，可看来历史有时候就需要这种人，而公主却和别的君王没什么两样。我是说，并不坏，事实上挺好的，只不过不是应该出现的那种，现在统一什么的都没戏了，历史漫无目的地乱蹦弹，而这些全是我的错。"

他蔫下去，焦急地等待着她的回答。

"你是对的，你知道。"

"当真？"

"我们的确该带些面包屑来。"她说，"不过我猜它们在水里也能找着东西吃，甲虫什么的。"

"我刚才说的话你听见了吗？"

"什么话？"

"哦，没什么。没什么要紧的，抱歉。"

尹莎贝尔叹了口气，站起身来。

"我猜你想要动身了。"她说，"很高兴咱们把结婚的事儿说清了。和你谈话很愉快。"

"我们可以发展成一种你恨我、我恨你的关系。"小亡说。

"那些同父亲一道工作的人，我通常都没什么机会跟他们聊天。"她似乎没办法把自己从他身边拉开，就好像在等着小亡说点别的什么。

他能想到的只有一句："嗯，的确。"

“我猜现在你得去工作了。”

“差不多。”小亡有些犹豫，他意识到，不知怎么的，这场对话已经从阴影下飘出去，浮到他不大理解的深渊之上。

他听到一种噪声，就好像——

它让小亡联想起家里的老院子，想家的感觉猛地蹿了出来。在锤顶山的严冬里，他家会在院子里养几只山区耐寒的塔戛兽，定时塞些草料给它们吃。到春天解冻的时候，院子的地面会增高好几英尺，表面还有层挺硬的外壳。你可以从上头踩过去，但要当心，否则就会陷进及膝深的浓缩便便里。靴子抽出来的时候，绿莹莹、热腾腾，那种声音跟鸟叫蜂鸣一样，都是春天到来的标志。

小亡下意识地瞅了瞅自己的鞋子。

尹莎贝尔在哭，不是淑女式的抽泣，而是大颗大颗地掉眼泪，活像水底火山的泡沫，争先恐后地往上涌，个个都想第一个浮出水面。这是从压力下逃逸、在无聊的悲惨里成熟的号啕。

小亡道：“呃？”

她就像地震时的水面一样浑身发抖，她急急忙忙地从袖子里掏出手绢，但在这种情况下，手绢跟雷暴时的纸帽子一样毫无用处。她试着说些什么，最后却只吐出一串被呜咽打断的辅音。

小亡说：“嗯？”

“我说的是，你觉得我多大了？”

“十五？”他胡乱猜个数字。

“我十六了。”她号啕着，“你知道我已经保持十六多长时间了吗？”

“抱歉，我不明——”

“不，你不会明白的。谁都不明白。”她又擤了擤鼻子，尽管手抖得相当厉害，但还是仔仔细细地把有些潮湿的手帕放回了袖子里。

“你可以出去，”她说，“而且你来的日子还太短。你没发现吗，在这儿时间是静止的？噢，是有些东西会过去，但不是真正的时间。他造不出真正的时间。”

“哦。”

她说话的时候，声音显得稀薄、紧张，而且特别勇敢，仿佛是在极端困难的情况下振作起精神，但随时都有可能再次失控。

“我十六岁已经三十五年了。”

“哦？”

“第一年就够糟的。”

小亡回顾了自己过去的几周，然后满心同情地点点头。

“所以你才跑去看那些书吗？”

尹莎贝尔低下头，穿凉鞋的脚指头好不尴尬地在砂砾上扭动。

“它们浪漫极了。”她说，“里头有好些真正的恋爱故事。有个姑娘见爱人死了就喝了毒药，还有一个因为父亲硬要她嫁给个老头就跳了崖，还有一个宁愿淹死也不肯——”

小亡听得目瞪口呆。要是单看尹莎贝尔选择的读物，你简直不敢相信碟形世界的女青年能活着穿破一双袜子。

“然后她以为他死了，于是就自杀了，结果他醒过来，就真的自杀了，还有个姑娘……”

根据常识推断，肯定至少得有几个女人没为爱情自杀，平平安安地活过了二十岁，但在这些闹剧里头[1]，常识似乎连个跑龙套的机会也没

1　碟形世界最伟大的一对恋人无疑是梅里忒斯和葛蕾忒丽娜，他们纯真、激昂而灼热的爱情本来会在碟形世界的历史中留下深深的烙印，只可惜这两个人出生的日子前后差了两百年，而且还生在了不同的大陆上。不过众神还是怜悯他们，把他变成了个烫衣板*，把她变成了一根黄铜小柱子。

* 一旦当了神，做事情自然不必再讲什么道理。

捞着。小亡已经知道爱情会让你感觉又冷又热，又残忍又虚弱，但他还没意识到爱情也能让你变成傻子。

“每晚都游泳过去，可有天晚上刮了场风暴，他没来，于是她就……”

小亡本能地感觉到，总有些年轻人会在，比方说，村里的舞会上相遇，彼此看对了眼，约会个一两年，吵上几次嘴，然后和好，结婚，而且完全没有把自己给杀掉。

过了好一会儿，他模模糊糊地意识到，关于悲剧性爱情的冗长故事已经讲完了。

“哦。”他虚弱地说，“难道就没有人，你知道，就那么好好相处了吗？”

“爱就是痛苦。”尹莎贝尔说，“肯定必须有很多阴暗的激情。”

“是吗？”

“当然。还有苦闷。”

尹莎贝尔似乎想起了什么。

“你刚才是不是说什么东西乱蹦弹来着？”她的声音很紧，显示出本人正努力振作起来。

小亡想了想：“没有。”

“恐怕我没怎么留心听。”

“一点关系也没有。”

他们逛回屋子里，没再说话。

小亡到书房，发现死神已经离开了，桌上留下了四个沙漏。皮革大书躺在台子上，锁得严严实实。

沙漏底下压着张字条。

在小亡的想象中，死神的笔迹要么是哥特式的，要么就该像墓碑一样有棱有角。事实并非如此，死神早前研读过一本关于书法的经典著作，最后选定的字体显示出一种平衡的、和谐的人格。

字条上写着：

> 钓鱼去了。伪都有个绞刑，克鲁尔一个自然死亡，卡里克山区一个坠崖身亡，还有个痖疾在厄尔-肯特。今天剩下的时间归你自己安排。

在小亡的想象中，历史就像根没了张力的钢索，砰砰砰地在现实中前后乱抽，弄得到处一片狼藉。

历史并非如此。历史是件旧毛衣，拆开时动作很柔和。它被缝缝补补过许多回，有时候还被重新织上几针来适应不同的人，另外一些时候，它会被塞进审查制度的盒子里，因为宣传的原因遭人修修剪剪。然而它最后总能跳回自己熟悉的老路子上。历史有个习惯，它会改变那些自以为正在改造它的人。历史破破烂烂的衣兜里总藏着几个把戏，它出来混的时间已经很长了。

以下就是正在发生的事情：

小亡那把用错地方的镰刀把历史砍成了两个截然不同的现实。在斯托·拉特城里，王位上坐的依旧是凯莉公主，尽管有一定的困难，但王家提醒官已经开始领宫廷的薪水，全天上岗，负责提醒大家记住她仍然存在这个事实。不过，在外地嘛——平原之外、锤顶山区、环海周边一直到世界边缘——传统的那个现实大权在握：公主已经死了，完全没有什么疑问，公爵当上了国王，世界安安稳稳地按原计划前进，无论那计划究竟是什么。

问题在于，两个现实都是真的。

眼下，所谓历史事件的地平线正位于距斯托·拉特城二十英里左右的地方，而且对一般人来说还不是特别明显。这是因为两边的那个——呃，就叫它“历史压”吧——差别还没有很大，但它正在增强。在潮湿的甘蓝地里，空中有道微光，还能听到微弱的嗞嗞声，活像在炸蝗虫。

人无法改变历史，就好像鸟不会改变天空，只能在上头留下短暂的图案。一寸又一寸，真正的历史正辗回斯托·拉特，就像一道桀骜不驯的冰河，只不过要冷酷得多。

小亡是第一个注意到这件事的人。

那天下午显得分外漫长。山里人抓紧了冷冰冰的石头，死也不肯松手，直到最后一刻。而被处决的那人管小亡叫独裁国家的走狗。只有那位一百零三岁的老妇人冲他笑了笑，说他的脸色有些苍白。她在儿孙的环绕下去了自己的天堂。

太阳快要落山了，冰冰疲倦地穿过斯托·拉特上方的天空，小亡低头往下瞅了一眼，结果发现了现实的边境。它在他脚下蜿蜒，仿佛一轮淡淡的银色雾气。他不知道那是什么，只是有种凶险的预感，并感到这跟自己脱不了干系。

他拉拉缰绳，让冰冰缓缓下降，在泛着虹光的空气墙后头几码处落了地。它像鬼魂一样飘过荒凉、潮湿的甘蓝地和冰冻的排水沟，速度比步行稍慢些，还发出微弱的嗞嗞声。

这晚天气挺凉，是那种霜冻和大雾争夺主动权的夜晚，所有的声音都被闷住了。冰冰的呼吸在静止的空气里形成一座座云雾喷泉。它用蹄子刨着地面，轻轻嘶叫一声，像是道歉似的。

小亡从马鞍上滑下来，蹑手蹑脚地朝那个界面走过去。它发出微弱的噼啪声。古怪的形象在其间闪烁，飘浮，改变，消失。

他四下瞅瞅，找到根棍子，小心翼翼地把它戳进墙里。墙上出现了奇特的波纹，它们慢吞吞地扩散开，直到消失在视线之外。

有什么东西从他头顶飞过，小亡抬起头。那是只黑色的猫头鹰，正在水沟上巡逻，想找些吱吱叫的小东西填肚子。

它撞到墙上，闪闪发光的雾气四下溅开，墙上留下了一个猫头鹰形的波纹，薄雾慢慢扩散，直到汇入沸腾的万花筒中。

然后它就消失了。界面是透明的，小亡可以保证对面没有钻出只猫头鹰来。他正为了这个绞尽脑汁，几英尺远的地方无声地溅起波纹，一只鸟冲进了他的视线里，一副无所谓的样子，拍拍翅膀飞走了。

小亡打起精神，穿过了那道完全不是障碍的障碍。他感到一丝轻微的刺痛。

片刻之后，冰冰也跟着冲了过来，它的眼珠绝望地转动着，界面的藤藤蔓蔓还缠在马蹄上。它把后腿立起，像狗一样抖抖鬃毛，想把沾在身上的雾气甩下来，然后恳切地看看小亡。

小亡抓住缰绳，拍了拍它的鼻子，又从兜里翻出个脏兮兮的糖块。他已经意识到自己遇见了某种重要的东西，只是还不大确定它究竟是什么。

在两排阴沉沉、湿漉漉的柳树中间有条小路，这倒是可以肯定的。小亡重新上马，让冰冰穿过田地，跑进了滴滴答答的树枝底下。

远处是斯托·赫里特的灯光，那地方比个小镇实在大不了多少。而视线边缘那一点微弱的亮光应该就是斯托·拉特。他满心渴望地瞅着它。

那道屏障让小亡有些担心。他能看见它在树后偷偷地漫过了田地。

他正准备催冰冰升空，突然发现自己正前方有些灯光，暖烘烘的，让人心动。那是从路边一幢大房子的窗户里透出的光线。大概原本就算得上是喜气洋洋，但跟周围的环境和小亡的心情一比，它简直能让人欣喜若狂。

他靠近了些，只见有些影子在光线中移动，还能听到断断续续的歌声。那是家小旅店，里头的人正在寻欢作乐，至少假如你是个一年到头为甘蓝操心的农民，那应该就称得上是寻欢作乐了。比起芸苔来，几乎任何东西都显得挺有意思了。

里头有人类，正进行着复杂的人类活动，比如喝个酩酊大醉，比如忘记歌词。

小亡还从没真正想过家，很可能是因为他脑子里总有些别的事儿要操心。但现在他第一次有了想家的感觉——那是种渴望，不是渴望一个地方，而是一种心情，做个普普通通的人，为些直截了当的事心烦，比如挣钱、生病和其他人……

“我要喝一杯。”他想，“或许这样会感觉好些。”

主楼的一侧有个一面敞开的马厩，小亡把冰冰领进马厩温暖的黑暗中，里头一股马味儿，已经有了三匹马。小亡把马粮袋解下来，心里琢磨着，不知道死神的马对那些生活方式不那么超自然的同类有没有什么特别的感觉。它们正警惕地望着冰冰，比起它们来，冰冰的确令人印象深刻。它是匹真马——这一点小亡手上被铲子磨出的水泡可以证明——而且，跟其他马待在一起，它显得比任何时候都更真实、更牢靠、更“马”。比现实还略胜一筹。

事实上，小亡很快就能作出一个重要的推理，不幸的是，当他穿过院子往旅店的矮门走去时，旅店的招牌分散了他的注意力。创作者并没有太多的艺术天赋，但在“女王的脑袋”的招牌上，凯莉下巴的线条和一大堆火红色的头发却是显而易见的。

他叹了口气，把门推开。

聚会的人几乎同时闭上嘴巴，睁大眼睛盯住他。那是种诚实的乡下眼神，暗示说他们会为了两根针抄起铁锹砸破你的脑袋，然后在月圆之夜把你的尸体埋到一堆肥料底下。

或许我们该再看一眼小亡，因为在过去的几章里他已经有了很大变化。比方说，尽管他身上仍然有不少膝盖和胳膊肘，但它们似乎已经搬到了正常的位置上，而且他走起路来关节也不像是被弹性绷带连在一起的样子了。过去他看上去什么也不知道，现在却显然知道得太多了。他眼睛里有些东西，暗示着他见过普通人没见过的事儿，或者至少是普通人不会见上第二回的事儿。

他的其他部位则暗示说，找这孩子的麻烦很可能会像捅马蜂窝一样明智。总而言之一句话，小亡已经不再像被只猫捡回来养大的人了。

看小亡进来，店主人伸手到吧台底下，握紧了代表和平的粗棍子。现在他松开手，整理好表情，做出一个类似愉快热情的笑容，不过并不十分到位。

“晚上好，大人。”他说，“在这天寒地冻的夜晚，您有何意愿？”

“什么？”小亡在灯光下眨眨眼。

“他的意思是，你想喝点什么？”说话的是壁炉旁的一个小个子，这人长着张白貂似的脸，看小亡的眼神活像屠夫打量一地的绵羊。

“呃，不知道。”小亡说，“你这儿卖星星酿吗？”

“从没听说过，大人。”

小亡四下瞅了瞅，火光的映衬下，一张张脸都在望着他。这些是那种通常被称作“地上的盐”的人。换句话说，他们硬邦邦、带棱角，还对你的健康很有害处。但小亡心事重重的，根本没发觉。

“那，这儿的人喜欢喝什么？”

店主斜眼瞟瞟自己的顾客们，这是个顶聪明的把戏，因为这些人都在他正前方坐着。

“怎么，大人，当然是苹果白，我们喜欢。”

“苹果白？”小亡没能注意到许多闷在嘴里的窃笑声。

“是啊，大人。苹果酿的。嗯，许许多多的苹果。”

听上去够健康的。“哦，好吧。”小亡说，“那就来杯苹果白。”他从衣兜里掏出死神给他的那袋金子，几乎还是满满一袋。旅店里突然一片寂静，硬币微弱的叮当声就好像传说中勒希普的铜锣一般，尽管塔楼已经沉到了三百英寻[1]以下的海底，但在雷电交加的夜晚，出海的船还是一样能听见。

“还有，在座的先生们想喝些什么都请算在我账上。”他又加上一句。

好一片整齐划一的感谢声，小亡被冲昏了头，对有些细节也就没太在意，比如他的新朋友们喝酒用的都是管子似的小杯子，只有他一个人摊上了个老大的木头酒杯。

关于苹果白有许许多多的传说。例如它是怎么根据古老的配方在湿沼泽上酿出来的，配方又是怎么从父亲传到儿子的，尽管过程有时候不大连贯。关于老鼠的传说不是真的，蛇脑袋或者铅弹也一样。而死绵羊的故事完全是捏造的。我们还可以排除关于裤子纽扣的所有版本。但不能接触金属这一条是半点不假，因为，当店主人把黑来的一小堆硬币扔进柜台的时候，它们刚好落到些苹果白上，立马就起了泡泡。

小亡闻了闻自己的饮料，然后抿了一口。味道有点像苹果，又有点像秋天的早晨，还特别像一堆柴火的底下。不过为了不冒犯主人，他又喝了一大口。

所有人都望着他，暗地里开始计数。

小亡觉得人家在期待他说点什么。

“味道不错。”他说，“非常提神。”他再抿上一口。“一般人可能不怎么习惯，”他补充道，“但很值得尝试，我敢说。”

人堆后头传来一两声不满的嘀咕。

1　1英寻≈1.829米。——译者注

“他往里头掺了水，就那么回事。”

“不可能，你晓得水沾了苹果白是啥样。”

店主试着不去理会。“你喜欢吗？”那语气跟人们问圣乔治“你杀了个什么？”[1]时的调子非常相似。

“相当刺激，”小亡说，“还带点坚果味儿。”

“请原谅。”店主轻轻从小亡手里拿过酒杯。他嗅了嗅，然后抹抹眼睛。

“哎呀呀呀呀嘎。”他说，“东西没错。”

他投向小亡的目光近乎崇拜。倒不是因为他喝了三分之一品脱[2]的苹果白，这件事本身没啥了不起，问题是他竟然还能立在垂直方向，而且似乎依旧生龙活虎。他把杯子递还给小亡，仿佛是在一场不可思议的比赛之后发给对方奖杯。小亡又喝了一大口，几个旁观的酒客牙疼似的缩了一下。店主人怀疑小亡的牙究竟是什么做的，最后认定准是跟他的胃一个材料。

保险起见，他多问了一句：“你不会是巫师吧？”

“抱歉，不是。我该是吗？”

我看也不是，店主暗想，瞧他走路的样子就不像，再说他什么也没抽。他又看了眼酒杯。

这事儿有些不对头，这孩子有些不对头。他看起来不大对，他看起来——

过于结实了。

当然，这很可笑。酒吧是结实的，地板是结实的，顾客也很结实，你没法指望他们更结实了。可是小亡，他就那么尴尴尬尬地戳在那

1　英格兰的守护圣徒，杀的当然是救出美人前必须干掉的那头龙。——译者注

2　1品脱≈0.5683升。——译者注

儿，心不在焉地抿着足以用来洗调羹的饮料，他似乎放射出一种特别有力的结实，一种比人家还要多一维的真实。他的头发、衣服和靴子样样都是个中精华。看他几眼也能让你觉着头疼。

不过，就在这时，小亡表现出他毕竟还是人类的特质。酒杯从他僵硬的手指间滑落，在石头地板上弹过几下，洒出来的苹果白开始腐蚀进石头缝里。小亡指着对面的墙壁，嘴唇无声地开合着。

老主顾们转身继续吹牛玩牌，看到世界照常运转，他们个个放下心来：现在小亡的表现已经非常正常了。店主人见自己的饮料洗清了不白之冤，大大地松了口气，他从吧台上伸出手去，友好地拍了拍小亡的肩膀。

“别担心。”他说，“它对人常有这效果，你会头痛个几礼拜，一点不用担心，再来滴苹果白你就啥事儿也没有了。”

解救最管用的自然是再喝几杯一样的，人们管这叫狗毛，没错，治疗苹果白宿醉的良药就是狗毛，尽管叫它鲨鱼的牙齿或许更准确些。推土机的轮子大概也不错。

但小亡充耳不闻，他只是指着对面，用颤抖的声音说：“你看不见吗？它穿透了墙壁！它就那么穿过了墙！”

“第一回喝苹果白以后，好多东西都会穿进墙来。绿莹莹毛茸茸的东西，通常都是。”

“那是雾！你听不见它的咝咝声吗？”

“咝咝的雾，嗯？”店主看了眼对面的墙，除了几张蜘蛛网，它整个都光秃秃的，一点不神秘。但小亡那种急迫的语调让他有些不安。他更喜欢平常那种带鳞片的怪物。跟那些东西一起，你知道自己的位置在哪儿。

“它正在房间里移动！你就一点感觉也没有？”

顾客们对视几眼，小亡让他们心神不宁。事后有一两个人承认，自己当时的确感觉到些东西，一种冷冰冰的刺痛感，但那很可能只是消化不良而已。

小亡退后一步，抓紧了吧台。他哆嗦了一小会儿。

“听着，”店主说，“玩笑归玩笑，可——”

“之前你穿的是件绿色的衬衣！”

店主低头看了看。他的声音里多出一丝恐慌的味道。

“什么之前？”他嗓子颤抖起来。让他吃惊的是，不等他的手完成通往棍子的秘密旅程，小亡已经跳过吧台一把抓住了他的围裙。

“你本来穿的是件绿色衬衣，不是吗？”小亡问，“我看见的，上头还有黄色的扣子！”

“好吧，是的。我有两件衬衣。”店主试着把身子挺直些，“我是个有产业的人。”他补充道，“只不过今天没穿。”他一点不想打听小亡是怎么知道扣子的事的。

小亡松开手，猛地转过身去。

“他们坐的位置全变了！刚才坐在壁炉边上的人哪儿去了？全都变了！”

他从大门跑了出去，屋外传来一声闷喊。他冲回来，眼睛瞪得滚圆，质问着惊恐的众人：

“谁把招牌换了？有人把招牌给换了！”

店主紧张兮兮地用舌头舔舔嘴唇。

“在老国王驾崩之后，你是指……？”

小亡的表情让他打了个寒噤，那孩子的眼睛活脱脱是两个惊恐万状的黑水塘。

“我指的是名字！”

“我们——我们一直都是那个名字。”店主绝望地看看顾客，寻求支援，“不是吗，伙计们？公爵的脑袋。”

众人一致喃喃地表示赞同。

小亡盯着每一个人，浑身上下明显地颤抖起来，然后他转身又跑了出去。

院子里传来马蹄声，声音越来越弱，最后完全消失了，就好像一匹马刚刚离开了世界表面似的。

店里一点动静也没有。大家都在努力回避其他人的目光。没人愿意头一个承认自己看见了自己以为自己看见了的东西。

所以这个艰巨的任务就落到了店主肩上。他摇摇晃晃地走到门边，把手伸向木头大门，手指摸遍了熟悉的、让人安心的门板。它坚不可摧，完全是一扇门该有的样子。

每个人都看见小亡三次从这儿跑过。只不过他忘了开门。

冰冰努力升高，几乎是垂直地上了天，马蹄抽打着空气，呼吸像一道水蒸气似的在身后飘散。小亡把脸埋在马鬃里，抓得很紧，一部分是用膝盖和双手，但主要靠的还是意志力。周围的空气变得像劳动救济所的肉汤一样又凉又淡，他这才睁开眼睛。

头顶上，中轴光安静地划过冬季的夜空。脚下——

是个翻过来的碟子，好几英里宽，在星光下显出一片银色。他能看见里头的光线，云也从中间飘过。

不。他仔细瞧了瞧。云绝对没有从它中间飘过，它中间是有云没错，但里头的云更单薄些，方向也略有不同，事实上，它们跟外头的云似乎没多大关系。而且……哦，是的，中轴光。在这个鬼影样的半球之外，中轴光给夜晚添上了层微弱的绿色，但在碟子底下却完全看不见中轴光的影子。

这就好像看着一小片另一个世界，一个嫁接过来的世界，和碟形世界几乎没什么区别。只不过里头的天气稍稍有些不同，而且今晚忘了开灯。

而碟形世界厌恶它，准备包围它，把它挤回虚空去。从小亡所在的地方看不出它有没有变小，但他仿佛能听到那东西着陆时蝗虫似的嗞嗞声。事情变回了原样，现实正在自我修复。

根本不用想，小亡就知道穹顶的中心是谁。即使从这儿也能很容易看出来，斯托·拉特稳稳当当地处于正中央。

他努力不去思考，等穹顶缩小到一间屋子、一个人，然后是一个蛋大小，那时候会怎么样？他失败了。

逻辑会告诉小亡，这正是他得救的机会。再过一两天，麻烦就能自己解决，图书室里的传记又一次变得正确无误，世界会像根弹性绷带一样弹回原来的位置。逻辑还会告诉小亡，再一次干预只能让事情变得更糟。逻辑肯定会把这些都讲给他听，可逻辑偏偏像死神一样，决定今晚该歇歇。

由于强大魔法场的刹车效应，光线在碟形世界的运动速度相当缓慢。此时此刻，在世界边缘的一个岛上，克鲁尔王国刚好位于太阳轨道的正下方，但光线还慢吞吞地没有抵达地面，因此那地方才刚到晚上。另外，天气也挺暖和，因为世界边缘吸收的热量比较多，而且还享受着温润的海洋性气候。

事实上克鲁尔很幸运，它有个特别之处，由于一时找不到更合适的词，所以我们姑且管那东西叫海岸线：克鲁尔的海岸线伸出了世界边缘之外。大多数克鲁尔本地人对此都持赞赏态度，只除了那些走路不长眼或者经常梦游的家伙，而且，由于自然选择的作用，这样的人并不多见。每个社会都有些落后分子，不过在克鲁尔，他们再也不会有机会落回来。

忒普斯克·闵斯并不是个落后者，他是个钓鱼爱好者。两者之间有个区别：钓鱼更费钱些。不过忒普斯克很快乐。哈克鲁尔河的水流安闲平稳，两岸都是芦苇，浮漂其上的羽毛正在河水中轻柔地上下起伏。忒普斯克望着它，脑子里几乎是一片空白。只有一件事可能扰乱这种心绪，那就是当真钓上一条鱼来。因为在钓鱼这项活动中，忒普斯克唯一担心的就是怕真有鱼上钩。鱼全都冷冰冰、滑溜溜的，总要惊慌失措地拼命挣扎，这会让他有些神经质，而忒普斯克的神经并不十分强壮。

只要什么也别钓起来，忒普斯克·闵斯就算得上是碟形世界最快乐的垂钓者，因为哈克鲁尔河离他家有五英里路，这就意味着离桂蕾迪斯·闵斯太太五英里远。忒普斯克跟太太度过了六个月幸福美满的婚姻生活。不过那已经是二十多年前的事了。

另一个人走过来，在河上游些的地方找了个位置，忒普斯克并没有太在意。当然，有的垂钓者可能会反对这种不合规矩的做法，但按照忒普斯克的逻辑，只要能降低他钓起那该死的东西的风险，任何事情都没有问题。他瞟了一眼，发现新来的人在用假饵钓鱼。很有趣的消遣，但忒普斯克自己并不采纳，因为待在家里准备钓饵的时间实在太长了。

他还从没见过这样的假饵钓鱼。有人用湿苍蝇，也有人用干苍蝇，可这只苍蝇带着锯齿的呜呜声冲进水里，然后再把鱼给生生拽出来。

柳树背后那个模糊的身影就这么甩啊拉啊，忒普斯克目瞪口呆，简直移不开眼睛。河里的鱼类居民全都争先恐后地想要逃离这个嗡嗡作响的恐怖怪兽，把河水搅得沸腾起来。不幸的是，在这片混乱当中，一条发狂的大号梭子鱼咬上了忒普斯克的钩。

前一秒钟他还站在岸上，后一秒已经掉进了叮叮当当的绿色迷雾里，呼吸化作一串串泡泡，整个人生在眼前一闪而逝，而且，即使在淹死的当头上，他仍然为了从婚礼到今天的日子也要从眼前闪过感到不寒而栗。桂蕾迪斯很快就要变成寡妇了，这念头让他高兴了些。事实上，忒普斯克从来都努力多关注事情光明的一面，而当他心怀感激地陷进淤泥里时，他突然想到，从现在开始，他的整个生活只可能往好的方向发展了……

然而一只手抓住了他的头发，把他拽出了水面。顷刻间疼痛难忍，惨白的蓝、黑色斑点在他眼前晃动，他的肺着了火，喉咙像根充斥着痛苦的管子。

那双手——凉飕飕、冷冰冰，活像塞满了骰子的手套——把他拖出水面，扔到岸上。他勇敢地尝试继续淹死，但最后还是被揪了回来，重新回到他所谓的生活里。

忒普斯克不常生气，因为桂蕾迪斯不喜欢，但现在他感到自己受了欺骗。人家问也没问一声就把他给生了下来，结婚也是桂蕾迪斯和她老爸的主意，而现在，他作为人唯一能够取得的成就，这个完完全全只属于他自己的成就，也被粗暴地夺走了。几秒钟之前一切都那么简单，现在事情又复杂了。

当然，倒不是说他想死，神对自杀这个问题是很严厉的，他只是不想被人救起来而已。

他睁开红彤彤的眼睛，透过淤泥和浮萍盯着那个模糊的身影，大吼一声："你干吗非要救我？"

答案让他很不安。他踩着嘎吱嘎吱的步子往家走，一路上都在想它。当桂蕾迪斯抱怨他弄脏了衣服的时候，它还蹲在他心上。当他在火边坐下，心虚地打着喷嚏（因为生病是另一件桂蕾迪斯不喜欢的事），它就在他脑子里打转。当他哆嗦着躺在床上，它就像座冰山一样压在他的梦里。他发起高烧，嘴里还嘀咕着："他什么意思，**'为了今后'**？"

火把在斯托·拉特城里燃烧。整队整队的人负责不停地换上新火把。街道闪闪发光。好几个世纪以来，阴影每晚都出现在这里，完全不管闲事，行为无可指摘，可现在，呲呲的火焰却到处驱赶它们。火把照亮了古老的犄角旮旯，大惑不解的老鼠从洞里往外瞅，眼睛被照得闪烁不已。它们强迫夜贼待在屋里。它们照在夜里的薄雾上，形成一圈黄色的亮光，遮盖了中轴流过来的寒冷的光线。但它们主要还是照在了凯莉公主的脸上。

它贴得到处都是，每个平面都没放过。冰冰沿着明亮的街道慢跑，一路经过墙上的、门上的、山墙上的无数个凯莉公主。小亡张口结舌地看着自己的爱人出现在每个能粘住糨糊的平面上。

更奇怪的是，它们似乎并没有吸引住多少眼球。当然，在斯托·拉特，夜生活肯定不如安卡-摩波那么五光十色、惊喜连连，正如废纸篓无法跟大都市的垃圾场争奇斗艳一样。但这里的街道也还是人潮涌动，到处是小贩、赌徒、扒手、卖蜜饯的、玩豌豆和顶针把戏的、出门幽会的女人，偶尔还有个把诚实的生意人，一不留神晃了进来，结果凑不出足够的钱把自己赎出去。小亡骑在马背上，路人的只言片语时不时地飘进耳朵里，足足半打方言，而每一种他竟然都能明白。小亡麻木地接受了这个事实。

最后他下了马，牵着冰冰走进了华尔街，徒劳地找着切维尔的房子。要不是听见一张海报上的肿块闷声闷气地赌咒发誓，这回还真有可能无功而返。

他小心翼翼地伸出手去，把一片纸掀到一边。

“太感谢了。”怪兽门环道，“真是难以置信，嗯？前一昏钟还活得好好的，下一昏钟就涂了满锥的糨糊。”

“切维尔在哪儿？”

“去王宫咯。”门环斜眼一瞟，一只铸铁的眼睛冲他眨巴眨巴，“有人来把他的东西都拿肘了，然后又有些人跑来把他女朋友的画像贴得到处都是。一群浑蛋。”

小亡涨红了脸。

“他的女朋友？”

门环，由于出自恶魔的种族，听了他的腔调立刻哧哧笑起来，那声音活像是指甲拖过锉刀。

“没绰。”它说，“他们是乎很有些充忙呢，要我说的话。”

小亡已经跳上了马背。

“我说！”门环对着他远去的背影喊道，“我说！能不能帮我把它扯下来，小子？”

小亡使劲一拉缰绳，用力之猛，害得冰冰抬起前腿，疯狂地往回跳了好几步。小亡伸手抓住门环。怪兽抬头看了眼他的脸，突然感到自己真的很像个吓坏了的小门环。小亡的眼睛像坩埚一样放着光，表情好比熔炉，声音里的能量足够熔钢化铁。门环不知道他能干出些什么事来，但它觉得最好还是不要去寻找答案。

“你叫我什么？”小亡嗞嗞地问。

门环反应很快：“先生？”

“你请我帮什么忙？”

“把我扯下来？”

“我不愿意。”

“好的。”门环说，“好的，一点也没关系，我正好跟它扯扯淡。”

它望着小亡沿着街道跑远了，这才松了口气，哆嗦一下，神经紧张地轻轻敲起门来。

“真是好好好好险哪。”一个铰链说。

“闭锥！”

小亡遇上了几个夜巡警卫，他们的工作变成了一面敲钟一面高喊公主的名字。只是大家喊起来都有些缺乏信心，好像不大记得起来一般。小亡没理会他们，因为他正听着自己脑袋里头的声音：

她只见过你一次，你这傻瓜。她干吗要理你？

没错，但我救了她的命。

这意味着命是属于她的。而不是你。再说了，他是个巫师。

那又怎么样？巫师不应该——那个，跟女孩子约会，他们得守贞……

守贞？

就是说他们不能那个，你知道的……

什么，永远都不能那个？脑子里的那个声音似乎正咯咯直笑。

那对魔法应该有坏处。小亡苦哈哈地想。

魔法就放在那儿？这倒真有意思。

小亡突然吃了一惊。你是谁？他问。

我是你，小亡。你内在的自我。

好吧，我希望我能从我的脑袋里出去，就我一个在里头已经够挤了。

没问题，那个声音说，我只不过想帮帮忙。不过记住，如果你需要你，你总是在身边的。

那声音消失了。

好吧，小亡满心的苦涩，那肯定是我没错。只有我才管我叫小亡。

这一发现带来的震撼在很大程度上模糊了一个事实：当小亡沉浸在自言自语中的时候，他已经直愣愣地骑过了王宫的大门。当然了，大家每天都会经过王宫的大门，但大多数人都需要先把那东西打开才成。

门里的卫兵被吓得浑身僵硬，以为自己见了鬼。要是知道鬼跟那个几乎完全不沾边，他们还会吓得更厉害。

大厅外的一个卫兵也看见了这一切，不过他多了些时间收拾自己的脑子，或者说脑子里剩下的那么点东西，并且在冰冰穿过院子时举起了长矛。

“站住，”他的嗓音有些嘶哑，“站住。来者何人？去往何处？”

小亡这才注意到他。

“什么？”他还没完全回过神来。

卫兵舔了舔干燥的嘴唇，往后退了一步。小亡滑下马背朝前走去。

“我问你，来者何人？去往何处？”卫兵又试了一次。固执和自杀性的愚蠢是他的两项特长，所以很早就得到了晋升。

小亡轻轻抓住长矛，把它从门前移开。火炬的光芒照亮了他的脸。

“小亡。”他柔声道。

对于任何普通士兵来说，这一下子绝对应该足够了，但眼前这位是当军官的料。

“我是问，是敌是友？”他结巴着试图避开小亡的视线。

“你希望是哪一个？”小亡咧嘴一笑。还不完全是他师父的那种笑容，但效力仍然相当惊人，里头没有一丝幽默的味道。

卫兵安心地松懈下来，站到了一边。

他说：“过去吧，朋友。”

小亡昂首阔步地穿过大厅，登上通往王家套房的楼梯。大厅的样子比上回改变了许多。凯莉的肖像挂得到处都是，甚至取代了天花板上藏在阴影里的那些老旧战旗。只要在大厅里走上几步，任何人都别想躲开凯莉的脸。他的心被分成了几块，一块在琢磨这是为了什么，一块在为不断向城里逼近的穹顶担忧，但最大的一块热腾腾的直冒烟，净是愤怒、困惑和忌妒。尹莎贝尔说对了，他想，这肯定就是爱。

“嘿，那个穿墙的小子！”

他猛一抬头，发现切维尔正站在楼梯顶上。

巫师也变了很多，小亡苦涩地想。不过，或许他的变化还不是那么大。尽管他穿上了件绣金边的黑白法袍，尽管他的尖帽子足有一码高，上头装饰的神秘符号比牙科图表上的还多，尽管他红色的天鹅绒鞋子上有纯银的扣子，鞋尖还弯得像只蜗牛，但他的领口上还是有几块污渍，而且他似乎正嚼着什么东西。

他望着小亡爬上楼梯朝自己走过来。

“你在生气吗？”他问，“我已经开始研究来着，可又被其他事情缠上了。非常困难，穿墙这种——你干吗这么看着我？”

“你在这儿做什么？”

“我也可以问你同样的问题。来颗草莓吗？”

小亡瞥了眼巫师手里的木头小篮子。

“大冬天里有草莓？”

“事实上，它们是施了点魔法的嫩芽。”

“味道像草莓？”

切维尔叹了口气：“不，像嫩芽。那个咒语还不是很有效。我以为它们能让公主高兴些，结果她拿它们丢我。浪费掉太可惜了，随便吃，别客气。”

小亡张口结舌地看着他。

“她拿它们丢你？”

“扔得很准，恐怕是。这位年轻的女士性格非常强硬。”

嘿。小亡脑子后头的一个声音说，又是你自己，为你指出一个问题，公主怎么会跟这家伙那个？就只是考虑跟他那个的可能性都比微乎其微还要微些。

走开，小亡想。他的下意识让他有些担心。它似乎跟他身体的某些部位有直接联系，而目前这些部位正是他希望自己能忽略的。

“你为什么在这儿？”他放出声音，“跟这些画有关系吗？”

“不错的主意，不是吗？”切维尔满脸笑容，“我自己都觉得挺得意的。”

“抱歉。”小亡虚弱地说，“我忙了一整天。我想我得坐坐。”

“去接见厅好了。”切维尔建议，“晚上这个时候那儿没人，大家都睡了。”

小亡点点头，又满腹狐疑地瞅了眼年轻的巫师。

“那你不睡觉在干什么？”

“呃，”切维尔道，“呃，我只是想出来看看储藏室里有没有什么东西。”

他耸了耸肩膀。[1]

现在应该报告一下，切维尔也注意到了小亡的变化。即使是个骑了整天马又睡眠不足的小亡，他体内似乎也放射出某种光芒，跟力量没什么关系，却不知为何仿佛比生命更坚实。不同之处在于，切维尔的训练让他可以比其他人猜得更准些，而且他知道，在遇上神秘事件的时候，最明显的答案往往是错误的。

小亡可以穿过墙壁，可以神清气爽地喝下一大杯寡妇制造者，这不是因为他正变成鬼魂，而是因为他越来越真实，真实得可怕。

事实上，那孩子磕磕绊绊地走过了几条静悄悄的过道，还在不知不觉中穿过了一根柱子，很显然，世界于他已经变成了一个挺不结实的地方。

“你刚刚穿过了一根柱子。”切维尔告诉他，“怎么弄的？”

---

1 里头有一罐上了年纪的蛋黄酱、一片老态龙钟的奶酪，还有一块发了霉的土豆。事实上，在白天，斯托·拉特王宫的食品室里通常都能找到整整十五只牡鹿、一百对鹌鹑、五十桶黄油、两百罐炖野兔、七十五片牛肉、两英里长的各式香肠、无数种家禽、八十打鸡蛋、好几种环海出产的鲟鱼、一大桶鱼子酱和一只塞满了橄榄叶的大象腿。由此切维尔再一次重温了重要的一课：在整个宇宙中，野生、自然的魔法都有一个共通的表达方式——任何储藏室，无论白天储了多少东西，当有人夜半偷袭的时候，永远都只能找到一罐上了年纪的蛋黄酱、一片老态龙钟的奶酪，还有一块发了霉的土豆。

“当真？”小亡转身瞅了瞅。柱子看上去没什么问题。他抬起一只胳膊挥过去，胳膊肘擦破了些皮。

“我敢发誓，”切维尔说，“巫师会注意到很多东西，你知道。”他把手伸进了袍子的口袋里。

“那你注意到包住这儿的穹顶没？”小亡问。

切维尔尖叫一声，手里的篮子落下来砸到瓷砖上；小亡闻到股有些腐败的沙拉酱的味道。

“这么快？”

“我不知道什么快不快的。”小亡说，“可好像有种噼噼啪啪的墙罩下来而且其他人都无所谓似的，而且——”

“它移动的速度有多快？”

“它还会改变各种东西！”

“你看见它了？离这儿多远？速度多快？”

“我当然看见了。我穿过它两次，它就好像——”

“可你又不是巫师，那为什么——”

“那你在这儿干吗来的，我看——”

切维尔深深地吸了口气，随后大喊一声：“所有人都闭嘴！”

一片死寂。巫师抓住小亡的胳膊。“跟我来，”他拉着他回到刚才的走廊，“我不知道你到底是谁，而且我希望有一天我能有时间弄明白，但有些很可怕的事情迫在眉睫，而我认为你跟这事儿脱不了干系，很可能。”

“可怕的事情？什么时候？”

“那要看界面离我们还有多远，速度有多快。”切维尔把小亡拽进侧面的一条走廊，最后在一扇不大的橡木门前停下。他放开小亡的胳膊，在口袋里翻了半天，掏出一小块硬邦邦的奶酪和一个软不拉唧的番茄。

“帮我拿一下好吗？谢谢。”他又挖了一会儿，终于刨出把钥匙开了门。

“它会杀了公主的，不是吗？”小亡问。

“是。”切维尔回答道，“又不是。”他愣了愣，手停在门把上，“真够犀利的你。你怎么知道的？”

“我——”小亡有些迟疑。

“她跟我讲了个挺奇怪的故事。”切维尔说。

“我猜也是。”小亡说，“确实难以置信，却是真的。”

“就是你，对吧？死神的助手？”

“是的。不过现在不是上班时间。”

“很高兴听你这么说。”

他们走进屋去，切维尔关上门，摸出个烛台。“砰”的一声，一道蓝光闪过，接着是呜咽的声音。

“抱歉。”切维尔吮着手指头，“火焰咒语，我从没弄明白过。”

“你知道那个穹顶什么的会来，不是吗？”小亡急切地问，“等它合拢的时候会怎么样？”

巫师沮丧地一屁股坐下，刚好压扁了一块吃剩的火腿三明治。

“我也说不清。”他说，“观察起来会很有趣的。但最好不要从里头看，恐怕。据我推测，结果会是上个星期从没存在过。”

“她会突然死掉吗？”

“你还没怎么明白。她会已经死了一个星期。所有这些——”他抬手含含糊糊地一挥，“都会不曾存在过。刺客会完成任务，你也一样。历史会治愈自己，一切都会没事的。当然，我指的是从历史的角度看。再说其实也没有别的角度。”

小亡盯着狭窄的窗户，庭院那一头是亮闪闪的街道，一幅公主的肖像正对着天空微笑。

“跟我说说那些画。”他说，“看起来好像是巫师搞的什么把戏。”

“我不大确定它是不是有用。你瞧，大家都开始心烦意乱，而且谁都不晓得是为什么，这就让事情变得更糟了。他们的心在一个现实里，身体却又在另一个现实，非常不舒服。他们没法习惯她还活着。我本来以为那些画是个不错的主意，可是你知道，要是人的心告诉他们什么东西不存在，那他们就根本不会去看它。”

“这道理我也能告诉你。”小亡苦哈哈地说。

“白天我让人到城里去喊。”切维尔继续道，“我以为要是大家能相信她还活着，那个新的现实就可能会变成真正的现实。”

“啊？”小亡从窗前转过身来，“你什么意思？”

“呃，你看——我觉得要是有足够多的人相信她，他们就可以改变现实。神就是这样的。假如大家不再相信哪个神，他就死定了。如果相信他的人很多，他就会变得更强大。”

“这我从没听说过。我以为神就是神呢。”

“他们不喜欢人家说起这事儿。”切维尔走到工作台前，在堆成小山的书和羊皮纸中间一阵乱翻。

“嗯，对神这可能有用，因为他们跟人不一样。”小亡道，“人更——结实些。对人这肯定行不通。”

“不对。打个比方，假设你从屋子里出去，在王宫里到处转悠。你很可能会被哪个卫兵看见，他会以为你是个贼，对你放上一箭。我是说，在他的现实里你就是个贼。当然事实并非如此，但你还是一样会死掉。信念是非常强大的。我是巫师，这档子事我们巫师最清楚。看这个。”

他从身前的废墟里抽出一本书，翻开夹着片火腿的那一页——那是他的书签。小亡从他的肩膀后头往下看，弯弯曲曲的魔法字让他大皱眉头。它们在书上动来动去，扭曲翻滚，不愿意让不是巫师的人读到自己，制造出的效果总体说来非常令人不快。

“这是什么？”

“《大法师阿尔伯通[1]·马里奇的魔法之书》。”巫师回答道，“关于魔法理论的那么一种书。看的时候最好不要太用力，免得惹它们讨厌。你瞧，这儿说——”

他的嘴唇无声地嚅动着。一粒粒的汗珠从前额跳出来，最后一致决定一道下去看看他的鼻子在干吗。他的眼睛湿润了。

有些人喜欢拿本好书，舒舒服服地坐下来读上一晚。但任何脑袋没进水的人都不会想要拿本魔法书坐下，因为就连单个的字都过着自己的小日子，而且特别记仇。读魔法书，简而言之一句话，就等于是进行一种精神上的印度摔跤。许许多多年轻的巫师都曾经拿起过一本过于强大的魔法书，听见惨叫的人只会发现他的尖头靴、经典的缕缕青烟，外加一本或许比先前稍稍厚了些的魔法书。魔法图书馆的常客身上经常发生些可怕的事情，相比之下，脸被地堡空间那些长触手的怪物拉下来简直不值一提。

幸运的是，切维尔手里这本是修订版，特别令人痛苦的几页已经被夹上了（不过在安静的夜晚，他还是能听见囚禁在书里的字在自己的监狱里烦躁地挠啊挠的，跟关在火柴盒里的蜘蛛差不多——要是你曾经坐在一个戴随身听的人旁边，你应该能想象那声音是什么样）。

“就是这儿，”切维尔道，“这儿说，即使神——”

“我见过他！”

“什么？”

小亡朝魔法书伸出根颤抖的手指。

---

1 阿尔伯特在为死神工作前，名字叫阿尔伯通。——编者注

“他！”

切维尔给他一个怪异的眼神，又看了看左手边的那一页。上头是个老巫师，一手拿着一本书，一手拿着个烛台，浑身散发着一种接近末期的庄重态度。

“这不是魔法。”他烦躁地说，“只不过是作者。”

“画底下写的什么？”

“呃，上头写着‘如果你喜欢这本书，以下是本书作者的其他——’”

“不，肖像正下边那行字，我问的是。”

“这个简单，就是老马里奇嘛，每个巫师都知道他。我是说，大学就是他搞的。”切维尔咯咯一笑，“大厅里还有他的塑像，非常出名，有一回在胡闹周的时候我爬上去放了个——”

小亡只顾瞪着画上的老头。

“告诉我，”他静静地说，“塑像的鼻尖是不是有滴汗？”

“我想不会吧。”切维尔道，“那是大理石做的。真不知道你干吗激动成这样。很多人都知道他的长相，他是个名人。”

“他是很久以前的人了，对吧？”

“两千年，我想是。你瞧，我不知道你为什么——”

“不过，我敢说他没死。”小亡说，“我敢说有一天他就那么消失了，是不是？”

切维尔好一会儿没开口。

“真有意思。”最后他慢吞吞地说，“我听到过一个传说。他搞了些古怪的把戏，他们说，他想倒着进行阿示克恩仪式，结果把自己炸进了地堡空间里。他们只找着顶帽子。挺可悲，真的。全城默哀一天，就为了顶帽子。还不是什么特别漂亮的帽子，好多地方都烧焦了。”

“阿尔伯通·马里奇。”小亡半是自言自语地念道，“嗯，有意思。”

他在桌上弹着手指，发出的声音低得奇怪。

“抱歉。”切维尔说，“蜜糖三明治，我老是应付不来。”

“依我看界面移动的速度跟人溜达的速度差不多。”小亡心不在焉地舔舔手指，“你就不能用魔法让它停下来吗？”

切维尔摇摇头。“我可不行。它会把我压扁的。”他高高兴兴地说。

“那，等它过来的时候你又会变成什么样？”

“哦，我会回去华尔街。我是说，我会从来都没离开过。所有这些都会没有发生。真可惜，这儿的伙食挺不错，而且还免费洗衣服。对了，你刚才说它离这儿多远来着？”

“大约二十英里，我猜。”

切维尔的两个眼珠往天上一翻，嘴唇嚅动起来。最后他说：“这就意味着它会在明天午夜左右过来，刚好赶上加冕礼。”

“谁要加冕？”

“她。”

“但她已经是女王了，不是吗？”

“也可以这么说。但从官方的角度讲，必须等到她加冕之后。”切维尔咧嘴一笑，他那张脸上到处都有凸出部位，在烛光下看满是阴影。“你可以把它想成不再是活人和已经是死人之间的差别，这样有助于理解。”

二十分钟之前，小亡疲惫之极，简直可以就地生根发芽。现在他感到血液里有种嗞嗞响的兴奋。它是深夜那种狂躁的能量，你知道你会为它付出代价，时间大概就在第二天的中午。但现在他只觉得自己必须做些什么，要不然肌肉准得被纯粹的生命力折断。

“我要见她。”他说，“如果你无能为力，我或许还能想出些办法来。”

“她的房间外头有卫兵。”切维尔说，“我只是在陈述一个事实，我连一秒钟也没想过他们能给你惹出一丁点儿麻烦。”

安卡-摩波此时正是午夜，但在伟大的双城里，黑夜和白昼唯一的区别只在于黑夜要——呃，更黑些。市集上人山人海，妓院周围依旧挤满了观众，城里永恒的拜占庭式的帮派之争仍在继续，亚军、季军静静地沿冰冷的河水顺流而下，脚上还绑着铅块；买卖人继续勤勤恳恳地做生意，向大家提供各种违背法律甚至违背逻辑的享乐项目，夜贼偷东西，匕首在巷子里反射着星光，占星术士开始了一天的工作。而在暗影区，一个迷路的夜巡警卫敲着钟喊道："十二点，一切平安啊啊啊啊啊……"

不过，要是有人胆敢暗示说，这座城跟一片沼泽唯一的区别只在于里头的鳄鱼长了几条腿，那么安卡-摩波的总商会一定会不高兴的。再说，在安卡城的高级住宅区，夜晚也的确很柔和，而且还带着一缕缕鲜花的芬芳。这些住宅区通常都建在山坡上，因为只有在那儿才比较有机会接上几缕外来的风。

在我们提到的这个夜晚，空气里还多了硝石的味道，因为这是王公[1]继位十周年的庆典，他放了些焰火，还请了几个朋友过来喝一杯，具体地说是五百个。大笑声充满了宫殿的花园，偶尔还夹杂着喷发的激情。在夜晚刚刚降落的那个特别有趣的阶段，每个人都灌下了不少酒，对健康已经极其有害，却又不够让他们倒地不起。在这种状态下，人会干出些出格的事儿，今后一想起来准会把脸羞成猪肝色，比如卷个纸筒

1　安卡-摩波搞过好多种政体，最后确定下来使用一种“一人一票”的民主制。王公就是那个人，那一票就在他手里。

吹喇叭，或者笑得太多以至岔了气。

事实上，有两百个左右的客人正跌跌撞撞地一路踢腿，跳起了摩波传统的蛇舞，其主要元素就是一堆醉汉，每个人都搂住前边一个的腰，然后扭啊、笑啊，组成一条长长的鳄鱼，穿过尽可能多的房间——最好是有东西可以打碎的房间，然后大致随着舞蹈的节拍踢起一条腿，或者至少是跟着其他什么节拍把腿踢起来。眼下舞已经跳了半个钟头，宫殿里的每个房间都被走了个遍，还沿途拉进来两个巨怪、一个厨子、王公的首席拷打官、三个侍应生、一个刚巧路过的夜贼和一只小号的宠物沼泽龙。

在队伍中间的某个地方我们能看到胖墩墩的罗德里爵爷，奎尔姆地方那一大片地产的继承人。眼下他关注的是自己腰上那几根瘦巴巴的手指头。尽管经历了酒精的侵蚀，他的脑袋还是不断地努力吸引他自己的注意。

“我说，”他扭头对后边的人喊道，“别那么紧，拜托。”此刻他们正第十次欢天喜地地经过巨大的厨房。

我实在是非常抱歉。

“没什么，老伙计。我认识你吗？”罗德里跟着错开的拍子使劲一踢腿。

我想不大可能。请你告诉我，这项活动有什么意义？

“什么？”罗德里努力盖过周围的喧嚣。有人把腿踢进了陈列玻璃器皿的柜子，大伙好一阵兴奋地尖叫。

我们做的这个是什么？那声音里带着冰凉的耐心。

“你从来没参加过聚会吗？嘿，小心玻璃。”

恐怕不像我希望的那么多。请解释一下，是不是跟性有关？

“除非咱俩突然停下不跳了，老伙计，明白我意思？”爵爷拿胳膊肘捅了捅自己背后的客人。

“嗷！”他说。前头又是“砰”的一声，冷餐柜也阵亡了。

不。

“什么？”

我不明白你的意思。

“小心底下的奶油，滑得很——你瞧，这就是支舞，嗯？跳跳舞，找乐子。”

乐子。

“对了。嗒嗒，嗒嗒，嗒——踢！”身后是一阵清晰可闻的沉默。

乐子是谁？

“不，乐子不是个人，乐子是你的感觉。”

我们正在找乐子？

“我觉得我是。”爵爷仿佛没什么把握似的。耳朵边上的声音让他模模糊糊地有些担心——它好像是直接钻进了他的脑子里。

这个乐子是什么？

“就这个！”

使劲踢腿就是乐子？

“呃，是它的一部分——踢！”

在热烘烘的房间里听闹哄哄的音乐是乐子吗？

“有可能。”

这个乐子是怎么体现的？

“呃，它——听着，你要么找着了乐子，要么没找着，根本不用问我，你自己会知道的，明白？对了，你到底是怎么进来的？”他加上一句，“你是王公的朋友吗？”

这么说吧，他给我带来不少生意。我觉得自己应该了解一下人类的娱乐活动。

“看来你的路还长着呢。”

我知道，请原谅我可悲的无知。我只是希望能够学习。这些人，请告诉我——他们都觉得挺乐的？

“没错！”

那么这就是乐子了。

“很高兴我们终于把这搞清楚了。小心椅子！”罗德里喝道。他现在正感到非常无趣，而且清醒得可怕。

他身后有个声音静静地说：**这是乐子。胡吃海喝是乐子。我们在找乐子，他在找乐子，这挺乐的，真乐啊。**

在死神身后，王公小巧的宠物沼泽龙坚强地抓住了对方白骨嶙峋的屁股，心里暗想：管他卫兵不卫兵的，下一次路过一扇打开的窗户，我一定要给他来个逃之夭夭。

凯莉猛地从床上坐起来。

“马上停下，”她说，“卫兵！”

“我们拦不住他。”一个卫兵羞羞答答地从门柱旁探出脑袋。

“他就那么往里闯……”另一个卫兵从门的另一边说。

“而且巫师说没关系，而且我们得到命令说每个人都要听巫师的，因为……”

“行了，行了。不当心点没准儿会死个把人呢。”凯莉暴躁地说。她把十字弓放回床头的桌上，不幸的是，忘了松开保险。

只听“咔嗒”一声，然后是肌肉遇上金属的“啪”，接着是空气的呼啸和一声呻吟。呻吟来自切维尔。小亡赶紧扭过头去。

“你没事吧？”他问，“射中你了？”

“没有。”巫师虚弱地说，“不，没射中。你感觉怎么样？”

“有点累。怎么了？”

“哦，没什么，没什么。没什么地方漏气吗？有没有一点什么东西在流的感觉？”

“没，怎么了？”

“哦，没什么，没什么。”切维尔转过身去，仔细看了看小亡身后的墙壁。

“难道就不能让死人安静会儿吗？”凯莉苦涩地说，“我还以为当死人至少能保证睡个好觉呢。”看起来她刚才一直在哭。小亡意识到，凯莉也知道人家看出来了，而且因此觉得更加恼火。他竟然明白了年轻姑娘的心思，这样的洞察力让小亡自己也大吃一惊。

“这不大公平。”他说，“我是来帮忙的，不是吗，切维尔？”

“啊？”切维尔已经找到了陷进石膏里的箭，正满心猜忌地打量着它，“噢，没错。他是来帮忙的，只不过不会有什么用处。抱歉，谁有根绳子什么的吗？”

“帮忙？”凯莉厉声道，“帮忙？要不是你——”

“你现在还是死的。”小亡说。

她张开嘴巴瞪着他。“但我不会知道自己死了。”她说，“最糟的就是这个。”

“我想你们俩最好出去吧。”切维尔对卫兵说，对方正竭力避免引起这几位的注意，“不过请把那支长矛给我，谢谢。”

“你瞧，”小亡说，“外头有匹马，能让你大吃一惊。我可以带你去任何地方，你没必要在这儿死等。”

“你对君主没什么了解，嗯？”凯莉道。

“呃，好像是的。”

“她的意思是说，在自己的宫殿里当个死掉的女王胜过在别处过普通人的日子。”切维尔把长矛插在箭旁边，努力顺着它往前看，“反正也没用，穹顶的目标又不是王宫，目标是她。”

“是谁来着？”凯莉的声音足够让牛奶保鲜一个月。

“是尊贵的殿下。”切维尔的嘴巴自动纠正，同时继续眯着眼睛瞄啊瞄的。

“给我记牢了。”

“当然，但问题不在这儿。”巫师把箭从墙上扯出来，拿手指试了试箭头。

“可留下来你会死的！”小亡喊道。

“那我就让碟形世界看看，一个女王可以怎样死去。”凯莉努力摆出高傲的样子，尽管她穿着粉红色针织睡衣，高傲起来其实比较困难。

小亡在床尾坐下，双手抱住脑袋。

“我知道女王可以怎么死，”他喃喃道，“和其他人一模一样。而我们中的有些人宁愿这事儿不要发生。”

“打扰一下，不过我只是想看看那把十字弓。”切维尔一副拉家常的口吻，一面说话一面从他们跟前伸出手去，“别介意我。”

“我会自豪地迎接我的命运。”可惜她的声音里闪过了那么一点点的不自信。

“不，你不会的。我是说，我知道自己在说些什么。相信我，没什么可自豪的。死了就死了。”

“是的，但关键是你怎么死。我会死得很高贵，就像伊兹瑞尔女王一样。”

小亡的额头皱成一团。历史这本书他还从来没翻过。

“她是谁？”

“她生活在克拉奇，有许多情人，还坐在了一条蛇上。”切维尔正给十字弓上弦。

“她有意这么干的！她失恋了！”

“我只记得她常常在驴奶里洗澡。真好笑，历史这东西。”切维尔若有所思地说，“你当上了女王，统治了三十年，制定法律，对人家宣战，结果你死了以后人家只记得你有股子酸奶味儿，还有你被蛇给咬了——”

“她是我的一个远房长辈，”凯莉厉声呵道，“不准你这么说她！”

“拜托你们俩都闭嘴听我说！”小亡大喊一声。

寂静像裹尸布一样盖下来。

然后切维尔小心翼翼地瞄准，朝小亡的后背放了一箭。

夜色掩盖住最早的一批伤亡，继续前进。就连最疯狂的宴会都已经结束，客人们东倒西歪地回家爬到床上，或者至少是到了某人的床上。这些都只是日间活动的人，偶尔在晚上出来逛逛，等他们回到自己的地盘之后，夜晚真正的主人出现在黑暗里，开始了严肃的买卖。

安卡-摩波夜里的营生跟白天并没有太大区别，只不过刀子能看得更清楚些，而且大家也笑得少些了。

暗影区悄无声息，只有小偷在吹口哨打信号，还有很多人小心翼翼地在静谧中干着自己的事儿，并由此制造出天鹅绒般的沉寂。

与此同时，在火腿巷里，瘸子瓦有名的骰子戏刚刚开始。好几打戴头巾的人或蹲或跪，围成一个小圈，盯着瓦的三个八面骰子在夯实的地面上蹦蹦跳跳，一次又一次地让人对统计概率产生错误的印象。

“三！”

“涂法尔的眼睛，看在爱奥的分儿上！”

“你惨了，哈摩克！这家伙知道怎么摇他的骨头！”

这是个诀窍。

哈摩克·马·古克是来自某个中轴地部落的扁平脸小个子，出现在任何有人搭伙行骗的地方，哈摩克玩骰子的技巧都无人不知、无人不晓。现在他拿起骰子瞪着它们，暗地里诅咒瓦不得好死。在赌博艺术家中间，瓦偷换骰子的技术同样臭名昭著，但这一次却似乎没能帮上忙。哈摩克祝愿着对面那个形象模糊的对手痛苦又不合时宜地惨死，然后把骰子往地上一扔。

“三个七！二十一点！”

瓦铲起骰子，把它们递给那个陌生人，又转回身来。这时候，哈摩克发现他的一只眼睛稍稍闪了那么一下子。哈摩克不禁五体投地——瓦诡计多端、坑坑洼洼的手指里只出现了一丁点儿小动静，连他哈摩克都差点错过了，而他还一直注意着呢。

骰子在陌生人的手中咔嗒作响，这声音让人有些不安。它们缓缓地在空中画出一道弧线，最后一共有二十四个小点直指天空。

街头生活经验比较丰富的几个家伙开始闪人，因为在瘸子瓦的赌局里，这样的运气很可能会让你变得非常不走运。

瓦一把抓住骰子，发出类似扣动扳机的噪声。

“全是八点。”他的声音低得吓人，“这样的运气可有些离奇，先生。”

余下的人也像露水一样蒸发得干干净净，最后只剩几个身材魁梧、面目狰狞的家伙。假如瓦要去缴税的话，这些人肯定会被算作基础设施和生意装备。

“也可能不是运气。”他补充道，“也许是巫术？”

我表示最强烈的抗议。

“我们曾经遇上个想发财的巫师。”瓦说，“我好像记不得他落了个什么下场。小伙子们？”

“我们好好骂了他一顿——”

“然后把他留在了猪肉路——”

“还有蜂蜜路——”

“还有其他几个地方我不记得了。”

陌生人站起身，小伙子们围拢过去。

这完全没有必要，我只是想要学习。人在偶然律的反复中能找着什么快乐呢？

“这跟偶然没关系。让咱们来瞧瞧他，小伙子们。”

接下来发生的一切没有任何活的目击证人，除了一只刚巧路过的野猫。城里有好几千只这样的野猫，这一位当时正在去幽会的路上，它停下来饶有兴味地看了半天。

小伙子们的匕首定格在半空，紫色的光线在他们周围闪烁，看着都疼。陌生人掀开兜帽，拾起骰子，把它们塞进瘸子瓦手里，没有遇到任何抵抗。瓦的嘴巴开开合合，眼睛徒劳地想躲开自己面前的东西。一个咧嘴微笑的东西。

该你了。

瓦好不容易低头瞅了眼自己的手。

“赌什么？”他低声道。

假如你赢了，今后你要克制自己，不去碰这些可笑的把戏，让别人以为偶然主宰着人类的生活。

“好的，好的。那……如果我输了呢？”

你会后悔自己没能赢。

瓦试着咽口唾沫，但他的喉咙已经干了：“我知道我要对很多人的死负责——”

二十三个，准确地说。

“现在说我很抱歉会不会太迟了？”

这些事情我不关心。现在扔骰子。

瓦闭上眼睛任骰子掉到地上，他过于紧张，连自己的独门绝招也忘了用。骰子落了地，他的眼睛还是没有睁开。

全是八点。并不太难嘛，不是吗？

瓦晕了过去。

死神耸耸肩走开了，途中只停下了一次，挠了挠一只路过的猫咪的耳朵。他在吹口哨。他不知道自己是怎么了，但他很喜欢这感觉。

“你不可能保证这是行得通的。”

切维尔摊开双手，摆个安抚的姿势。

“呃，的确。”他承认，“但我想，这对我有什么损失呢？”他开始往后退却。

“对你有什么损失？”小亡喊道。

他大步向前，把陷进床柱里的箭拔了出来。

“难道你想告诉我这东西从我身上穿过去了？”他厉声质问。

“我特别注意了来着。”切维尔说。

“我也看见了。”凯莉道，“真可怕。它就从你心脏那儿钻出来的。”

“而且我还看见你穿过了一根石头柱子。”切维尔说。

“而且我还看见你骑马冲过一扇窗户。”

“没错，但那次是在干活儿的时候。”小亡猛挥双手，“那不是每天都有的事，那不一样。而且——”

他停下来。“你们看我的表情，”他说，“今晚旅店里那些人也是这么看着我。怎么回事？”

“主要是你的胳膊刚刚挥过了床柱。”凯莉的声音有些虚弱。

小亡瞪着自己的手，然后把它往木头上一拍。

“看见了？”他说，“结结实实。结实的胳膊，结实的木头。”

“你说旅店里的人看着你？”切维尔问，“那你都干了些什么？穿墙吗？”

“不！我是说，没有，我只是喝了一杯，叫什么来着，好像是叫苹果派——”

“苹果白？”

“没错，味道就像烂苹果。看他们瞪我的样子，你还以为那是什么毒药呢。”

“那，你喝了多少？”切维尔问。

“一品脱，大概，我没怎么注意——”

“你不知道吗？那是从这儿到锤顶山之间最烈的酒。”

“不，没人跟我说过。”小亡道，“这又有什么关系——”

“不，”切维尔慢吞吞地说，“你不知道。呃，这算是条线索，不是吗？”

“跟救公主的事儿有什么联系吗？”

“大概没有，不过我想先查查我的书。”

“那它就不重要。”小亡坚定地说。

他转向凯莉，对方正望着他，眼睛里浮现出一丝崇拜的迹象。

“我想我能帮得上忙。”他说，“我想我可以找到些强大的魔法。魔法会阻止那个穹顶的，不是吗，切维尔？”

“反正我的魔法不行。得是些特别强的玩意儿，而且就算那样我也拿不准。现实要比——”

“我要走了。”小亡说，“明天再会吧，别了！”

“已经是明天了。”凯莉指出。

小亡缩下去一截。

“好吧，那就今晚。”他有些泄气，又加上一句，“我将离开！”

“离开哪儿？”

“这是英雄的谈吐。”切维尔好心地解释道，“他控制不住自己。”

小亡瞪了他一眼，又勇敢地朝凯莉笑笑，转身走出了房间。

等他离开之后，凯莉说："连门也不开。"

"我想他有点害羞。"切维尔道，"我们都经历过这阶段。"

"什么阶段？撞穿东西的阶段？"

"这只是种说法。撞上它们的阶段，至少是。"

"现在我要睡一会儿。"凯莉说，"就算死人也需要休息。切维尔，请你别再摆弄那张十字弓了。我敢说，独自一个人待在女士的闺房里是很不符合巫师身份的。"

"呃？可我不是独自一个人啊，你不是也在吗？"

"这个，"她说，"正是问题所在，不是吗？"

"噢，是的。抱歉。呃，那么早上再见。"

"晚安，切维尔。请随手把门拉上。"

太阳爬上了地平线，决定抓紧时间，于是开始上升。

还要再等一会儿，慢吞吞的阳光才能赶着夜晚往前走，洒遍沉睡的碟形世界，黑夜的阴影仍然统治着城市。

眼下这些阴影正聚在破鼓酒馆周围。金丝街的这间酒馆是城里最有名的去处，出名倒不是因为啤酒——那酒看上去活像兑了啤酒的水，喝起来好比电瓶水。真正让破鼓声名鹊起的是它的顾客群。据说只要在那儿待得够久，你的马迟早会被碟形世界的每个大英雄偷走一回。

眼下破鼓酒馆里依旧人声鼎沸、烟雾缭绕，尽管店主人已经把所有准备打烊时的把戏搞了个遍，比如熄掉几盏灯，给钟上发条，在水泵上盖块布，还有，为了以防万一，看看自己那根钉满钉子的大棒是不是还在老地方。当然，倒不是说这一套能在顾客们身上产生什么影响。对于破鼓酒馆的常客来说，钉满铁钉的棒子只能算是一点点轻微的暗示罢了。

不过他们还是展现出了足够的洞察力，模模糊糊地因为站在吧台边的高个子而开始感到不安。那家伙一身黑色，正一路过关斩将地往下喝。

独自喝闷酒的人总会形成一个精神场，确保完全没人想来打扰。但这一位放射出一种宿命论的阴沉，以至于竟渐渐完成了清场。

店主倒并不为这个烦心，因为此人正在进行的试验相当昂贵。

多元宇宙的每个酒吧里都有这些东西——整架整架造型奇特、黏黏糊糊的瓶子，里头那些蓝蓝绿绿的饮料不仅名字富有异国情调，而且还常常包括好些莫名其妙的零零碎碎，真正的酒瓶绝不肯自贬身价装这些东西，什么整个的水果，什么一点点枝条，还有，在极端的情况下，淹死的小蜥蜴。没人知道店主干吗存这么多品种，反正它们喝起来全像是溶解在松脂里的糖浆。有推测认为，他们都梦想着哪一天会有人不期而至，要上一杯带着一点薄荷的滨海桃子酒，而第二天他的酒馆就会变成大家伙儿趋之若鹜的所在。

那个陌生人正按部就班地清空架子。

那个绿色的是什么？

店主人瞅了眼标签。

“这儿写着甜瓜白兰地。”他疑虑重重地说，“还说是些修道士根据一个古老配方酿的。”他补充道。

我要试试看。

店主瞟了眼柜台上一字排开的空杯子，其中一些里头还剩了些水果沙拉、棍子上的樱桃和小纸伞。

“你确定你还没喝够吗？”陌生人的面孔似乎老也看不清，这让他隐隐有些不安。

杯子和杯沿上亮晶晶的酒水一同消失在兜帽里，出来的时候已经空了。

还没呢。那瓶黄色的，里头有黄蜂的那个，是什么？

“新春甘露，上头写着。要吗？”

要，然后再来杯带金点的蓝色酒。

“呃，旧外套？”

是的，然后是第二排。

“想要哪一种？”

全部。

陌生人仍然坐得笔直，杯里负荷的果汁和各种蔬菜以流水线的状态不断消失在兜帽里。

就是它，店主人暗想，这才叫格调，我该买件红夹克，或许还要在吧台上放些落花生和几根腌黄瓜，到处挂些镜子，再把锯木屑也换了。他拿起张浸满啤酒的抹布，热情高涨地擦了擦木头吧台，把从杯里落下的几滴酒抹成一道脏兮兮的彩虹，结果腐蚀掉了一整片清漆。

我不明白。陌生人说。

“抱歉？”

应该发生些什么？

“你喝了多少杯？”

四十七。

“哦，几乎任何事情。”店主人经验十分老到，一看到凌晨孤零零喝闷酒的人立刻就知道人家指望他说些什么，他开始用湿漉漉的抹布擦酒杯。“被夫人赶出来了，嗯？”

抱歉！

“借酒浇愁，嗯？”

我没有愁。

“不，当然没有。我不该提的，忘了吧。”他又擦了几下杯子，“只是觉得有人谈谈能好些。”

陌生人若有所思地沉默了一会儿。然后他问：**你想跟我说话？**

“没错，当然。我是个好听众。”

过去从来没人想跟我说话。

“真是太遗憾了。”

他们从来不邀请我参加聚会，你知道。

“啊。”

他们都恨我。每个人都恨我。我连一个朋友也没有。

“谁都该有个朋友。”店主睿智地说。

我想——

“什么？”

我想……我想我可以跟这个绿瓶子做朋友。

店主把一个八角形的瓶子沿吧台滑过去。死神拿起来就往杯子里倒，一直满到了杯沿上。

你醉了我以为，对吧？

“任何能站直了的客人我都提供服务。”

你说说说得得完完完全正确，但是我——

他顿了顿，一根雄辩的手指停在空中。

什么我在说来着？

“你说我以为你醉了。”

啊。是的，不过，只要我高兴，任何时候都可以清醒过来。这是个试验，现在我希望再试一次那个橘子色的白兰地。

店主叹着气，瞟了眼挂钟。毫无疑问，钱确实挣了不少，特别是这人似乎不大在意自己的漫天要价和少找零头。但时间越来越晚了。事实上，现在已经晚过了头，确切地讲是越来越早了。再说，这个孤零零的顾客身上也有些东西让他心烦意乱。在破鼓酒馆，好多人喝起酒来就跟没有明天似的，但他还是头一次觉得他们或许想得有理。

我是说，我有什么可指望的？这一切有什么意义？到底是为了什么？

“我可说不上来，朋友。我猜好好睡一觉你会觉得好些。”

睡一觉？睡一觉？我从不睡觉。这是，怎么说来着，众所周知的。

“每个人都需要睡觉，连我也不例外。”店主暗示道。

他们都恨我，你知道。

“是的，你说过了。但现在已经两点四十五了。”

陌生人摇摇晃晃地转过身来，看了看安安静静的酒馆。

这儿没别人了，只有你和我。他说。

店主掀起帘子，绕过吧台，帮陌生人从凳子上下来。

我连一个朋友也没有，就连猫也觉得我好笑。

在店主人把他推走之前，一只手猛地抓上了瓶毒菌酒。店主心里暗自奇怪，这么瘦巴巴的人怎么会那么沉。

我不是非得醉不可，我说了。为什么大家都喜欢喝醉？有意思吗？

“能帮他们忘掉生活，老伙计。现在你在这儿靠一下，我来开门——”

忘掉生活。哈，哈。

“只要你愿意，随时欢迎你再来，听见了？”

你真的愿意再见到我吗？

店主回头看了眼吧台上那一小堆硬币。只不过有点古怪而已，值了。至少这一个还算安静，看上去人畜无害的样子。

“哦，当然，”他把陌生人推到街上，用一个灵巧顺溜的动作夺回了酒瓶，“随时欢迎。”

这是我所听过的最和气的——

门“砰”的一声，截断了剩下的半句话。

尹莎贝尔在床上坐起来。

又是一阵敲门声，轻柔而急切。她把床单拉到下巴上。

“是谁？”她低声问。

“我，小亡。”门下传来咝咝的回答，“让我进去，拜托！”

“等等！”

尹莎贝尔惊慌失措地在床头柜上摸索着火柴，打翻了一瓶香水，又碰掉了一盒吃得七零八落的巧克力。一点燃蜡烛，她立即调整烛台的位置，以营造最大的效果，并且把睡衣整理成更加暴露的样式，然后说：“门没锁。”

小亡摇摇晃晃地走进来，浑身是马、雾和苹果白的味儿。

“我希望，”尹莎贝尔狡谲地说，“你不是硬闯进来想滥用这个家庭对你的好意吧。”

小亡四下一看。尹莎贝尔似乎对花边情有独钟，就连梳妆台都好像穿着裙子。整个房间与其说是装饰过还不如说是套了身内衣。

“听着，时间紧迫。”他说，“拿上那根蜡烛到图书室来。还有，看在老天的分儿上穿件像样些的衣服，你人都从衣服里溢出来了。”

尹莎贝尔低头看了看，然后脑袋一昂。

“哼！”

小亡再次把头探进门里，补充道：“生死攸关。”然后就消失了。

尹莎贝尔望着房门吱吱地在他身后关上，门背后挂着件带穗子的蓝色晨衣，那是去年元旦的时候死神绞尽脑汁想出的礼物，她一直不忍心扔掉，尽管这衣服不但小了一号，衣兜上还绣着只兔子。

最后她跳下床来，钻进那件丢脸的晨衣里，轻手轻脚地走出门去。小亡正在过道上等着她。

“不会被父亲听见吗？”

“他没回来，走吧。”

“你怎么知道？”

“他在的时候这地方感觉不一样，就好像——就好像外套穿在身上和挂在架子上的区别。你都没发觉吗？”

“我们要干的是什么大事？”

小亡推开图书室的门，一股温暖、干燥的空气迎面扑来，铰链抗议似的吱吱叫了几声。

“我们要救一个人的命。”他说，“一位公主，事实上。”

尹莎贝尔立刻大感兴趣。

“一个真正的公主吗？我是说，她能发现一打床垫下头的豌豆吗？”

“豌豆……？”小亡感到一小股担忧消失了，“哦，是的。我就觉得是阿尔伯特弄错了。”

“你爱上她了？”

小亡定立在了两排书架之间，书封面里传来忙碌的沙沙声。

“这很难搞清楚。”他说，“看起来像吗？”

“你看起来有些狼狈。她对你是什么感觉？”

“不知道。”

“啊，”尹莎贝尔拿出了专家的口气，显得相当内行，“没有回报的爱，最糟的一种。不过，服毒或者自杀大概不是个好主意，”她若有所思地补充道，“我们在这儿干吗？你想找着她的书看看她会不会嫁给你吗？”

“我已经读过了，而她已经死了。”小亡说，“但只是在技术上。我是说，不是真死。”

“很好，不然就变成通灵了。我们要找什么？”

“阿尔伯特的传记。”

“做什么用？我不觉得他有传记。”

“每个人都有。”

“呃，他不喜欢人家提那些关于他自己的问题。我曾经来找过一次，可是找不到。单靠阿尔伯特这个名字找起来太难了。为什么要找他？”尹莎贝尔用自己手里的火点亮了图书室里的几支蜡烛，整间屋子里立刻充满了跳动的阴影。

“我需要个强大的巫师，我觉得他就是我要找的人。”

“什么，阿尔伯特？”

“没错。只不过我们要找的是阿尔伯通·马里奇。他已经两千多岁了，我想。”

“什么，阿尔伯特？”

“没错，阿尔伯特。”

“他从没戴过巫师帽啊。”尹莎贝尔有些怀疑。

“帽子弄丢了。再说，那也不是必不可少的。我们该从哪儿开始？”

“好吧，如果你能肯定的话……堆栈，我猜。父亲把五百年以上的传记都放在那儿。这边走。”

尹莎贝尔领着他穿过窃窃私语的书架，来到屋子尽头的一扇门前。它有些费力地打开了，铰链的呻吟在图书室里荡来荡去。有一瞬间，小亡感到似乎所有的书都停下了手里的活儿，竖起耳朵倾听着。

“这儿一般没人来。”尹莎贝尔说，“我来带路。”

小亡觉得自己必须说点什么。

“我得说，”他开口道，“你可真靠得住。”

“你是指推都推不动，跟堵墙似的？你可真会讨姑娘欢心，好小子。”

“小亡。”小亡本能地纠正道。

堆栈里阴沉沉的，非常安静，活像地下深处的岩洞。书架挨得很紧，勉强能容一个人通过，而且高度远远超出了烛光的射程。它们全都静悄悄的，因此显得特别诡异。已经没有生活可以书写，书都睡了。但小亡觉得它们睡觉时就像猫咪一样，睁着一只眼睛，非常警醒。

“我下来过一次。”尹莎贝尔压低嗓门，“要是你走得够远，书就变成了黏土板、一块块的石头、动物的皮，所有人的名字都叫作乌革和左革。”

寂静几乎触手可及。他们缓缓走过一条条热烘烘、静悄悄的通道，小亡能感觉到书在望着他们。每个活过的人都在这儿，从神用泥巴或者无论什么东西烤出来的第一个人开始。它们倒并不真的厌恶他，只是在想他为什么要来。

“你去过乌革和左革后头吗？”他咝咝地说，“好多人都很想知道那儿有些什么呢。”

“打了退堂鼓。路太长，我又没带够蜡烛。”

“真可惜。”

尹莎贝尔突然停下了脚步，小亡刹车不及，一头撞了上去。

“应该是这块地方。”她说，“现在怎么办？”

小亡凝视着书脊上那些褪色的名字。

“排的顺序好像一点规律也没有！”他呻吟起来。

他们抬头往上看。他们信步走走。他们随手从低处的几层抽出几本书，扬起一团团的灰尘。

“这太傻了。”小亡终于承认，“里头有好几百万本书，要想找到他的简直比登天还——”

尹莎贝尔伸手捂住了他的嘴。

“听！”

小亡透过她的手指闷哼几声，不过很快就明白了她的意思。他使劲支起耳朵，四周是绝对的寂静所发出的沉重的咝咝声。

他听到了，微弱、烦躁的沙沙声。来自头顶之上很高、很高的书架悬崖，在无法渗透的黑暗中，有一个生命还在继续书写。

他们对视一眼，两个人都瞪大了眼睛。然后尹莎贝尔说：“刚才我看见一把梯子，带轱辘的。”

小亡把梯子推了过来，小轮子不断吱吱尖叫，它的顶端一直升进了黑暗中，而且也一直在动弹，仿佛被联在了另一套轮子上似的。

“好了。”他说，“把蜡烛给我，然后——”

“如果蜡烛要上去，那我也去。”尹莎贝尔寸步不让，“你就留在底下，听我的指挥推梯子。还有，别跟我争。”

“上头没准儿很危险。”小亡显得很有绅士风度。

“这底下没准儿也很危险。”尹莎贝尔指出，“所以我拿蜡烛上去，谢谢。”

她抬脚踩上第一级，很快就变成了光晕下一个镶花边的阴影。蜡烛的光圈越来越小。

小亡扶住梯子，试着不去想这些朝他压过来的生命。时不时地，一滴热乎乎的蜡油会坠落到他身边的地板上，在灰尘中间砸出些弹坑来。现在尹莎贝尔已经成了高处一个微弱的光点，她每往上爬一步，震动都会一路传下来。

她停住了。时间似乎相当长。

接着她的声音飘到了小亡身边，周围那片沉甸甸的死寂把它变得毫无生气。

“小亡，我找到了。”

“很好，把它拿下来。”

“小亡，你说对了。”

“没错，谢谢。现在把它拿下来。”

“好的，小亡，不过拿哪个？”

“别到处乱翻，蜡烛快没了。”

“小亡！”

“什么？”

“小亡，这儿有整整一架子！”

现在黎明真的来了，一天中的这个时候不属于任何人，除了摩波码头上的海鸥、流进河里的海潮，还有一阵温暖的顺时风。它给双城错综复杂的味道里又添上了些春天的气息。

死神坐在一根系船柱上眺望大海。他已经决定停止醉酒，它让他头疼。

钓鱼、跳舞、赌博和喝酒他都试过了。据说这是生命中的四大乐事，但他不大确定自己是不是明白了。只有食物他倒还挺喜欢——死神对一顿美食的感情跟其他人没什么两样。除此之外他再也想不出其他肉体的享乐了，或者，更准确地说，他能想得出，但它们都是——呃，跟肉有关的，要开展实践就得搞些大规模的身体改造，而这种事他连想都不愿想。再说了，人类老了以后这些事儿似乎也就不怎么干了，所以它们的魅力应该有限。

死神开始有种感觉，只要他还活着，就永远别想理解人类。

阳光下的鹅卵石上蒸腾起水汽，死神感到了一点点所谓春天的冲动，对于他这只是最微弱的一点点，但在森林里，这种兴奋足以把一千吨树液泵上五十英尺高的树干。

海鸥在他周围盘旋、俯冲。一只独眼猫从一堆废弃的箱子中间爬出来，伸伸懒腰，打个哈欠，在他腿上蹭了蹭。这家伙已经活到了第八条命，还丢了只耳朵。微风刺穿安卡那著名的气味，带来了一丝香料和新鲜面包的味道。

死神有些迷惑，他没法控制自己。事实上，他很高兴自己活着，而且很不乐意去做死神。

我一定是染上了什么毛病。他想。

小亡爬到尹莎贝尔身边，尽量放轻手脚。梯子有些晃，但看上去还算安全。至少高度没有让他不安，反正下头的一切都是黑乎乎的。

阿尔伯特最早的几本书都快散了。他随手拿过一本，翻开靠中间的一页。伸手的时候梯子颤了一下。

“把蜡烛移过来些。”他说。

“你会读吗？”

“一点点——‘前所未有的力量，但所有人最终都将归于虚无，也就是说，死神。这让他恼怒万分，并且在骄傲中发下誓言，要寻求长生之术。“这样一来，”他告诉年轻的巫师们，“我们可算是把众神的壁炉架抓到手里了。”次日，天下着小雨，阿尔伯特……’”

“是古语，”他说，“那时候的书写还不大规范。来看看最后一本。”

是阿尔伯特没错，上头有好几处都提到了烤面包。

“看看他现在在干吗。”尹莎贝尔说。

“这样好吗？有点像偷窥。”

“那又怎么样？怕了？”

“好吧。”

他翻到空白的书页，然后往回寻找阿尔伯特的生活故事，字迹正在纸上写写画画，半夜还有这样的速度，实在很惊人。大多数传记都不怎么提做梦的事儿，除非哪个梦特别清晰。

“好好拿着蜡烛，行吗？我可不想在他的生活上留下几滴油。”

“为什么？他喜欢油。”

“别再傻笑了，你会害得咱们一起掉下去。现在看看这儿……

“‘他走进堆栈，蹑手蹑脚地穿过一片黑暗’，”尹莎贝尔读道，“‘眼睛紧盯着高处那一点点烛光。鬼鬼祟祟，他想，管别人的闲事，两个小坏蛋……’”

“小亡！他——”

“闭嘴！我正读着呢！

“‘很快就能了结。阿尔伯特不声不响地溜到梯子底下，朝手上吐口唾沫，准备好使劲。主人永远都不会知道；最近他怪里怪气的，全都是那小子的错，而且……’”

小亡抬起头，看进尹莎贝尔惊恐万状的眼睛里。

然后这姑娘拿走了小亡手里的书，伸直胳膊，眼睛仍然呆滞地跟他对视着，接着松开了手。

她的嘴唇在嚅动，小亡这才意识到自己也在心里默默地计数。

三、四——

一声闷响，一声压抑的尖叫，然后是寂静。

过了一会儿，小亡问：“你觉得你杀了他吗？”

“什么，在这儿？无论如何，我注意到你那边也没提出什么更好的主意。”

“没错，但是——他毕竟是个老头了。”

“不，他不是。”尹莎贝尔语气尖锐，同时开始往下爬。

“两千岁？”

“刚刚六十七，一天不多。”

“书上说——”

“我告诉过你，时间在这儿没用，不是真正的时间。你就不听人讲话的吗，小子？”

“小亡。”小亡说。

“还有，别再踩我的手指头，我在努力加快速度。”

“抱歉。”

“还有，别一副伤感样。你知道这儿的日子有多无聊吗？”

“是不大清楚。”小亡承认，接着又无限憧憬地加上一句，“我也听人说过无聊，但还从没逮着机会试一试。”

“讨厌极了。”

“要这么说的话，刺激也没大家吹得那么好。”

“任何东西肯定都比这个强。”

底下传来呻吟，然后是一连串的咒骂。

尹莎贝尔凝视着一片黑暗。

“我显然没有伤到他骂人的肌肉。”她说，“我不认为我该听那种字眼，这很可能对我的道德纤维有害处。”

他们发现阿尔伯特背靠书架坐在地上，一只手揉着胳膊，嘴里念念有词。

“没必要那么夸张。”尹莎贝尔尖刻地说，“你又没受伤。父亲根本不准这儿发生那种事。”

“你干吗那么整我？”他抱怨道，“我又没想害谁。”

“你想把我们推下去。”小亡试着帮他站起来，“我读到了。真奇怪，你怎么没用魔法？”

阿尔伯特瞪着他。

“哦，这么说你发现了，嗯？”阿尔伯特静静地说，“那但愿你能多捞些好处。你没权利刺探人家的私事。”

他费力地站起身来，甩开小亡的手，磕磕绊绊地从静悄悄的书架中间往回走。

“不，等等！”小亡喊道，“我需要你的帮助！”

“啊，当然了，”阿尔伯特回过头来，“这说得通，不是吗？你肯定是想，我要跑去窥探窥探人家的私生活再把它扔到他身上，然后我就请他帮个忙。”

“我只是想弄清楚你是不是真的你。”小亡追了上去。

“我是，每个人都是。”

“但你要不帮忙就会发生可怕的事情！那儿有个公主，她——”

“可怕的事情随时随地都在发生，小子——”

“小亡——”

“而且没人指望我去干点什么。”

“但你是最伟大的！”

阿尔伯特顿了顿，但没有回头。

“曾经是最伟大的，曾经是。还有，你也别想软化我，我是化不开的。”

“他们还给你塑了雕像什么的。”小亡压下一个哈欠。

“一群傻子，那他们就是。”阿尔伯特来到通向图书室主厅的楼梯前，吃力地爬上去，图书室里的烛光勾勒出他的轮廓。

“你是说你不肯帮忙吗？”小亡问，“就算帮得上忙也不肯？”

“给这孩子发块奖牌。”阿尔伯特咆哮道，“而且别以为你能在我冷酷的外壳底下发现什么善良的天性，”他补充道，“因为我那该死的天性也一样冷酷得很。”

他走出了图书室，重重地摔上门。听那脚步声，好像跟地板有什么过节似的。

“呃。”小亡一时不知如何是好。

“你指望什么？”尹莎贝尔厉声道，“他谁都不在乎，只除了父亲。”

“可是，我本来以为只要好好解释，他这样一个人是一定会帮忙的。”小亡蔫了。整晚推动着他的那股能量已经蒸发殆尽，只在他心里留下好些铅块。“他是个有名的巫师呢，你知道吗？”

“那又怎么样，巫师又不一定个个好心肠。我在什么地方读到过，别搅和巫师的事儿，因为遭到拒绝是常事什么的。”尹莎贝尔上前几步，有些担心似的瞅了瞅小亡，“你看起来就像是盘子里吃剩的什么东西。”

“我没事。”小亡上了楼梯，走进图书室里沙沙的阴影中，步子沉甸甸的。

“你有事。好好睡上一觉对你准没坏处，伙计。”

“小——亡——”他嘀咕道。

他感到尹莎贝尔抬起他的胳膊架到了自己肩上。墙壁缓缓地后退，就连他自己的声音也来自非常遥远的地方，他模模糊糊地想，要能摊在块舒舒服服的石板上永远睡下去该有多好。

死神很快就会回来了，他告诉自己。没办法，他必须跟死神坦白。死神其实并不是什么老坏蛋，他会帮忙的，只要好好跟他解释清楚。然后他就不用再担惊受怕的，他就可以去睡……

“那么你之前的职位是……？”

请原谅！

“你是干哪行的？”说话的是坐在桌子后头的一个瘦巴巴的年轻人。

他对面的人不安地扭了扭身子。

我带领灵魂进入下一个世界。我是一切希望的坟墓，我是终极的现实，我是无法逃避的杀手。

“好了，好了，知道了。但有没有什么特殊的技能呢？”

死神想了想。

过了一会儿，他放胆答道：**我猜是在某些农业用具上有一定的专长？**

年轻人坚定地摇摇脑袋。

不行吗？

“这儿是城市，那个——”他往下瞟了一眼，再次感到种说不清道不明的紧张，“那个什么先生，我们这儿田地比较稀缺。”

他放下手中的笔，送给对方一个微笑，看架势像是从书上学来的。

安卡-摩波还没有发达到拥有职业介绍所的地步。大家干上某一行，要么因为自己的老爹给腾了个位置，要么因为他们凭天分找了个空缺，要么就是靠嘴上功夫。不过用人和干粗活的人哪儿都少不了，于是，当城里的商业区兴隆起来的时候，这个干瘦的年轻人——人称李奥纳·吉博尔的这位——就发明了职业经纪人这一行，而此时此刻，吉博尔正体会着工作的艰辛。

“我亲爱的，那个——”他往下瞟了一眼，“那个先生，我们这儿有很多外乡人，他们跑到城里来，只因为，唉，只因为他们以为这儿的生活更富足些。请原谅我这么说，但在我看来您像是位走了霉运的绅士。我本来以为您会想要份更优雅些的工作，而不是什么——”他又低头瞟了一眼，然后皱起眉头，“‘跟猫或花打交道，轻松愉快。’”

很抱歉，我只是觉得应该做些改变了。

“你能演奏乐器吗？”

不能。

“能干木工活儿吗？”

不知道，我从没试过。死神盯着自己的脚，他开始感到十分尴尬。

吉博尔翻了翻桌上的纸，然后叹了口气。

我可以穿墙。死神意识到这场对话陷入了僵局，于是主动提供情报。

吉博尔抬起头来，两眼放光。“我想看看。”他说，“那可是项很不错的技能。”

好。

死神把椅子往后一推，信心十足地朝最近的一面墙走去。

嗷。

吉博尔期待地望着他。“继续，上吧。”他说。

呃，这是面普通的墙，对吧？

“我猜是的。在这方面我不是什么专家。”

它似乎给我制造了一些困难。

“看来是这样。”

那种觉得自己很小很热的情绪，你管它叫什么？

吉博尔的铅笔在手里转了个圈。

“矮人？”

开头是个难字。

“难为情？”

“没错，”死神说，**我是说没错。**

“现在看来你根本不具备任何技能，或者天赋。”吉博尔说，“考虑过教书吗？”

死神的脸仿佛一个恐怖的面具。当然，他的脸总是很恐怖，但这会儿它体现的是他自己的感觉。

“你看，”吉博尔放下铅笔，十指交叉，态度很是和气，“你的情况十分罕见，来我们这儿寻找新职业的人里头，很少有什么——怎么说的来着？我又忘了。”

人神同形同性的化身。

“哦，没错。是什么，到底？”

死神受够了。

就是这个。他说。

在那一秒钟，只是短短的一秒钟，吉博尔先生看清了对方的真面目。他的脸变得几乎跟死神的一样苍白，他的手痉挛似的舞动着，他的心脏打起了结巴。

死神望着他，似乎略略感到些兴趣。然后他从袍子里掏出个沙漏来，对着光线仔细研究了一会儿。

不用怕。他说，**你还有好些年活呢**。

“可可可可可——”

我可以告诉你具体是多少年，如果你想知道的话。

吉博尔努力吸气呼气，同时成功地摇了摇脑袋。

那，要我给你拿杯水来吗?

“扑扑扑——不不不了。”

有人在店里拉铃。吉博尔两眼一翻。死神稍稍有些抱歉，觉得不应该再让他损失顾客，人类显然是非常重视这种事的。

他掀开珠帘，大步流星地走进了外头的铺面。一个身材矮胖的女人正拿条鳕鱼敲打柜台。她看起来活像块怒气冲冲的圆锥形面包。

“大学那个厨娘的活儿，”她说，“你跟我说是什么好差事，结果简直不体面，那些学生要的把戏，我要求——我要你——我不会……”

她的声音越来越微弱。

“呃，”她说，不过听得出来里头没有什么精神头，“你不是吉博尔，对吧？”

死神瞪着她，他还从没遇到过满腹牢骚的顾客，他茫然了。最后死神放弃了努力。

滚开，你这黑暗与午夜的魔女。他说。

厨娘的小眼睛眯成了一条缝。

“你管谁叫午夜魔芋？”她一面控诉一面操起那条鱼，又给了柜台一下。“你来说说看，”她说，“昨天晚上还是我的暖壶，早上就成了一条鱼。我倒是问你。”

假如你不立刻离开这家店，愿地狱所有的恶魔撕碎你的灵魂。死神尝试道。

“这我不懂，但我的暖壶怎么说？那根本不是体面妇女待的地方，他们居然想——”

要是你愿意走开，死神绝望地说，**我会给你些钱。**

“多少？”厨娘的反应速度能把眼镜蛇远远抛在身后，让闪电也好好吃上一惊。

死神掏出钱袋，拈出一堆暗淡的铜绿色硬币放在柜台上。她满心猜忌地打量它们一番。

现在立即离开。死神又加上一句，**在那无限灼热的狂风烧焦你无用的躯壳之前。**

厨娘出门前阴沉沉地扔下一句：“这事我丈夫一定会知道的。”在死神看来，自己的任何恐吓都不可能达到如此效果。

他大步走回帘子后头。吉博尔仍然瘫在椅子上，像给人扼住脖子似的咯咯叫了几声。

“原来是真的！”他说，“我以为你是个噩梦呢！”

这话可能会让我觉得受了侮辱。死神说。

“你真是死神吗？”吉博尔问。

是的。

“怎么不早说？”

通常大家都宁愿我别说的好。

吉博尔在纸堆里乱翻，同时歇斯底里地咯咯傻笑着。

“你想干点别的？”他问，“牙仙？水精？睡魔？”

别傻了。我只是——觉得想要改变一下。

一阵疯狂的沙沙声之后，吉博尔终于翻出了自己要找的那张纸。他神经兮兮地大笑一声，把它塞进死神手里。

死神看了看纸上的字。

这也是工作？有人付钱让人干这个？

“没错，没错，去找他吧，你再合适不过了。只不过别告诉他是我让你去的。”

冰冰在夜空中飞驰，碟形世界远远地在马蹄下展开。小亡发现剑的威力比他原先所想的要大多了，它能一直够到星星。他挥剑斩过太空深处，拦腰劈开了一颗黄矮星，这颗星星令人满意地变成了新星。他站在马鞍上，利剑在头顶舞动，一片扇形的蓝色光芒在空中留下一缕缕黑暗和灰烬。他放声大笑起来，而且手上丝毫不停。剑切开地平线，碾碎高山，烤焦海洋，将绿色的森林化作满目疮痍。他挣扎着。身后传来说话声，朋友和家人发出几声短暂的叫喊，他绝望地转过身去。僵死的大地上卷起尘暴，他拼命想要松开手，但剑在他手中冰冷地灼烧，拽着他不住地舞动，直到世界上再也不剩任何生命。

现在那个时刻到了。小亡独自站着，身边只有死神。死神说："干得漂亮，孩子。"

而小亡说：**小亡。**

"小亡！小亡！醒醒！"

小亡慢慢往上浮，活像池塘里的尸体。他反抗着，紧紧抓住枕头和梦里的恐怖不放，但有人正十万火急地揪他的耳朵。

"呃？"他说。

"小亡！"

"啥？"

"小亡，是父亲！"

他睁开眼睛，茫然地看着尹莎贝尔的脸，然后头天晚上的事件像一口袋湿漉漉的沙子一样砸了下来。

他在床边坐起身，脑子还在残余的梦里打转。

"呃，好。"他说，"我这就去见他。"

"他不在！阿尔伯特都快疯了！"尹莎贝尔站在床边，双手绞着块手帕，"小亡，他是不是出了什么事？"

他面无表情地看她一眼。“别那么蠢，该死的。”他说，“他是死神。”他挠挠自己的皮肤，只觉得又热又干又痒。

“但他从没离开过这么长时间！就算伪都闹大瘟疫的时候也没有！我是说，早上他非得在这儿算好书里的节点不可——”

小亡抓住她的胳膊。“好了，好了。”他尽量拿出最能安慰人的语气，“我敢说什么事儿也没有。别慌里慌张的，我这就去看看……你干吗要闭上眼睛？”

“小亡，请你穿上些衣服。”尹莎贝尔的声音紧巴巴的，音量很小。

小亡低头看了一眼。

“抱歉。”他温顺地说，“我没注意……谁送我上床的？”

“我。”她回答道，“不过当时我看着别的地方。”

小亡钻进衬衣里，把裤子拉上来，然后急急忙忙往死神的书房跑去，尹莎贝尔紧随其后。阿尔伯特正在书房里，从一只脚跳到另一只脚，活像煎锅上的鸭子。见到小亡的时候，老头的表情几乎称得上是感激涕零。

小亡惊奇地发现他眼睛里竟然含着泪水。

“他的椅子没被坐过。”阿尔伯特抱怨道。

“抱歉，但这有什么要紧的吗？”小亡问，“有时候我爷爷一连几天都不回家，如果市场上东西卖得好的话。”

“可他一直都在这儿。”阿尔伯特说，“从我认识他以来，每天早上他都坐在他的桌子后搞那些节点。这是他的工作，他不会错过的。”

“我猜那些节点应该可以自己照顾自己一两天。”小亡说。

气温陡降，说明他错了。他看着他们的脸。

“不行吗？”

两个脑袋一齐摇了摇。

“要是节点没算对，所有的平衡都会毁于一旦。”尹莎贝尔说，“任何事情都有可能发生。”

“他没跟你解释过吗？”阿尔伯特问。

“没怎么说过。我其实只负责实战方面，他说理论的东西以后再告诉我。”

尹莎贝尔号啕大哭起来。

阿尔伯特拉着小亡的胳膊，用相当戏剧化的动作耸了耸眉毛，意思是他们应该到角落里来一场小小的会谈。小亡有些迟疑地跟了上去。

老头在好几个衣兜里搜了半天，最后掏出个压扁的纸袋。

“要吃薄荷糖吗？”

小亡摇摇头。

“他从没跟你说过节点的事？”阿尔伯特问。

小亡又摇摇头。

阿尔伯特咂了口薄荷糖，那声音就像上帝澡盆里的出水孔。

“你多大了，孩子？”

“小亡。十六岁。”

“这世上有些事情该在小伙子十六岁之前就告诉他。”阿尔伯特扭头瞥了眼尹莎贝尔，对方正在死神的椅子里哭天抹泪。

“哦，那个我知道。老爸都跟我说过了，在我们带塔戛去交配的时候。当一个男人和一个女人——”

“我指的是关于宇宙的事情。”阿尔伯特赶紧打断他，“我是说，你想过这个没有？”

“我知道碟形世界被扛在四只大象上，大象又站在巨龟阿图因背上。”小亡道。

“这只是一部分。我说的是整个宇宙，时间和空间、生命和死亡、白天和黑夜，还有一切。”

“恐怕没怎么考虑过。”

“啊，你该好好想想。问题就在于，节点是其中的一部分。它们能防止死亡失控，你看。不是他，不是死神，是死亡本身。也就是说，呃——”阿尔伯特绞尽脑汁寻找合适的字眼，“也就是说，死亡必须准时出现在生命尽头，不早也不晚，而节点也必须计算出来，好让关键的……你没在听，嗯？”

“对不起。”

“反正就是必须计算出来。”阿尔伯特很坚决，“然后该拿走的生命就得拿走。沙漏，你管它们叫沙漏。现场的任务不过是小意思。”

“你知道怎么弄吗？”

“不知道。你呢？”

“不！”

阿尔伯特若有所思地吮着薄荷糖。“整个世界都得出大乱子，这么一来。”他说。

“你看，我不明白你干吗这么担心。我猜他不过是在哪儿耽搁了。”这话他自己听着都觉得软弱无力。这可是死神，没人会拽住他硬要给他再讲个什么故事，或者拍拍他的背说什么“时间还早呢，我的老伙计，来再喝上一杯，没必要急急忙忙赶回家去”，又或者邀请他组队参加九柱游戏完了以后再一道去尝尝克拉奇外卖小吃，又或者……小亡突然心酸得要命，整个宇宙里最孤独的大概就数他了。在创世的狂欢宴会上，他永远都待在厨房里。

“反正我是不知道主人最近怎么了。”阿尔伯特咕哝道，“站起来，姑娘。咱们来看看这些节点。”

他们打开账本。

他们盯着它看了好一会儿。

然后小亡说："这些符号都是什么意思？"

"非人的异象。"阿尔伯特低声说。

"什么意思？"

"意思是我他妈怎么会知道。"

"是巫师的行话，对吧？"

"你少跟我说什么巫师的行话，我不知道那是啥玩意儿。把你的脑袋用到这上头。"

小亡再次低头看着弯弯曲曲的线条。看上去就好像蜘蛛在纸上结了张网，而且还在每个节点停下来做笔记。小亡一直瞪到眼睛酸痛，期待着一点点灵感的火花。然而没有自愿报名的。

"怎么样？"

"简直就是克拉奇语。"小亡说，"我甚至不知道是该从上往下还是从左到右。"

"从中心开始往外螺旋运动。"坐在角落里的尹莎贝尔哽咽着说。

他们一齐往书的中间看，两颗脑袋撞到了一块儿。他们瞪着她，她耸耸肩。

"父亲教过我怎么读节点图。"她说，"我在这儿做针线活儿的时候，他曾经读过几次。"

"你能帮得上忙？"小亡问。

"不。"尹莎贝尔擤擤鼻子。

"你什么意思，不？"阿尔伯特咆哮道，"这么重要的事儿，你这反复无常的——"

"我是说，"尹莎贝尔的声音像剃刀一样锋利，"我能做好它，你们可以帮忙。"

安卡–摩波的商人行会喜欢雇用大群大群的帮手，这些人的耳朵好像拳头，而拳头则像一大袋胡桃。他们的工作很简单，假如发现谁在公开场合不肯承认他们美好城市的诸多优点，那他们就要对这个误入歧途的人进行再教育。比方说，著名的哲学家烤坎特就被人发现正脸朝下顺着河漂流，而几个钟头前他刚刚讲出一句名言——“当一个人厌倦了安卡-摩波，他是厌倦了淹到脚踝的烂泥巴。”

因此，比较谨慎的做法是把话题限制在一个——当然并不是唯一一个——让安卡-摩波在多元宇宙中声誉鹊起的东西。

它的饮食。

半个碟形世界的商路都要经过这座城市，或者漂过它那条相当迟钝的小河，碟形世界一多半的部落和种族都在这块毫无规划可言的地盘上设置了办事处。在安卡-摩波，世界各地的美食欢聚一堂：菜单上能找到一千种蔬菜，五百种奶酪，两千种香料，三百种肉，两百种家禽，五百个花色品种的鱼，一百种各色面食，七十种这样那样的蛋，五十种昆虫，三十种软体动物，二十种蛇和其他爬行动物，此外还有一种淡棕色的疣子，人称克拉奇迁徙沼泽菌。

它还拥有各种档次的饭馆：有的地方富丽堂皇，分量很少，但刀叉碗碟都是纯银的；有的地方环境隐蔽，有谣传说，碟形世界那些比较古怪的居民经常光顾那些地方，任何可以塞进喉咙里的东西都是他们的盘中餐。

码头边有家餐馆，名叫海加的排骨店。它大概算不上城里顶级的去处。这儿的顾客都是肌肉型的，重视的是分量，而且如果得不到分量就要敲碎几张桌子板凳才肯罢休。他们对情趣和异国情调之类的东西不感兴趣，从来都只吃传统食材，比如不会飞的小鸟胚胎，灌进肠子里的碎器官，切成片的肥猪和浸过动物油脂的草种子；或者，用他们自己的行话来说，也就是蛋、香肠、熏肉和炸薯条。

这是那种不必写菜单的地方，你只消看看海加的背心就成。

海加站在店里，活像是碳水化合物的巨幅广告，他满脸堆笑地望着满屋子心满意足的顾客。他必须承认，这个新厨子看来真是把好手。而且手脚也麻利！事实上，过于麻利了些。

他敲敲窗板。

“双份的鸡蛋、薯条、豌豆和一个巨怪汉堡，不要洋葱。”他粗声粗气地说。

好。

几秒钟之后，窗板滑开，两个盘子给推了出来。海加摇摇脑袋，又惊讶又高兴。

整晚都是这样。鸡蛋油光闪亮，豌豆像宝石一样熠熠生辉，薯条则松脆可口，呈现出昂贵的沙滩上晒出的黄棕色。海加的上一个厨子，做出的薯条活像装满浓液的小纸袋。

“鳄鱼三明治。”他说，“外卖——”

窗板砰地弹了起来。几秒钟之后，海加鼓足勇气，凑到长长的三明治跟前，瞅了瞅盖在面包底下的东西。他不会说这是鳄鱼，也不会说它不是。他又敲了敲窗板。

“好吧。”他说，“倒不是抱怨，我只想知道你怎么能干得那么快。”

时间并不重要。

“你说的？”

没错。

海加决定不跟他一般见识。

“嗯，这活儿你干得真他妈漂亮，小子。”他说。

当你觉得暖烘烘的，很满足，而且希望事情保持这个样子，你管这叫什么？

“我猜该叫它快乐。”海加说。

狭窄的小厨房里盖着几十年积累的油污，死神忙得团团转，剁碎、切片、油炸。手里的锅子在恶臭的蒸汽里飞舞。

他打开门，屋外是夜晚寒冷的空气。附近的一打猫咪都被食物吸引，慢慢踱了进来。海加最好的肉和牛奶——如果他知道好坏的话——被放在地板周围的战略要地。时不时地，死神会停下手里的活儿，挠挠猫咪的耳朵。

“快乐。”他的语气让自己大惑不解。

巫师切维尔，新近任命的王家提醒官，把自己拽上了塔楼的最后几级阶梯，然后靠在墙上，静候自己的心脏平静下来。

这塔其实并不是很高，只是在斯托·拉特显得比较突出而已。在大体的设计和外形上，它很像是囚禁公主的标准配置，但它主要的功能其实是堆放旧家具。

不过，它在视野的开阔上是无可匹敌的，你能把整座城和斯托平原尽收眼底。也就是说，能看到许许多多的甘蓝菜。

切维尔一直走到墙顶破破烂烂的垛口旁，举目远眺远处的晨雾。这天似乎，呃，比平常更雾些。要是多努把力，他能想象出天上有一丝闪光。如果他拼尽全力的话，还能在想象中听到甘蓝菜地上空的嗡嗡声，就好像是有人在炸蝗虫。他哆嗦了一下。

在这种时候，他的双手会下意识地拍拍口袋。这回只找到半袋豆子软糖，已经黏糊糊地融成了一团，此外就只有块苹果核。哪一样都没法提供多少安慰。

切维尔想要的和任何正常的巫师都没有什么不同，在这种情况下，他需要的是抽上一口。他可以为了一支香烟大开杀戒，即便只是个压扁的烟头，他也宁愿为它忍受肉体创伤。他振作起来。决心对道德纤维很有益处，唯一的问题是纤维并不感激他为它所作的牺牲。人们说真正伟大的巫师应该随时随地都绷得紧紧的。而切维尔，你简直可以把他做成根弓弦。

他把眼睛从盖满芸苔的大地上移开，转身走下旋转的阶梯，回到宫殿的主建筑里。

不过，他告诉自己：我的计划似乎还是起了些作用。大家好像并没有对加冕礼产生什么过激的反应，尽管他们其实不大清楚要加冕的究竟是谁。街上会挂满彩旗，切维尔还给广场上的主喷泉做了特别安排，到时候喷出的即使不是葡萄酒，至少也是可以下咽的花椰菜啤酒。还要有舞会，必要的话用刀尖抵在后背上跳。再加上儿童赛跑和烤全牛。王家的马车重新镀上了金子，等它经过街道的时候，应该是可以劝说大家留意到它的存在的——切维尔对此相当乐观。

空眼爱奥神殿的高级祭司可能会制造些麻烦。据切维尔观察，高级祭司是个可爱的老好人，但使刀的手法太过业余，由他祭司的牲畜里头，有一半都等得不耐烦，直接溜达到别处去了。上一次他试着祭献一头山羊，结果在他瞄准之前人家竟然瞅准工夫生了对双胞胎，然后母性的勇气让它把所有祭司全都撵到了神殿外头。

切维尔计算过，即使在通常的情况下，高级祭司把王冠放在正确的脑袋上的概率也不过五五开。他得站在这个老小子身边，巧妙地引导他颤抖的双手。

但这还算不上什么大问题。大问题比这还要大得多。真正的大问题是总理大臣在早饭以后提出来的。

“焰火？”切维尔问。

“这种事儿你们巫师肯定拿手，嗯？”总理大臣像放了一个星期的面包一样顽固，“亮闪闪哗啦啦什么的。我记得在我小时候，有个巫师——”

“恐怕我对焰火一无所知。”切维尔用他的嗓音传情达意，表示他对自己的无知很是自得。

“好多火箭。”总理大臣高高兴兴地回忆着，“安卡的蜡烛，轰隆隆的。还有那些可以拿在手里的小东西。没有焰火根本算不上是加冕礼。”

“没错，可是，你瞧——”

“好伙计。”总理大臣轻快地说，“早就知道你靠得住。火箭多多益善，你明白，而且结束的时候还要有个特别的，我是说，真正能让人目瞪口呆的东西，比如说那个，那个谁的肖像——”他的眼神呆滞了，切维尔对这种表情已经熟悉到了郁闷的程度。

他疲惫地说：“凯莉公主。”

“啊，没错，她。”总理大臣说，“那个——你说谁来着——的肖像。当然，对你们巫师来说大概都是小意思，不过人们就喜欢这个。要让耿耿忠心保持状态嘛，什么都比不上爆一爆，喷一喷，再在阳台上挥挥小手什么的。我一直都这么说来着。去办吧，火箭，印着花纹的。”

一个钟头之前，切维尔查阅了魔法书《妖怪娱乐》的目录，又慎重地收集了一堆常见的材料，然后划了根火柴。

眉毛这东西可真有意思，他沉吟着。不等它们消失你根本不会注意到它们的存在。

切维尔带着通红的眼圈和一点点烟味儿缓缓朝王家套间走去。路上有一群群的女仆，干着女仆的活计。奇怪的是，无论她们干的是什么活儿，似乎永远都需要至少三个女仆一起上阵。每次看到切维尔路过，她们通常都闭上嘴巴，匆匆忙忙地低头跑过去，然后是一阵闷笑。这让切维尔很是郁闷。但是——他立刻告诉自己——并非出于任何个人的考虑，而是由于人们对巫师应该表现出更多的尊重。再说了，有些女佣看他的眼神常惹得他产生些很不巫师的念头。

真的，他想，通往智慧的道路就像是半英里长的碎玻璃。

他敲了敲凯莉的房门。一个女仆把门打开。

他竭力摆出高傲的姿态："你的主人在吗？"

女仆伸手捂住嘴巴。她的肩膀在颤抖，目光在闪烁。一种类似蒸汽泄漏的声音从她的手指缝里不胫而走。

我又有什么办法，切维尔心想，我对女人似乎就有这么大的威力。

"来的是男人吗？"屋里传来凯莉的声音。女仆的眼神迷离起来，她扬起脑袋，似乎不大确定自己刚才听到了什么。

"是我，切维尔。"

"哦，那就没关系了。进来吧。"

切维尔推开那姑娘，努力忽略对方冲出房间时拼命压抑的大笑。当然，每个人都知道巫师很安全，可以跟女孩子单独相处。只不过当公主说"哦，那就没关系了"的时候，她用的语气真让他肚子里一阵翻江倒海。

凯莉正坐在梳妆台前梳头。世上只有寥寥几个男人知道一位公主的外套下边穿的是什么，切维尔也不情不愿地加入了他们的行列。巫师展现出相当强的自我克制力。只有上下狂跳的喉结出卖了他的心情。毫无疑问，他好几天都别想使什么魔法了。

她转过身来，切维尔瞄见一点点爽身粉。好几个星期，该死的，好几个星期。

"你好像有点热，切维尔。出了什么事吗？"

"呃呃咯。"

"什么？"

他使劲晃晃自己的脑袋，把注意力集中在梳子上。梳子，伙计。"只不过是一点魔法试验，小姐，皮外伤而已。"

"它还在移动吗？"

"恐怕是的。"

凯莉回转身去面对镜子，表情坚定。

“我们还有时间吗？”

他怕的就是这个，能做的他都做了。醉醺醺的王家占星士被弄醒了，虽然只是一小会儿，但足够他坚持仪式只能在明天举行，所以切维尔把加冕礼安排在午夜之后一秒钟开始。他无情地砍掉了王家喇叭的吹奏次数。他让高级祭司演习一遍献给众神的颂词，自己在一旁计时，然后给颂词大大地缩了一回水——等众神发现了，免不了会有一场争吵。就连傅油礼也被缩短成在耳朵后头稍微一涂。幸好碟形世界还没有发明滑板，否则凯莉经过通道的速度一定会快得违背宪法精神。但这一切仍然不够。他鼓起勇气。

“我想可能没有。”他说，“可能会很接近。”

他看见她在镜子里瞪着自己。

“有多接近？”

“呃，非常接近。”

“你是想告诉我，它可能在举行仪式的时候赶到吗？”

“呃，更像是——那个，之前。”切维尔可怜巴巴地说。房间里静悄悄的，只有凯莉的手指敲打桌沿的声音。切维尔以为她或许会崩溃，或者砸烂镜子。

结果她却问：“你是怎么知道的？”

他琢磨着用一句“我是巫师，这档子事儿我们清楚”之类的话能不能蒙混过去，但最后还是否定了这个想法。上次他这么说的时候，她曾经威胁要对他用斧头来着。

“我问了一个卫兵，要他告诉我小亡提起的那个旅店在什么地方。”他说，“然后我计算出它需要经过的大概距离。小亡说它移动的速度跟人溜达的速度差不多，我估算出它走路的速度差不多是——”

“就这么简单？你没用魔法吗？”

“只用了常识。从长远看它要可靠得多。”

她伸出手来拍拍他的手。

“可怜的老切维尔。”她说。

“我才二十岁，小姐。”

她站起身来，走进她的更衣室。当个公主要学习很多事情，其中之一就是你永远要比任何地位低于你的人年纪更大。

“是的，我猜这世上肯定该有青年巫师这种分类。”她扭头说，“只不过大家总觉得他们都是些老头子。真不知道究竟为什么。”

“事业的艰苦性，小姐。”切维尔翻了翻白眼。他能听见丝绸的沙沙声。

“是什么让你决定当巫师的？”她的声音闷闷的，就好像脑袋上罩着什么东西。

“室内工作，没什么体力活儿。”切维尔回答道，“而且我猜我也想知道世界到底是怎么回事。”

“成功了吗？”

“没有。”切维尔不怎么会跟人闲聊，否则他也不会任自己神游天外，脱口问出一句，“是什么让你决定当公主的？”

一阵若有所思的沉默，然后她说：“这是别人帮我决定的，你知道。”

“抱歉，我——”

“身为王族是一种家族传统，我猜魔法也一样。你父亲肯定也是巫师吧？”

切维尔咬咬牙。“呃，不。”他说，“不大是。事实上，完全不是。”

他知道她接下来会说什么。这不来了，像日落一样可靠，一个又吃惊又入迷的声音问：“哦？那个传说是真的吗？据说巫师不可以——”

“呃，如果没别的事儿我真的该走了。”切维尔大声说，“如果有人找我，跟着爆炸声走就行。我——嘎啊！”

凯莉刚刚走出了更衣室。

说起来，切维尔并不怎么关心女人的衣着——事实上，当他想起女人的时候，脑子里的图像极少把衣服也包括在内——但眼前的景象真的让他忘记了呼吸。无论是谁设计了这衣服，这些人都不晓得什么叫适可而止。他们在丝绸上缀满蕾丝花边，再镶上一圈黑色围鼠毛，又在任何还有空的地方缝上珍珠，把袖子弄蓬松、定型，然后再加上银线，最后再用丝绸从头来过。

事实上，只不过是几盎司重金属、一些讨厌的软体动物、几只死掉的锯齿动物和许许多多从虫肚子里拉出来的线，然而制造出的效果的确惊人。与其说是凯莉把它穿在了身上，还不如说是她占据了这个位置——假如乱七八糟的花边底下没装轮子，那凯莉实在比他想象中更加孔武有力。

“你觉得如何？”她缓缓地转了一圈，“这是我母亲穿过的，还有我祖母，还有她的母亲。”

“什么，大家一起？”切维尔时刻准备着相信这一点。她怎么进去的？后背上肯定有扇门……

“这是我们的传家宝，胸衣上还镶着真正的钻石。”

“哪块儿是胸衣？”

“这个。”

切维尔一阵战栗。等他相信自己的声音已经可以蒙混过关时，他说：“令人叹为观止。不过，你不觉得它或许太成熟了些？”

“它有女王的架势。”

“没错，但它或许会稍微影响你的速度。”

“我可没想跑步前进，必须有尊严。”她的下巴再一次将她的血统追溯到了那位征服者祖先，只不过那一位随时随地都情愿跑得飞快，而且他对尊严的理解刚好能全摆到长矛尖上。

切维尔摊开双手。

“好吧。”他说，“行，咱们都尽力而为。我只希望小亡能想出什么点子来。”

“你很难信任一个鬼魂。”凯莉说，“他穿墙呢！”

“我一直在想这事儿。”切维尔说，“挺奇怪的，不是吗？他只在不知不觉的时候才能穿过东西。我想这是种职业病。”

“什么？”

“昨晚我几乎已经确定了。他正在变得真实。”

“可我们都是真实的！至少你是，而我觉得我也是。”

“但他在变得更真实，非常真实。几乎像死神一样真实，而你没法比那更真实了，半点也不行。”

“你确定？”阿尔伯特有些疑心。

“当然。”尹莎贝尔道，“愿意的话你可以自己重新算一次。”

阿尔伯特的目光回到大书上，一脸的将信将疑。

“好吧，它们也许没什么大错。”他很没风度地承认，又把两个名字抄在一张纸片上，“反正有个法子可以检验检验。”

他拉开死神书桌的第一个抽屉，拿出个很大的铁质钥匙环，上头只挂着一把钥匙。

现在怎么办？小亡问。

“我们得拿上沙漏。”阿尔伯特说，“你们跟我来。”

尹莎贝尔沙哑着嗓子喊道：“小亡！”

“干吗？”

“你刚才说的——”她陷入沉默，然后又改口道，“噢，没什么。只是听上去有些……古怪。”

“我不过是问现在怎么办而已。”小亡说。

“没错，可是——哦，算了。”

阿尔伯特侧身从他们跟前挤过，活像只两条腿的蜘蛛，他走到那扇一直紧闭着的门前，钥匙跟锁眼配合得天衣无缝。门一下子打开了。铰链连吱也没吱一声，只有更深处的寂静发出嗖嗖的声响。

还有沙子的咆哮。

小亡和尹莎贝尔站在门口，两人都呆住了。阿尔伯特从两行沙漏中间走过。那声音并没有从耳朵进入身体，它从双腿往上爬，一直溜进头盖骨，充满整个脑子，直到除了这急促、沙哑的灰色噪声你再也想不到别的东西。那是几百万个生活着的生命，而且正无可避免地冲向自己最终的目的地。

他们望着一排排生命沙漏无限地延伸，每一个都是独特的，每一个都刻着名字。排在墙上的火把熠熠生辉，让每个沙漏上都闪烁着一颗星星。房门对面的墙壁消失在一片光线的银河之中。

小亡感到尹莎贝尔的手指掐住了他的胳膊。

她张开嘴，声音紧张：“小亡，有些还那么小。”

我知道。

她松开手，动作很轻，就像有人在扑克搭成的积木上放下了最顶上的一张A，然后小心翼翼地把手拿开，免得把整个牌堆弄垮。

“再说一遍？”她静静地说。

“我说我知道，还有我也无能为力。你以前没来过？”

“没有。”她稍稍退开些，盯住了他的眼睛。

“这儿不比图书室里更糟。”小亡说。他几乎相信了自己。然而在图书室你只是读到它，在这儿你却眼睁睁地看着它发生。

他加上一句：“你干吗那么看我？”

“我只是在回忆你的眼睛是什么颜色。”她说，“因为——”

“如果你们俩把对方看够了！”阿尔伯特的大嗓门盖过了沙子的咆哮，“这边走！”

“棕色。”小亡告诉尹莎贝尔，“是棕色的。为什么？”

“快点儿！”

“你最好过去帮帮他，”尹莎贝尔说，“他好像气坏了。”

小亡离开她，心里突然一阵不安。他穿过铺着瓷砖的地面，来到阿尔伯特身边，对方正伸出一只脚，好不耐烦地在地板上噼噼啪啪地敲个不停。

“我该怎么做？”小亡问。

“只管跟我走。”

屋子这边有好几条走廊，每一个的两侧都满满当当地排着沙漏。在有些地方，一根石柱会把架子分开，石头上刻着棱角分明的符号。阿尔伯特时不时瞄它们一眼，但大多数时候他都大步朝前走，好像对每个拐角都了然于心似的。

“每个人都有一个沙漏吗，阿尔伯特？”

“是的。”

“这地方似乎不够大啊。”

“你了解多维地形学吗？”

“呃，不。”

“那么如果我是你的话，我可不会妄想发表什么意见。”

他在一架沙漏前停下，瞟了眼手里的纸片，手顺着这排沙漏滑动，然后突然抓住其中一个。它上半格的流沙池几乎已经空了。

“拿着。”他说，“如果这个没错的话，另外一个应该就在附近。啊，在这儿。”

小亡摆弄着手里的两个沙漏，一个浑身上下一股子大人物的派头，另一个矮矮胖胖，半点不打眼。

小亡读了读他们的名字，第一个好像是阿加丁帝国那边的什么贵族，另一个上头刻着一串象形文字，应该是出自克拉奇顺时向的某个地方。

“交给你了。”阿尔伯特讥笑道，“你越早出发就越早了结。我去把冰冰带到大门口。”

“你觉得我的眼睛有什么不对吗？”小亡焦急地问。

“依我看没什么毛病。”阿尔伯特说，“边上有点红，比平常更蓝些，没什么特别的。”

小亡跟在他身后穿过一排排的沙漏，一脸若有所思的神情。尹莎贝尔望着他从门边的架子上取下剑来，试着挥了挥，跟死神平时一模一样。剑刃划破空气，发出令人满意的霹雳声，他阴森森地咧嘴笑了。

尹莎贝尔认出了他走路的样子，他在“大步流星”。

“小亡？”她轻声喊道。

怎么?

“你在变。”

我知道。小亡说，“不过我觉得我能控制它。”

屋外传来马蹄声，阿尔伯特推开房门，一边搓着手一边走了进来。

“好了，小子，没时间让你们——”

小亡伸长胳膊一剑刺了出去。剑尖带着撕裂丝绸的声响割破了空气，插进阿尔伯特耳朵边的门柱里。

跪下，阿尔伯通·马里奇。

阿尔伯特的下巴掉了下来，两只眼珠往旁边一转，瞄了瞄离脑袋只有几英寸的剑刃，然后他把眼睛眯成了两条窄窄的小缝。

“你肯定不敢，小子。”他说。

小亡。这两个字啪地甩出来，速度仿佛皮鞭，而且比任何鞭子都凶险两倍以上。

“我们有协议。”阿尔伯特说，但他的声音里有一点点轻微的疑虑，就好像昆虫在嗡嗡叫唤，“一个约定。”

“跟我没关系。”

“我们有约定！要是连约定也不尊重，我们会怎么样？”

“我不知道我会怎么样。”小亡柔声道，**不过我知道你会怎么样。**

“这不公平！”现在阿尔伯特的声音变成了哀号。

没有正义，只有我。

“停下。”尹莎贝尔道，“小亡，别傻了。在这儿你谁也杀不了。再说，你也不是真想杀掉阿尔伯特。”

“在这儿不行，但我可以把他送回世界去。”

阿尔伯特“唰”的一下白了脸。

“不，你不会的！”

“不会？我可以带你回去，然后把你留下。我猜你剩下的时间没有太多了，不是吗？”**不是吗？**

“别那么讲话。”阿尔伯特完全无法直视对方的眼睛，“你那么说话的时候活像是主人。”

“我可以比主人更糟，糟得多。”小亡平静地说，“尹莎贝尔，去把阿尔伯特的书拿过来好吗？”

“真的，小亡，我觉得你——”

要我再说一次吗？

她飞快地跑了出去，脸色发白。

阿尔伯特顺着剑刃斜眼瞄瞄小亡，然后扬起一侧嘴角，冷冷地笑了。

“你不可能永远控制住它的。”他说。

“我也不想。只要一阵子就够了。”

"你正在接收，明白？主人离开的时间越长，你就会变得越像他。只不过情况会更糟，因为你会记得身为人类时的一切，而且——"

"那你又怎么样？"小亡厉声道，"身为人类的事你还记得多少？如果你回去，你还剩多久可以活？"

"九十一天三个小时零五分钟，"阿尔伯特毫不迟疑地回答道，"我当时知道他要来了，明白？但在这儿我很安全，他也不是个糟糕的主人。有时候我真不知道没了我，他会怎么办。"

"没错，在死神的王国没人会死。你觉得挺满意是吧？"

"我已经两千多岁了，一点不假。我比世界上的任何人都要长寿。"

小亡摇摇头。

"不是这样的，你知道。"他说，"你只是把事情拖得更长了些。在这儿没有真正的生活。这地方所谓的时间根本不是真的。一切都没有任何变化。我宁愿死掉去看看接下来会发生什么，总比永远待在这儿强。"

阿尔伯特若有所思地揉揉鼻子。"是的，好吧，在你这儿有可能。"他承认，"但我是巫师，你知道，而且干得挺不错。他们还给我塑了个像呢，你知道。但当了一辈子的巫师，肯定会给自己制造几个敌人，明白吗？一些会在……下一站等你的敌人。"

他吸吸鼻子："它们也不全是两条腿的，有些压根儿就没腿，或者脸。死我倒不怕，问题是接下来的事儿。"

"那就帮帮我。"

"对我有什么好处？"

"有一天，你在下一站或许会用得上几个朋友。"小亡说，他想了想，又加上一句，"如果我是你，抓紧最后一点时间给自己的灵魂抛抛光多半不会有什么害处。等你的那些东西里头，肯定有些不会喜欢抛过光的味道。”

阿尔伯特打个哆嗦，闭上了眼睛。

“你不知道在说自己什么些。”比起这句话的语法来，他的语气更能说明问题，“否则你也不会那么说了。你想要我干什么？”

小亡告诉了他。

阿尔伯特咯咯大笑起来。

“就这个？只是改变现实而已？你办不到。现在已经没有这么强大的魔法了。八大魔咒要还在也许能行，其他都没用。没别的法子，所以你干脆爱干吗干吗，而且我祝你走大运。”

尹莎贝尔回来了，微微喘气，手里紧紧抓着阿尔伯特传记的最后一册。阿尔伯特又吸了吸鼻子。小亡对他鼻尖上那一小滴汗水简直入了迷。它永远都像是命悬一线，但从来都没勇气当真往下跳。跟阿尔伯特一模一样，他想。

“你别想用那本书对付我。”阿尔伯特警惕地说。

“我没这个打算。只不过我刚刚突然想到，你这么一个伟大的巫师恐怕不会随时随地都讲真话吧。尹莎贝尔，念念上头都写了些什么。”

“‘阿尔伯特迟疑不决地望着他。’”尹莎贝尔读道。

“那上头写的东西不能全信——”

“‘他脱口而出，但在他冰冷坚硬的心窝里，他知道小亡肯定会信的。’”尹莎贝尔接着往下读。

“停下！”

“‘他喊道，同时拼命想把一个念头藏起来，他知道即使现实无法改变，但让它慢下来一点点却是有可能的。’”

怎么做？

“‘小亡以死神那阴沉的嗓音问。’”尹莎贝尔尽职尽责地念了下去。

“是的，是的，好了，你没必要为我那部分劳神。”小亡烦躁地呵斥道。

“原谅我愚昧无知，请你。”

愚昧无知是不可原谅的。

“还有，别那么跟我讲话，多谢。吓不倒我。”她低头瞟了一眼，书上移动的字迹正管她叫骗子。

“告诉我该怎么办，巫师。”小亡说。

阿尔伯特哀号道：“除了魔法我已经什么都没有了！”

“你拿它没用处，你这老守财奴。”

“你吓不倒我，小子——”

看着我的脸再说一遍。

小亡大模大样地打了个响指。尹莎贝尔再次把头埋进书里。

“‘阿尔伯特望着那双眼睛里的蓝光，最后一点点反抗也枯萎了。’”她念道，“‘因为他看到的不仅仅是死神，而且是一个有着人类全部的复仇、残忍和嫌恶作为调剂的死神，他心中升起一种可怕的确信，他知道这是最后的机会，否则小亡会把他送回时间里，对他穷追不舍，最后抓住他，把他连身体一起扔进黑暗的地堡空间，在那儿，恐怖的东西将会省略号、省略号、省略号。’”她抬起头来，“半张纸上全是省略号。”

“这是因为那些事情这本书连提也不敢提。”阿尔伯特低声说。他试着闭上眼睛，但眼皮后头呈现出好多黑暗的景象，鲜活得怕人，他只好把眼睛睁开。即使小亡也比那个要来得好。

“好吧。”他说，“是有一个咒语。它能在一定范围内延缓时间。我会把它写下来，但你必须找个巫师来念它。”

“没问题。”

阿尔伯特伸出老丝瓜一样的舌头舔了舔干燥的嘴唇。

“不过有个代价。”他补充道，“你必须先去出任务。”

“尹莎贝尔？”小亡道。

她看了眼跟前的书。“他没撒谎。”她说，“否则一切都会乱套，他也会掉回时间里。”

三个人同时转向统治着门厅的大钟。尖利的钟摆缓缓锯开空气，把时间切成一条一条的。

小亡呻吟起来。

“没时间了！”小亡再次呻吟道，“我不可能把这两个都及时干完！”

“主人一定会找到时间的。”阿尔伯特评论道。

小亡从门柱上拔出剑来，朝阿尔伯特晃了晃，动作狂暴但缺乏效率。对方瑟缩了一下。

“那就把咒语写下来。”他大吼一声，“而且要快！”

他转过身，大步流星地走回死神的书房。书房的一角摆着个巨大的世界模型，足有一米长，连纯银打造的巨象和青铜铸成的巨龟阿图因都一应俱全。地表的河流用的是翡翠，沙漠是粉状的钻石，而最主要的城市则用宝石代替，举个例子来说，安卡–摩波就是一颗红宝石。

他把两个沙漏扔在其主人的大概位置上，自己一屁股坐进死神的椅子里，睁大眼睛瞪着它们，心里默默地命令它们靠近些。他瞪住微型的碟形世界，身体不断转动，椅子发出轻柔的吱吱声。

过了一会儿，尹莎贝尔轻手轻脚地走了进来。

“阿尔伯特写好了。”她静静地说，“我查了书，咒语没问题。他跑到自己房间把自己反锁在里头，现在——”

“看看它们俩！我是说，请你看看它们！”

“我觉得你该镇定一下，小亡。”

“我怎么能镇定得下来？瞧，这一个几乎是在大奈夫，而这一个刚刚好在贝斯·佩拉吉，而我还得赶回斯托·拉特。无论你怎么看，这一个来回都有一万英里。根本不可能。”

“我敢说你会想出法子来的，而且我也会帮忙。”

他这才抬头瞥了她一眼，发现她换上了出门穿的外套。就是带着一大圈皮毛领口、很不合时宜的那一件。

“你？你能干什么？”

“冰冰可以带两个人，轻而易举。”尹莎贝尔有些怯生生的，她挥了挥手里的纸袋，“我打包了些吃的东西。我可以——帮你开门什么的。”

小亡阴森森地大笑起来：**没有必要。**

“我希望你别再那么讲话了。”

“我不能带人一起走。你会拖慢我的速度。”

尹莎贝尔叹了口气：“好吧，这么着如何？让我们装成大吵了一架，而我赢了。嗯？这能省掉许多工夫。事实上，如果我不去的话，你可能会发现冰冰对出门比较犹豫。这么些年，我可喂它吃了不少糖块儿。现在——我们到底走不走？”

阿尔伯特坐在窄窄的床上瞪着对面的墙壁。他听到了马蹄声，冰冰很快就上了天，马蹄声也戛然而止。他低声嘟囔起来。

二十分钟过去了，各种表情走马灯似的掠过老巫师的脸。时不时他会轻声自言自语，比如“我早说过”，或者“根本不该听那小子的”，又或者“必须告诉主人”。

阿尔伯特似乎终于跟自己达成了一致。他小心翼翼地跪到地上，从床底下拖出个旧箱子。他挺费力地打开它，拿出件占满灰尘的灰色袍子，樟脑丸和失去光泽的小金属片散了一地。他套上袍子，拍拍灰最多的几个地方，接着又钻到了床底下。在许许多多闷声闷气的赌咒发誓和瓷器偶尔的叮当声之后，他带着根比自己还高的法杖钻了出来。

它比任何普通的法杖都要厚实些，主要是因为从头到脚布满了雕刻的缘故。事实上，这些图案很不清晰，却给人一种感觉，如果你能看清楚些，那是一定要后悔的。

阿尔伯特又拍了拍衣服上的灰，然后在脸盆架上的镜子里挑剔地审视了一番。

然后他说："帽子，没有帽子。要当巫师就得有帽子，见鬼。"

他一头冲了出去，在度过了繁忙的十五分钟之后才重新回到卧室里。这十五分钟的活动包括：在小亡卧室的地毯上剪出一个圆形的大洞，从尹莎贝尔的镜子背后拿走一张银色的纸片，从厨房水池下边的盒子里取出针、线，最后去衣柜里搜刮几片脱落的金属片。最后的成果不像他期待中那么好，而且常有滑下来盖住一只眼睛的倾向，但它终究是黑色的，上头还有星星和月亮，而且很能够说明自己主人的身份。戴上它，人家一眼就能看出你是巫师，尽管这位巫师多半相当绝望。

两千年来，他头一回觉得自己穿着得体。这感觉令人有些惊慌，而且惹得他思考了整整一秒钟，但很快他就踢开床边的碎布地毯，用法杖在地板上画了个圈。

法杖尖划过之后，地上出现了一条闪闪发光的第八色线条，这是光谱的第八种颜色，是魔法的颜色、想象的颜料。

阿尔伯通·马里奇踏进圆心，把法杖高举过头顶。他感到法杖在自己的手里苏醒过来，感到沉睡的力量缓慢地、刻意地展开，就像一只从梦中醒来的老虎。它激活了关于力量和魔法的回忆，这记忆在他心底结满蛛网的阁楼里嗡嗡作响。许多个世纪以来，他第一次感到自己活了。

他舔舔嘴唇。颤动的感觉渐渐消失，留下一种古怪的、期待的沉寂。

马里奇抬起头，喊出了一个音节。

蓝、绿色的火花从法杖两头喷涌而出。在八元灵符的八个角上，第八色火焰源源不绝地涌出来包裹住了巫师。要完成咒语，这些其实都并非必不可少，但巫师们都认为形象的展现极其重要……

即使是在使用消失的魔法时也不例外。他不见了。

同温层的风鞭打着小亡的袍子。

尹莎贝尔在他耳朵边上吼道：“我们先去哪儿？”

“贝斯·佩拉吉！”大风把他的喊声卷到了不知名的什么地方。

“那是哪儿？”

“阿加丁帝国！衡重大陆！”

他往下一指。

他知道还有多少路要赶，所以眼下并没有催冰冰加快速度，而大白马正迈着轻松的步子小跑过海洋上空。尹莎贝尔低头看了看咆哮的绿色巨浪和一层又一层的白色泡沫，收紧了抓着小亡的手。

小亡凝视前方，远处的大陆还只是一大片又低又密的白云。他很想用剑身拍拍冰冰催它快跑，但还是忍住了。他从没打过这匹马，真要打了谁知道事情会变成什么样子。他只能等着。

他的胳膊底下出现了一只手，手里拿着块三明治。

“里头是火腿或者奶酪还有酸辣酱。”她说，“你最好吃点儿，反正也没别的事可干。”

小亡低头瞅瞅那个润乎乎的三角形，试着回忆自己的上一顿饭是在什么时候。可以肯定是在时钟指不出来的某个时间——要想算出结果得有本日历才成。他接过三明治。

“谢谢。”他尽量彬彬有礼地说。

小个子太阳开始往地平线走，阳光懒洋洋地拖在它身后。前方的云越来越大，还镶上了粉红和橘黄的边。过了一会儿，他终于能看到云层底下有团模模糊糊的东西，颜色比云更深些，那就是大陆，上头还有城市的零星灯光。

半个钟头之后，他敢打赌自己看见了一幢幢的房子。阿加丁人似乎很喜欢把建筑修成矮墩墩的金字塔形。

冰冰一路下降，直到四蹄离海面不过几英尺远。小亡又看了看沙漏，然后轻轻拉动缰绳，稍稍调整了路线，他们的目的地更偏向世界边缘些，那是一个海港。

港口里泊着几艘船，大多数都是单帆的海岸贸易船。帝国不鼓励自己的臣民出远门，免得看见什么东西惹得他们心烦意乱。也正是出于这个原因，帝国还在整个国家周围筑了一堵围墙，有天国警卫日夜巡逻，他们的主要任务就是，假如发现有谁妄想出去呼吸五分钟的新鲜空气，那么这些人就要狠狠地踩到对方的手指头上。

这种事并不常见，因为太阳皇的大多数子民都很乐意在围墙里头过活。其实每个人都活在这堵或者那堵墙里，生活就是如此，你唯一能做的就是忘掉它，或者进化出更坚忍的手指头。

当他们经过海港上空时，尹莎贝尔问："这地方谁管事？"

"有个什么男孩当皇帝。"小亡回答道，"不过真正做主的是大维齐尔，我想。"

"永远不要相信什么大维齐尔。"尹莎贝尔精明地说。

事实上，太阳皇也并不相信这个人。维齐尔的名字叫九转镜，此人对谁应该掌管国家很有些独到的见解，其中之一就是，这个人应该是他。现在男孩国王越长越大，开始问些诸如"你不觉得墙上添几扇门会更好看些吗？""是的，但另外一边到底什么样？"之类的问题，于是九转镜决定，为了皇帝陛下着想，他应该被痛苦地毒死，然后埋进生石灰里。

皇宫低矮结实，有许许多多的房间，冰冰降落在宫殿外平整的砂砾地面上，剧烈地重组了宇宙的和谐[1]。小亡从马背上滑下来，又帮尹莎贝尔下了马。

“别碍事，好吗？”他焦急地说，“也别提什么问题。”

他跑上几级光洁的阶梯，穿过许多静悄悄的房间，时不时停下来瞥一眼沙漏确定方向。最后他轻手轻脚地走下一条过道，从一个装饰华丽的格子窗往里瞅，窗户的另一侧是个狭长低矮的房间，王公大臣们正在用晚餐。

年轻的太阳皇盘腿坐在席子的上首，他穿着围鼠毛大氅，羽毛铺开在身后，看起来袍子很快就要装不下他了。宫廷的其他人按照严格、复杂的先后次序坐在席子周围，不过你一眼就能认出维齐尔来，他正往碗里塞海鲜糊糊和煮海藻，神色极其可疑。谁也不像快死的样子。

小亡继续往前走，转过一个弯，差点径直走到几个大块头天国警卫身上。对方正挤在纸墙上的一个偷窥孔周围，来回传递一支香烟。和所有执勤时偷偷吸烟的士兵一样，每个人都小心翼翼地用手掌拢着烟头。

小亡蹑手蹑脚地回到格子窗前，偷听到下面这番谈话：

“噢，无处不在的神明啊，我是凡人中最不幸的一个，竟在我这大体令人满意的海鲜糊糊里发现了这个。”维齐尔边说边伸出筷子。

整个宫廷的人都伸长了脖子，小亡也一样。他没法不同意大维齐尔的话——筷子上夹着个蓝绿色的肿块，上头还悬着些橡胶似的管子。

---

1 宇宙之和平与质朴的石头花园是老皇帝一孙镜*下令建造的，以石头和阴影的有机位置来象征灵魂与物质的基本统一和万事万物的和谐。据说，现实最核心的秘密就隐藏在花园中石头的准确位置里。

* 一孙镜还因为另一件事为后人铭记，他常常砍掉敌人的嘴唇和双腿，然后保证还给他们自由，只要他们能边吹喇叭边跑步穿过整座城就行。

“高贵的学者大人，准备御膳的人将会受到惩处。”皇帝说，“谁把多出来的排骨夹走了？”

“哦，不，洞察一切的万民之父啊，我指的其实是，这个东西，我相信，正是深水鳗鲡的气泡和脾脏，据称是人间最最美味的精华，以至于只有那被众神宠爱的幸运儿才能食用，至少书上如此断言，而小人岂敢自负地位列其中。”

筷子灵巧地一甩，那东西被转移到了皇帝碗里，刚落脚时晃了几下，然后便稳稳地定住了。男孩看了一会儿，然后拿根筷子把它叉了起来。

“啊，”他说，“可是，难道伟大的哲学家李·廷·韦德本人不曾写下这样的句子，‘学者当比王子更加尊贵’？噢，忠实而勤勉的求索者啊，我仿佛记得你曾经特别让我读过。”

那东西再次划出一条短短的弧线，满心歉意地落进了维齐尔的碗里。他飞快地把它铲起来，稍一抽搐，开始准备第二波攻势。他的眼睛眯了起来。

“通常说来或许的确如此，噢，智慧的碧玉之河啊，但在这里，我岂能排在陛下之前？我爱陛下正如爱自己的儿子，自从先皇不幸辞世，也一直待陛下如吾儿，因此我将这微不足道的奉献呈于陛下脚下。”

整个宫廷的眼睛跟着那可怜的器官进行了第三次飞越，但皇帝抓起自己的扇子打出一个漂亮的截击，让它重重地落回到维齐尔的碗里，还溅起好些海藻来。

“看在老天的分儿上，不管你们哪一个，赶紧吃啊！”小亡的高喊完全无人理会，“我赶时间！”

“噢，忠心耿耿且在先父和先祖父驾崩时唯一的伴侣啊，汝确乎是最最体贴的仆人，所以我裁决你的奖赏就是这最最稀罕高雅的美味。”

维齐尔有些拿不定主意似的戳戳那东西，然后他瞥见了皇帝的笑容，高高兴兴的，令人不寒而栗。他搜肠刮肚地找着借口。

“唉，只可惜我似乎已经吃得太多太多——”他刚一开口，皇帝就挥手让他闭嘴。

“无疑它的确需要合适的调料。”他拍了拍手，身后的墙被从上到下劈开，四个天国警卫大步踏了进来，其中三个挥舞着利剑，第四个正急急忙忙地试图吞下一个点燃的烟屁股。

维齐尔手里的碗“砰”的一声落到了地上。

“我最忠心的仆人相信他的肚子已经容不下最后一口了。”皇帝说，“你们无疑可以查查他的肠胃，看看这话是不是真的。那个人的耳朵里为什么在冒烟？”

“渴望行动，噢，至尊天王。”警长答得飞快，“拦不住他，我恐怕。”

“那就让他拿匕首来——哦，看起来维齐尔究竟还是饿了。干得好。”

此刻四下是绝对的寂静，维齐尔的脸颊有节奏地起伏着，接着他把嘴里的东西咽了下去。

“味道好极了。”他说，“无与伦比。真是诸神的饮食，现在，请容我先行告——”他展开两条腿，似乎准备起身，额头上出现了细密的汗珠子。

“你想要告退？”皇帝扬起眉毛。

“国家大事，耽搁不得，哦，敏锐聪慧的——”

“坐下，刚吃完就起身对消化可不好。”皇帝说。警卫们争相点头表示赞同。“再说了，眼下也没什么耽搁不得的国家大事，除非你指的是你房间里竹毯上的黑漆柜中那个标着‘解药’的红色瓶子，噢，润滑午夜的明灯啊。”

维齐尔的耳朵里叮当作响，他的脸开始变蓝。

“看见了？”皇帝说，“吃撑了胃再做不合时宜的运动很可能会导致坏心情。让这个消息快速传播到帝国的每个角落吧，让每个人都知道你不幸的状况，并且从中吸取教训。”

“我……必须……恭喜陛……下如此……深谋远虑。”维齐尔一头栽进了一碗水煮软壳蟹里。

皇帝说：“我有最好的老师。”

也该是时候了。小亡提剑一挥。

片刻之后，维齐尔的灵魂从席子上起来，上下打量着小亡。

“你是谁，野蛮人？”他喝道。

死神。

“不是我的死神。”维齐尔坚定地说，“烈火的黑色天龙在哪儿？”

他来不了。小亡说。在维齐尔的灵魂后头显现出好些阴影，其中几个穿着皇帝的长袍，不过还有许多别的人跟他们挤在一块儿，而且似乎个个都急于欢迎新人来到死人的国度。

“我想有些人要见你。”小亡说完就匆匆跑开了。等他跑到出口的时候，维齐尔的灵魂开始尖叫……

尹莎贝尔耐心地站在冰冰身边，而冰冰正在享受一顿迟来的午餐，对方是一棵五百岁的盆景树。

“解决了一个。”小亡爬上马鞍，“来吧。我对下一个有不祥的预感，而且时间也不多了。”

阿尔伯特在幽冥大学的中央显形，事实上，刚好是两千多年前他离开世界的那个位置。

他满意地咕噜几声，又拍拍袍子，弄掉些灰尘。

他意识到有人正注视着自己。阿尔伯特抬起头，这地方刚好处在他自己那严厉的大理石目光之下。

他扶了扶眼镜，不以为意地看了眼固定在底座上的铜牌。上边写着：

阿尔伯通·马里奇，本大学创始人。生卒年1222—1289。“我们再也不会见到他这样的人。”

哈，他想，好个预言。他们要真这么看重他，至少可以雇个差不多的雕塑家。太丑了，鼻子全不对，那也叫腿？还有好多人在上头刻名字。再说了，他才不会戴着那么顶帽子去死。当然，只要有可能，他压根儿就不会去死。

阿尔伯特朝那可恶的东西发射了一个八色霹雳，眼看着它给炸成粉末，他恶毒地咧嘴一笑。

“好。”他对整个碟形世界说，“我回来了。”魔法的麻刺一路延伸到胳膊上，在他心里点燃温暖的火光。这么多年了，天晓得他有多怀念这种感觉。

听到爆炸声，巫师们匆匆忙忙地从大门外涌进来，而且立刻得出了完全错误的结论。

一个空空如也的底座。大理石的灰尘纷纷扬扬到处都是。然后是一个自言自语着从烟尘中大步走出来的阿尔伯特。

位置靠后的巫师开始尽可能敏捷、安静地撤退。在快活的少年时代，他们没有一个人不曾将某种卧室里常见的用具放在老阿尔伯特的脑袋上，或者在冷冰冰的雕像上刻下自己的名字，又或者往底座上洒些啤酒。而最糟糕的则是在胡闹周，酒水下肚很快，厕所又仿佛过于遥远。

在当时这些主意似乎都妙不可言，但现在，它们突然变得非常缺乏吸引力。

只有两个身影留下来面对雕像的怒火，其中一个因为他的袍子给门夹住了，而另一个则因为他其实是只猩猩，因此对于人类的问题可以采取一种比较超然的态度。

阿尔伯特一把抓住那个巫师，对方正拼命想走进墙里。他尖叫起来。

“好吧，好吧，我承认！那次我喝醉了，相信我，不是故意的，天啊，对不起，我真的很抱歉——”

“你在胡扯些什么东西，小子？”阿尔伯特完全摸不着头脑。

“真的很抱歉，要是我试着告诉你我有多抱歉，我们会——”

“够了！闭嘴！”阿尔伯特低头瞟了眼那只猿人，对方冲他微微一笑，热情而友好。“你叫什么名字，你？”

“遵命，先生。我闭嘴，先生。马上就闭，不胡扯，先生……灵思风，先生。图书管理员助理，如果您不反对的话。”

阿尔伯特上下打量他一番。这人一副绝望透顶、磨损过度的模样，活像是留给洗衣房的什么东西。他下定决心，假如巫师已经堕落到这步田地，那就必须有人做点什么。

“哪个图书管理员会要你做助理？”他烦躁地问。

“对——头。”

一个温暖软和、好像皮手套似的东西想要握他的手。

“一只猴子！在我的大学里！”

灵思风急切地说：“猩猩，先生。他本来是巫师，但中了什么魔法，先生，结果他不让我们把他变回去，只有他知道每本书在哪儿。”他感到还需要一些额外的解释，于是又补充道：“我负责他的香蕉。”

阿尔伯特瞪他一眼：“闭嘴。”

“马上就闭，先生。”

“然后告诉我死神在哪儿。”

“死神，先生？”灵思风退后几步，一直退到了墙上。

“高个子，骷髅，蓝眼睛，大步流星，**说话像这样**……死神。最近见过他吗？”

灵思风咽口唾沫：“最近没有，先生。”

“好吧，我要找到他。这些乱七八糟的事儿必须停止。我现在就要阻止它，明白？我要八个资历最老的高级祭司到这儿来集合，没错，半个钟头之后，让他们带上举行阿示克恩仪式的所有装备，听明白了？倒不是说你们这些家伙的德行能给我什么信心。一群胆小如鼠的娘娘腔，你们这些家伙，别再来握我的手，你！”

“对——头。”

“现在我要去酒吧，”阿尔伯特厉声呵道，“附近哪儿还有稍微能喝的猫尿卖吗？”

“有个叫破鼓酒馆的地方，先生。”灵思风说。

“破鼓酒馆？金丝街那个？还在那儿？”

“呃，有时候他们改个名字，还从头到尾修一遍，不过地方一直都还在，呃，老地方。我猜您肯定口渴得紧了，呃，先生？”灵思风可怜巴巴地套着近乎。

“这种事你懂什么！”阿尔伯特严厉地说。

“一点也不懂，先生。”灵思风脱口答道。

“那我现在就去破鼓酒馆。半个钟头，别忘了。要是我回来的时候他们没在这儿等着，后果嘛，哼，他们最好不要。”

他怒气冲冲地走掉了，卷起一路的大理石灰尘。

灵思风望着他的背影。图书管理员握着他的手。

“你知道最糟糕的是什么吗？”灵思风问。

“对——头？”

“我根本不记得什么时候从镜子底下走过，怎么会触了这么大的霉头。”

阿尔伯特正在破鼓酒馆里，一张泛黄的账单引发了他跟老板之间的争论。账单在店主家族内部妥善保管、代代相传，总共经历了一次弑君事件、三次内战、六十一次大火、四百九十次失窃和超过一万五千次店内斗殴，这一切磨难都是为了记录一个事实，即阿尔伯通·马里奇还欠着酒店管理层三个铜币，外加两千年来的利息。把碟形世界上所有大点的保险库加在一起，里头的内容跟阿尔伯特欠的酒账基本相当。这件事再一次证明，说到没结清的账单，安卡商人的记忆力能让大象直眨眼……而与此同时，冰冰正在神秘的克拉奇大陆上空留下一道蒸汽的痕迹。

遥远的地面上，芬芳、阴森的丛林中传来阵阵鼓点，盘旋的薄雾从隐藏在林中的河面上冉冉升起，无名的野兽在河面下窥探，等着晚餐经过。

“奶酪吃完了，你只能吃点火腿。”尹莎贝尔说，“那边的光是什么东西？”

“光坝。”小亡回答道，“我们正在靠近目标。”他从口袋里掏出沙漏检查剩下的沙子。

“但还不够近，见鬼！”小亡又说道。

光坝在他们正前偏向中轴地的方向上，看起来活像是一池池的光线，事实也正是如此。有些部落在荒山上造了镜子墙，好收集碟形世界动作迟缓、略微发沉的阳光。这是他们的硬通货。

冰冰掠过游牧民族的营火和特索托河岸边静静的沼泽。在他们眼前，阴暗、熟悉的形状开始显现在月光下。

“月光下的特索托金字塔！”尹莎贝尔低声道，“太浪漫了！”

成千上万奴隶的鲜血。

“拜托。”

“抱歉，但这个问题最现实的真相就是，这些——”

“行行行，你的意思已经很明白了。”尹莎贝尔有些不耐烦。

他们飞到一座较小的金字塔上。“埋一个死国王竟然要费这么多工夫。”小亡说，“他们往他们身体里头填满防腐剂，你知道，好让他们能活下来，进入下一个世界。”

“有用吗？”

“反正我是没看出来。”小亡身子前倾，几乎挨到冰冰的脖子。“下头有火把。”他说，“别动。”

一行人正走过金字塔间弯弯曲曲的大道，打头的是一百个汗流浃背的奴隶，他们驮着一座鳄鱼神奥夫勒的巨大雕像。冰冰就在它头顶，完全没人发觉。很快它四蹄落地，在金字塔的入口外边来了个漂亮的降落。

“他们又腌了一个国王。”小亡又借着月光看看沙漏。它的模样挺平常，一点不像跟王家有关系的那种。

“不可能是国王。”尹莎贝尔说，“他们总不会在他没死的时候就腌了他，对吧？”

“希望如此，因为我在什么地方读到过，在他们搞保鲜之前，他们，呃，要把他们切开，然后把那些……”

“我不想听——”

“软塌塌的东西都拿掉。”小亡草草结束了自己的故事，“幸好腌了也没用，真的，想想看，你到处走来走去，肚子里头却没有……”

“所以说你要带走的不是国王。”尹莎贝尔大声说，“那会是谁？”

小亡转身瞅了眼黑漆漆的入口。黎明前它都不会封闭，好让国王的灵魂有时间离开。它看起来很深很深，让人产生不祥的预感，似乎暗示着自己有比——呃，举个例子来说——打磨刮胡刀[1]更加可怕的目的。

“咱们就去看看。”他说。

“当心！他回来了！”

大学里八个资历最老的高级祭司乱哄哄站成一排，拼命想要捋顺自己的胡子，而且总的来说，尽管大家都努力让自己看上去更体面些，效果却很不理想。这些人原本正在实验室里搞研究，或者刚吃过晚饭，在暖烘烘的炉火前享受一杯白兰地，又或者坐在张挺舒服的椅子里，把手绢盖在脸上，正静静地沉思。现在他们突然被拽到了这地方，个个都极端担惊受怕，而且相当迷惑不解，眼睛老忍不住往空荡荡的底座那儿瞟。

只有一种生物能复制他们的表情，那就是鸽子，而且是当它听说纳尔逊将军[2]不仅从他的底座上走了下来，还有人看见他买了把十二发的转轮枪和一盒子弹的时候。

“他经过走廊了！”灵思风大喊一声跳到了一根柱子背后。

集合的巫师眼巴巴地望着大门，仿佛它马上就会炸开似的。这显示出他们多么有预见性，因为大门真的炸开了。火柴棍大小的橡木碎片哗啦啦地落在巫师们中间，门口的光线映出一个瘦小的身影。它一手拿着冒烟的法杖，另一只手里是只黄色的小蛤蟆。

“灵思风！”阿尔伯特咆哮道。

“先生！”

1 据说，金字塔的魔法特性之一就是能把放在塔下的刮胡刀磨得异常锋利，好让死在塔里的盗墓者都能拥有干净清爽的下巴。——译者注

2 即Horatio Nelson，英国皇家海军司令官。在伦敦的特拉法尔加广场有他的雕像。广场上有大群鸽子，所以雕像上总有许多鸽子粪便。——译者注

“把这东西拿去处理掉。”

蛤蟆爬进灵思风手里，挺抱歉地瞅了他一眼。

“这是那该死的店主人最后一次跟巫师扯淡。”阿尔伯特一脸扬扬自得的满意劲，“我不过转了个身，才几百年，突然就有人怂恿城里的家伙胡思乱想，以为自己可以跟巫师顶嘴了，呃？”

一个高级祭司嘀咕了句什么。

“什么？大声说，你！”

“作为大学的庶务长，我必须指出我们一直都鼓励与社区建立良好的邻里关系。”巫师一面嘟囔一面努力躲避对方极具穿透力的目光。有一点不得不考虑：此人的良心上扣着个夜壶，总共有三项涉及淫秽书画的指控。

阿尔伯特任自己的下巴往下掉。“为什么？”他问。

“因为——呃，一种公民的责任感，我们觉得由巫师来做出好的榜样是极为重——嘎！”

巫师拼命拍打着胡子上的火苗。阿尔伯特放低法杖，缓缓地依次打量着这排巫师。他们在他的目光下闪躲腾挪，就像大风里的小草似的。

“还有其他人想表现公民的责任感吗？”他问，“良好的邻里关系，有人没有？”他挺直了身子，“你们这群没骨气的烂蛆！我建大学可不是为了给你们机会把该死的割草机借给邻居！有力量不用那力量还有什么用？有人敢不对你们毕恭毕敬，你们就别留下他那该死的酒馆，让他连烤栗子的地方都没有，明白？”

巫师中间升起一声轻柔的叹息，他们悲伤地望着灵思风手里的蛤蟆。遥想青春年少时，他们中的大多数都在破鼓酒馆学会了烂醉如泥的技艺。当然，那些日子已经过去了，但就在明天晚上，商人行会的年度刀叉晚宴就会在破鼓楼上举行，每个八级巫师都收到了优惠券。届时会有烤天鹅肉，两种蛋糕，还会为了“我们可敬的，不，尊贵的客人”

干上许多许多杯，直到大学的仆人带着手推车出现为止。

阿尔伯特趾高气扬地从他们跟前走过，偶尔拿他的法杖戳戳某人的大肚皮。他的心在手舞足蹈、引颈高歌。回去？绝不！这是权力，是生活；他要挑战那个骨头脸，往他空荡荡的眼睛里吐唾沫。

“以葛礼森的冒烟镜的名义，这地方一定要有些变化！”

研究过历史的几个巫师很不自在地点了点头。事情会回到过去的模样，石头地板，黑灯瞎火的时候就起床，任何情况下都不准喝酒，还要记住所有东西真正的名字，直到你的脑袋咯吱咯吱叫起来。

“那个人在干吗？”

一个巫师心不在焉地摸出了烟袋，阿尔伯特的声音让一支卷上一半的香烟从颤抖的手指间落到地上。香烟弹了几下，所有的巫师都用渴望的目光追随它的滚动，直到阿尔伯特潇洒地上前一步，把它踩了个稀烂。

阿尔伯特猛一转身，自命为半官方副手的灵思风正亦步亦趋地跟在他身后，这时差点一头撞上去。

“你！灵思什么！你抽烟吗？”

“不，先生！坏习惯！”灵思风躲开了上级们的视线。他突然意识到自己刚刚给自己制造了几个一辈子的敌人。时间或许不会很长，但这对他也算不上什么安慰。

“很好！拿着我的法杖。现在，你们这些倒退的可怜虫，这些必须停止，听见了？明天的第一件事，黎明起床，绕着院子跑三圈，再回这儿来做体操！膳食平衡！学习！健康的锻炼！还有那只该死的猴子要进马戏团，头一件事！”

“对——头？”

几个年纪大些的巫师闭上了眼睛。

“不过首先，”阿尔伯特压低了嗓门，“你们要为我举行阿示克恩。”

“我还有些事情要了断。”他补充道。

小亡大步走过金字塔那伸手不见五指的通道，尹莎贝尔快步跟了上去。剑上微弱的光芒照出好多恶心的玩意儿；比起特索托人崇拜的有些东西来，鳄鱼神奥夫勒简直无异于化妆品广告。一路上的壁龛里，各式各样的雕塑活像是拿上帝用剩的所有下脚料弄出来的。

“为什么把它们放在这儿？”尹莎贝尔耳语道。

“特索托的祭司说，等金字塔封闭以后，它们就会活过来，在走道里巡逻，保护国王的身体不受盗墓人的伤害。”

“多可怕的迷信。”

“谁说什么迷信了？”小亡心不在焉地说。

“它们真会活过来？”

“我只是说当特索托人对一个地方下咒的时候，他们可不是随便说说。”

小亡转过一个弯，有那么一秒钟消失在了尹莎贝尔的视线之内，她的心脏几乎停止了跳动。她赶紧冲过黑暗，一头撞到他背上。小亡正在检查一只狗头鸟。

“嘎。”她说，“这东西真让你脊背发凉，是吧？”

“不。”小亡的声音很平板。

“为什么不？”

因为我是小亡。他转过身来，双眼像两个蓝色的光点一样闪耀着。

“别这样！”

我——我没办法。

她试着大笑几声，可惜没什么帮助。“你不是死神。”她说，“你不过是在干他的活儿。”

干死神的活儿就是死神。

尹莎贝尔惊得哑口无言，但这阵寂静很快就被走道更深处传来的呻吟打断了。小亡转身赶了过去。

他说得没错，尹莎贝尔暗想，就连他走动的样子也……

远去的光线让黑暗显得更加怕人，这恐惧很快就战胜了所有的疑虑。她蹑手蹑脚地跟上去，又转过一个弯，在宝剑忽明忽暗的蓝光中，他们发现此处似乎介于宝库和特别杂乱的阁楼之间。

“这是哪儿？”她低声问道，“我从没见过这么多东西！”

国王会带它们去下一个世界。

“他肯定不相信什么轻装上阵之类的话。瞧，一整只船，还有个金浴缸！”

无疑他希望到了那边也能干干净净的。

“还有那么多雕像！”

那些雕像，我很遗憾地说，都是人。国王的仆人，你明白。

尹莎贝尔脸上一片严霜。

祭司给他们服了毒药。

又一声呻吟，来自房间的另一头。小亡顺着声音往源头走，笨拙地爬过无数地毯、枣椰、柳条筐里的瓷器和成堆成堆的宝石。国王显然不知道自己上路时该留下什么，于是为了安全起见，决定全都带上。

只不过它并不总是能很快见效。小亡阴沉沉地加上一句。

尹莎贝尔勇敢地跟了上去，很快就从一条独木舟后头瞅到个年轻姑娘。她趴在一堆垫子上，薄纱的裤子，用料过于节省的背心，镯子足够拴住艘不大不小的船，嘴唇周围有些绿色的污渍。

“痛吗？”尹莎贝尔轻声问。

不，他们认为这能带他们上天堂。

“真的？”

也许。谁知道呢？小亡从衣服里头的一个口袋掏出沙漏，借着剑光看了看。他似乎在暗暗计数，然后猛地把沙漏扔到背后，另一只手里的剑往下一挥。

那姑娘的影子坐直身子，伸个懒腰，引得幽灵首饰叮咚作响。她发现了小亡，朝他低下头。

“主人！”

不是任何人的主人。小亡说，**现在走吧，去你相信自己要去的地方。**

“我将在天国的宫廷中做择忒斯普特国王的妃子，同国王一起在群星中生活到永远。”她坚定地说。

“你没必要那么干。”尹莎贝尔厉声道。

那姑娘转过头，瞪大了眼睛。

“噢，但我必须这样。为这个我一直训练了好久。”她变得越来越淡，“之前只不过才当上女仆。”

她消失了。尹莎贝尔沉着张脸，不以为意地盯着她刚才所在的位置。

“哼！”她说，“看见她穿的是什么吗？”

我们出去吧。

“但那不可能是真的，那个什么国王怎么会永远待在星星中间？”当他们艰难跋涉离开那乱七八糟的房间时，尹莎贝尔一路都在嘟囔，“星星中间什么也没有，只有空荡荡的太空。”

这很难解释。小亡说，**他会在自己的心里生活在群星之间。**

“和奴隶们一起？”

如果他们这么想的话。

“这可不太公平。”

没有正义，小亡说，**只有我们。**

他们从两旁的魑魅魍魉中间快步离开，一路越走越快，等冲进夜晚沙漠的空气时几乎已经撒腿跑起来。尹莎贝尔靠在根粗糙的柱子上直喘气。

小亡并没有上气不接下气。

他根本没吸气。

我会带你去你想去的地方。他说，**然后我就必须离开了。**

“但我以为你想去救公主的命！”

小亡摇摇头。

我没的选择，根本不存在选择。

他转身走向等在门口的冰冰，尹莎贝尔跑过去抓住了他的胳膊。他轻轻扳开她的手。

我的学徒期已经结束了。

“这些全在你脑子里！”尹莎贝尔吼道，“你就是自己心里想的那个人！”

她停下来低头一看，小亡脚边的沙子开始抽打、喷涌，旋转成可怖的形状。

空气中传来噼啪声，还有种油腻腻的感觉。小亡看上去有些不安。

有人在举行阿示克恩——

就像是把锤子使劲一敲，空中的一股力量在沙地上刮出了一个大坑。他们听见低沉的嗡嗡声，还闻到热锡的气味。

疾风卷起漫天砂粒，小亡独自站在大风核心的平静中，睁大眼睛四下转动身体，仿佛置身梦中似的。奔走的白云中雷电交加。在内心深处，小亡正挣扎着想要摆脱束缚，但有什么东西紧紧把他捏在手心里，他完全无法抵抗，就像罗盘的指针不能忽视指向中轴的冲动。

最后他发现了自己要找的东西。那是第八色光中的一扇门，门后有一条短短的通道。通道的尽头有几个身影正在召唤他。

我来了。他说。身后突然传来一阵噪声，他转过身去。整整十一英石[1]重的年轻女性结结实实地击中他的胸口，撞得他跌了一跤。

小亡仰天落地，尹莎贝尔跪在他身上，不屈不挠地抓紧了他的胳膊。

放手。他命令道，**有人在召唤我**。

“不是你，笨蛋！”

她盯住那双没有瞳孔的蓝色眼睛。那感觉就像俯视一条熙熙攘攘的隧道。

小亡拱起背，大骂一声。在强烈的魔法场中，这古老又恶毒的诅咒竟获得了形象，拍着有力的翅膀鬼鬼祟祟地溜走了。一个小雷暴坠落到沙丘之间。

他的眼睛又一次吸住她。她赶紧转开视线，免得自己像石头一样落进蓝光的深井里。

我命令你。小亡的声音能在石头上凿出洞来。

“父亲也拿那口气唬过我，试了好多年。”她平静地说，“通常是在他想让我整理卧室的时候。一直都没起作用。”

小亡又嚷出一句咒骂，对方跳出风暴的中心，想把自己埋进沙子里。

痛——

“这些都在你脑子里。”她做好准备再一次对抗那股力量，免得他们给扯进那扇忽闪忽闪的门里，“你不是死神，你只不过是小亡。我觉得你是谁你就是谁。”

在他眼睛里，在模模糊糊的蓝色深处，两个棕色的小点以视线的速度浮了上来。

他们周围的风暴在上升、在哀号。小亡尖叫起来。

阿示克恩仪式，其实很简单，就是召唤和约束死神的仪式。研究

1　1英石≈6.35千克。——编者注

玄妙力量的学生会意识到，这个仪式其实只需要一句简单的咒语、三小块木头和四毫升老鼠血就够了。但对于任何配得上自己尖角帽的巫师而言，这么没看头的事是梦里也不肯想的。在内心深处，他们大家都知道，假如一个咒语不涉及大根的黄色蜡烛、许许多多罕见的熏香、用八种不同颜色粉笔画在地板上的圆圈和摆在周围的几口大锅，那这个咒语就根本不值得考虑。

现在，地板上画好了为仪式准备的巨大八元灵符，八位巫师各就各位，身体晃动，嘴里吟唱，胳膊伸向两侧，跟站在自己身边的巫师指尖相触。

然而有什么东西不对劲。没错，活跃的八元灵符中心出现了一片烟雾，但它在翻腾、旋转，就是不肯聚集起来。

“再来些力量！”阿尔伯特高喊，“再多来些力量！”

一个人影短暂地出现在烟雾中间，黑色袍子，手里一把亮闪闪的宝剑。阿尔伯特瞟到对方苍白的面孔，不禁破口大骂起来。那张脸不够白。

“不！”阿尔伯特一声怒吼冲进了八元灵符里，赤手空拳对那个闪烁的人影又推又打，“不是你，不是你……”

与此同时，在遥远的特索托，尹莎贝尔忘记了自己的淑女身份。她收紧拳头，眯起眼睛，端端正正地击中了小亡的下巴。周围的世界炸开了……

在海加排骨店的厨房里，煎锅“砰”的一声掉在了地上，把猫咪吓得到处乱窜……

而在幽冥大学的大厅中间，所有事情都同时发生了。[1]

1　这句话并不完全准确。哲学家们已经基本达成共识，能让所有事情都发生的最短时间应该是一兆年。

巫师们在不断往阴影的国度灌注力量，现在这股无比巨大的力量突然找到了一个焦点。仿佛瓶子上那个不情不愿的软木塞终于蹦出瓶口，仿佛倒转过盛着无限的瓶子时那团突然落下的番茄酱，死神骂骂咧咧地降落到了八元灵符中间。

阿尔伯特意识到自己还在灵符里，赶紧往边上冲。可惜太晚了，几根骷髅手指逮住了他的袍子。

巫师们，当然是指还站在地上没昏过去的那些，看见死神竟然穿着围裙，手里提着只小猫咪，不禁有些吃惊。

“为什么你非要”**来破坏？**

“破坏？你知道那小子都干了些什么吗？”阿尔伯特厉声呼喝，同时仍在努力往灵符边缘移动。

死神抬起骷髅头，嗅了嗅空气的味道。

那声音斩断了大厅里所有的噪声，逼迫它们陷入沉寂。

它是那种在迷迷糊糊的梦里听到的声音，让你吓得半死，浑身冷汗地惊醒过来。它是从恐惧之门的门缝传出来的吸鼻子的声音。它像是刺猬在吸鼻子，但如果真是这样，那这只刺猬肯定是撞破公路的栏杆跑出来压碎卡车的刺猬。这声音你不会想听第二次；你连第一次都不想听。

死神缓缓站直了身子。

他就是这样回报我的仁慈？偷走我的女儿，侮辱我的仆人，还为了自己的一时兴起让现实的结构遭遇危险？噢，愚蠢，愚蠢，我愚蠢得太久了！

“主人，假如您能好心放开我的袍子——”阿尔伯特张开嘴巴，结果发现自己的声音里突然多了些祈求的味道。

死神没理他。他捻个响指，听上去活像是有人在敲响板，腰上的围裙立刻炸成了转瞬即逝的火焰。不过，猫咪是被小心翼翼地放在了地上，然后轻轻地用脚赶走了。

难道我不是给了他最不可思议的机会吗？

“正是如此，主人，现在如果您能——”

技术？职业规划？前途？一生的事业？

“的的确确，现在假如您能松开我的——”

阿尔伯特的嗓音完全变了，支配的喇叭已经化作哀求的短笛。事实上，他似乎怕得要命，但老巫师还是成功地对上了灵思风的眼睛，然后声嘶力竭地叫道：

“我的法杖！把我的法杖扔进来！他在圈子里的时候是可以战胜的！把法杖给我我就能挣脱出来！”

灵思风说：“什么？”

哦，我的错误就是屈从于这些弱点，在找到更好的字眼之前姑且把它称作肉体！

“我的法杖，你这蠢货，我的法杖！”阿尔伯特还在叽里咕噜。

“抱歉！”

干得好，我的仆人，你让我恢复了理智，死神说，**让我们不要浪费任何时间。**

“我的法——！”

一个爆聚，空气涌入八元灵符的中心。

蜡焰像几行火一样伸长了片刻，然后便熄灭了。

时间稍微流逝。

然后庶务长的声音从地板附近传来：“真是太无情了，灵思风，让他就这么丢了法杖。哪天记得提醒我好好管教管教你。谁有火吗？”

“我不知道它怎么了！我把它靠在柱子上来着，结果它就——”

“对——头。”

“哦。”灵思风说。

“额外的香蕉配额，那只猩猩。”庶务长镇定地说。火柴一闪，有人终于点燃了根蜡烛。巫师们开始把自己从地板上捡起来。

“嗯，这对我们大家都是个教训。”庶务长拍拍袍子上的灰尘和蜡油。他抬起眼睛，以为自己会看到阿尔伯通·马里奇回到了自己的底座上。

“显然就连雕像也有感觉。”他说，“我记得很清楚，当我自己还在念一年级的时候，我曾经把名字写在了他的……呃，不说了。关键在于，我现在就建议我们重新把它塑起来。”

这提议遭遇到死一般的寂静。

“用，比方说，纯金打造，和过去那个一模一样。再嵌上合适的珠宝，好配得上咱们伟大学院的缔造者。”他高高兴兴地继续说道。

“而且，为了避免任何学生以任何方式损坏它，我建议我们把它竖立在最深的地窖里。”他接着往下说。

“然后再锁上门。”他加上一句。几个巫师开始高兴起来。

“然后再扔掉钥匙？”灵思风试探道。

“然后再把门缝焊起来。”庶务长刚刚想起了破鼓酒馆。他琢磨半晌，记起了身体素质的问题，于是补充道：“然后再拿砖把门口填上。”周围一片掌声。

“然后再扔掉泥瓦匠！”灵思风咯咯直笑，他觉得自己终于明白了。

庶务长瞪了他一眼：“没必要得意忘形。”

寂静中，一个超大号的沙丘笨拙地拱起来又塌下去，露出了死神的坐骑。冰冰喷出鼻子里的沙子，甩了甩鬃毛。

小亡睁开眼睛。

真应该发明一个词来形容刚刚醒来的瞬间，你心里装满了粉红、温暖的虚无，躺在那儿脑子里完全没有任何念头，只有一个逐渐增强的疑虑，像一袜子的湿沙在黑黢黢的巷子里朝你飞来，除此之外净是些你宁愿不要想起的回忆，这些回忆最后都指向一个结论：在你可怕的未来里，能让痛苦减轻的因素只有一个，那就是你的未来肯定不会很长。

小亡坐起身，双手按在头顶上，免得它旋下来。

他身旁的沙子往上一鼓，尹莎贝尔奋力坐起来。她头发里全是沙子，脸被金字塔的灰弄得脏兮兮的，有些头发尖已经变卷了。她无精打采地看着他。

“你打我了？”小亡小心翼翼地试了试自己的下巴。

“嗯。”

“哦。”

他抬头看看天，好像它能给他些提示。他必须去什么地方，而且要快。他回忆起来，然后他又想起了些别的事。

“谢谢你。”他说。

“随时愿为你效劳，我保证。”尹莎贝尔费力地站起身，努力拍打衣服上的污垢和蜘蛛网。

她似乎有些犹豫：“我们还去不去救你的那个公主？”

小亡自己内在的现实终于迎头赶上。他像被人扼住脖子似的“啊”了一声，然后一跃而起，眼看着蓝色的焰火在眼前炸开，接着重新虚脱在地上。尹莎贝尔动手把他架了起来。

“我们去河边。”她说，“喝上两口对咱们都有好处。”

“我怎么了？”

虽然身上靠着个大活人，她还是尽最大努力耸了耸肩膀。

“有人搞了阿示克恩仪式。父亲恨那东西，他说他们总在他不方便的时候召唤他。你死神的那部分去了，而你留了下来。我想是。至少你的声音又恢复了。”

“现在是什么时候？”

“你先前说祭司是在什么时候封闭金字塔来着？”

小亡回过头，眯起水汪汪的眼睛看了看国王的陵寝。没错，火把的照射下，好些人影正在门口忙碌。根据传说，守护者很快就会醒来，开始它们永不停息的巡视。

他知道它们会的，他记得这个事实。他记得自己的心像冰一样冷，像夜空一样没有边际。他记得在第一个造物生活的瞬间，自己被召唤，不情不愿地开始存在，从那时起他就很清楚，他会活得比生命更长，直到宇宙中的最后一个生物走向另一个世界，到那时候，打个比方来说，还得他去把椅子翻过来倒放在桌上，然后熄灭所有的灯光。

他记得那种孤独。

“别离开我。”他焦急地说。

“我就在这儿，”尹莎贝尔道，“只要你需要。”

“现在已经午夜了。”他迟钝地蹲下来，把疼痛难忍的脑袋埋进特索托河里。冰冰也来喝水，发出像浴缸放水一样的噪声。

“也就是说太迟了？”

“是的。”

“太可惜了。真希望我能做点什么。”

“没什么可做的。”

“至少你遵守了对阿尔伯特的承诺。”

“是的。”小亡苦涩地说，“至少那个我还做到了。”

是做到了，几乎从碟形世界的一头跑到了另一头……

应该有个词来形容最微弱的那一点点希望之光，你甚至不敢去想它，生怕单单承认它的存在也会让它消失不见，就好像试着去看一个光子时那样。你只能偷偷靠近，眼睛盯着它身后，走过它，等它自己长大准备好面对世界。

他抬起滴水的脑袋瞅了瞅太阳落下的地平线，试着回忆死神书房里那个碟形世界的大模型，同时还要避免让宇宙知道他在打什么算盘。

在这种时候，你会觉得偶然性的平衡如此微妙，就算只是想得大声了些也能把事情全都搞砸。

一道道稀薄的中轴光在星空下闪烁，他靠中轴光确定了方向，并且福至心灵，猜测出斯托·拉特……在那边……

“午夜。”他吐出两个字。

“已经过了。”尹莎贝尔说。

小亡站起身来，努力避免像灯塔似的放射出满心欢喜。他抓住冰冰的缰绳。

“走吧。”他说，“我们没多少时间了。”

“什么没时间了？”

小亡伸手要把她拉上马鞍来。想法很好，不过仅仅意味着他差点把自己给拖下马。尹莎贝尔轻轻把他推回去，自己爬上马背。冰冰侧着走了几步，它感受到小亡狂热的兴奋，于是喷着鼻息刨了刨沙子。

“我刚才问你，‘没时间了’是什么意思？”

小亡掉转马头，对准远方日落的微光。

“夜晚的速度。”他回答道。

切维尔从王宫的城垛上探出脑袋，忍不住呻吟起来。界面与他们只有一条街的距离，在八色光中清晰可见，而他也不必再想象它的咝咝声——声音已经传到了他耳朵里。随机的可能性粒子击中界面，能量化作恶心的、锯齿般的嗡嗡声释放出来。当它沿街前进时，珍珠样的墙壁吞噬了彩旗、火把和等候的人群，只留下漆黑的街道。在那边的什么地方，切维尔暗想，我正在自己床上呼呼大睡，这一切都没有发生。真够走运的。

他缩回脑袋，滑下梯子，踩着鹅卵石走回了大厅，长袍的下摆在脚踝周围扫来扫去。他从嵌在大门里的小门溜了进去，吩咐卫兵把它锁上，然后又拉拉下摆，选了条侧面的小走廊，免得给客人发现。

大厅里点着上千支蜡烛，还装满了斯托·拉特的达官显贵，几乎所有人都不太确定自己为什么在这儿。而且，当然了，厅里还有一头大象。

就是这只大象让切维尔相信自己已经濒临神经错乱，但仅仅几个钟头之前，这看上去还是个很不错的点子。当时他正为高级祭司夸张的近视眼情绪激动，突然想起城边的木柴厂养了这么个东西当搬运工。它年纪大了，得了关节炎，脾气也阴晴不定，但作为祭祀品它有一个重大优点：高级祭司应该能看见它。

半打卫兵正小心翼翼地试图控制这个家伙。它运转迟缓的脑袋正渐渐意识到，自己本该待在熟悉的窝里，有草吃有水喝，还有时间梦想克拉奇宽广的黄褐色平原上那些炎热的日子。大象越来越烦躁了。

很快大家就发现，它之所以越来越激动还有另一个原因：在加冕礼之前的混乱中，这个庞然大物找到了仪式用的圣餐杯，把里头整整一加仑[1]的烈酒全咽进了肚子里。大象结了痂的眼睛前开始冒出好些热辣古怪的念头，什么把猴面包树连根拔起，什么跟其他大个子为交配而战，什么趾高气扬地踏平土著的村子，还有其他好多模模糊糊的美妙记忆。很快它就会看见粉红色的人了。

幸运的是切维尔对此毫不知情。他跟高级祭司的助手对上了视线——那是个抱负远大的年轻人，而且很有远见，早就给自己准备了条长长的橡胶围裙外加一双防水靴。切维尔示意对方仪式应该开始了。

他冲回祭司的更衣室，奋力钻进了宫廷裁缝特制的礼服。为了这身衣服，女裁缝翻遍了自己的针线袋，挖出好多蕾丝、金属片和金丝线，成品光芒四射、毫无品位，就算幽冥大学的校长先生穿了也不会觉

1　1加仑≈4.546升。——编者注

得丢人。切维尔给了自己五秒钟欣赏自己镜中的英姿，然后把尖角帽往脑袋上一扣，撒腿就往门口跑，并且在最后一瞬间收住脚，刚好可以迈着稳重的步伐出现在众人面前，一点儿没有失了大人物的身份。

他走到高级祭司跟前，这时候凯莉也正好开始沿着中央通道前进，两翼的女仆跑前跑后瞎忙一气，活像是大渡轮周围的拖船。

尽管世袭的裙子有很多缺陷，切维尔还是觉得她挺美。她身上有些东西让他——

他咬咬牙，试着把精力集中在安保问题上。他在大厅的各个战略位置安排了士兵，以防斯托-赫里特公爵对王位继承有意见，企图在最后一分钟重新排列组合。公爵眼下正坐在前排，脸上挂着安详怪异的笑容。切维尔暗暗提醒自己要特别留意他的动静。公爵对上切维尔的眼睛，巫师急急忙忙地转开了视线。

高级祭司抬起双手要求大家安静。切维尔又朝他靠近了些。老头转到中轴方向，操着破嗓子开始对众神祈祷。

切维尔让自己的眼睛溜回公爵那边。

“听我说，呃，噢，众神啊——”

斯托·赫里特是不是瞅了眼房椽上蝙蝠出没的阴暗角落？

“听我说，噢，一百只眼睛的空眼爱奥；听我说，噢，口中小鸟出没的伟大奥夫勒；听我说，噢，仁慈的宿命之神；听我说，噢，冷酷的，呃，命运；听我说，噢，七手的瑟克；听我说，噢，林中的霍吉；听我说，噢——”

迟钝的恐慌感漫进切维尔心底，巫师意识到，尽管自己把话讲得明明白白，这个老蠢货还是准备把那一堆全部念叨完。碟形世界上已知的神超过九百个，而且搞研究的神学家每年还有新发现，这一出可能要持续好几个钟头。底下的人已经开始坐立不安了。

凯莉站在圣坛前，满脸恼怒。切维尔捅了捅高级祭司的肋骨，没得到什么明显的反应，于是改为朝年轻的助手拼命耸眉毛。

“让他停下来！”他咝咝地说，“我们没时间了！”

“神会生气的——”

“不会有我那么生气，而我就在这儿。”

助手看了看切维尔的表情，很快决定自己最好待会儿再跟神解释。他碰了碰高级祭司的肩膀，在他耳朵边嘀咕起来。

“噢，斯忒克赫吉尔，孤立的——呃，母牛栏之神；听我说，噢——呃？什么？”

窃窃私语，窃窃私语。

“这真是，呃，很不寻常。好吧，我们直接进入，呃，背诵血统的环节好了。”

窃窃私语，窃窃私语。

高级祭司瞪了切维尔一眼，或者至少是瞪了眼他认为切维尔所在的位置。

“哦，好吧好吧。呃，准备熏香和香料，开始四道忏悔。”

窃窃私语，窃窃私语。

高级祭司黑了脸。

“我猜，呃，一个简短的祈祷，呃，也完全没有可能了？”他很不高兴。

“要是有些人不赶紧快些，”凯莉认认真真地说，“那就要有麻烦了。”

窃窃私语。

“我不知道，我敢说。”高级祭司道，“要这样干脆别搞什么宗教，呃，仪式岂不更好。好吧，把那只该死的大象带上来。”

助理给了切维尔一个惊骇的眼神，然后朝卫兵挥了挥手。他们用大喊大叫和尖尖的棍子驱赶这个摇摇晃晃的家伙，年轻的祭司趁机溜到切维尔身边，把什么东西塞进了他手里。

他低头一看，是顶防水的帽子。

“有必要吗？”

“他非常虔敬。”助手说，“我们或许会需要根通气管。”

大象来到圣坛前，没费人多大力气就听话地跪了下来。它打了个饱嗝。

“好吧，它在哪儿，啊？”高级祭司厉声喝道，“让我们赶紧把这个，呃，笑话，结束掉！”

助手再次窃窃私语。高级祭司一面听一面严肃地点点头，他拿起一把祭祀用的匕首，双手将它举过头顶。整个大厅都瞪大眼睛，屏住了呼吸。然后他又把匕首放了下来。

“我前面是什么地方？”

窃窃私语。

“我当然不需要你帮忙，小子！我祭献过男人和男孩——还有，呃，女人和牲口——已经七十年了，等我用不了，呃，匕首的时候，你可以拿把铲子把我埋了！”

接着他又一次举起匕首，疯狂地一扫，纯粹是靠运气，竟然在象鼻上划出道浅浅的伤口。

那东西从愉快的、昏沉沉的白日梦中惊醒，高声尖叫起来。助理转过身，只见两只充血的小眼睛正顺着怒气冲冲的长鼻子往下看。年轻人凭空跃起，一下子就蹦下了祭坛。

大象怒了。模模糊糊、乱七八糟的回忆淹没了它疼痛难忍的脑袋，它记起了拿网的人类还有笼子长矛和拖了好多年的树干。它的鼻子“砰”的一声落在祭坛的石头上，把石头拦腰敲成两半，让它自己也不禁有些吃惊。接着它用獠牙把两块石头抛向空中，又徒劳地试图把一根石柱连根拔起。然后它突然感到需要点新鲜空气，于是带着满身的关节炎往大厅外冲去。

它在疯跑中撞上了大门，象群的呼唤和酒精还在血液里咝咝作响，它把气都撒到了铰链上，最后把整扇门都扛上了肩膀。它摇摇晃晃地冲过院子，撞碎了王宫的大门，打着饱嗝儿轰隆隆地跑过沉睡中的城市，一路上都在慢慢加速。它抽抽鼻子，在夜晚的微风里嗅到了遥远的克拉奇大陆的味道，于是它竖起尾巴，响应老家的呼唤去了。

在它身后的大厅里，尘土纷纷扬扬，人类大喊大叫，到处一片混乱。切维尔把帽子掀了上去，露出眼睛，然后爬了起来。

“谢谢你。”躺在他身下的凯莉说，“还有，你为什么要跳到我身上？”

“我的第一个本能就是保护您，陛下。”

“是的，倒真有可能是本能，不过——”她原本想说，不过其实大象的重量或许还要轻些，但看着他那张红彤彤的大脸上一本正经的表情，这话就没能说出口。

“这个咱们以后再说。”她坐起来，拍拍身上的灰尘，“与此同时，我想祭祀可以免了。我还不是陛下，只是殿下，现在如果谁能把王冠拿过来——”

在切维尔身后，保险“咔嗒”一声。

“巫师，请把手放在我能看见的地方。”公爵说。

切维尔缓缓站起来转过身。公爵背后站着半打神色肃穆的彪形大汉，一看就知道，这些人生命中唯一的功能就是在公爵这种人身后充当背景。他们拿着一打十字弩，其主要用途无疑是显出随时准备发射的样子。

公主一跃而起，想朝她叔叔冲过去，但切维尔拉住了她。

“不，”他静静地说，“这不是会把你捆在地牢里，再留够时间让老鼠在涨潮前帮你咬断绳子的那种人。这是立马就要杀掉你的那种人。”

公爵鞠了一躬。

“我想真的可以说是众神发话了。”他说，“显然公主是被凶猛的大象踉成了碎片，可怕的悲剧，人民会很不安的。我将亲自颁布命令，举国哀悼一个星期。”

“你不能那么干，所有的客人都看见——！”公主几乎要哭了出来。

切维尔摇摇头。他能看到卫兵混进了稀里糊涂的客人中间。

“他们没看见。”他说，“他们没看见的东西可多了，准能让你大吃一惊，特别是当他们知道被凶猛的大象踉碎这种悲剧也能传染的时候。就算睡在自己床上也一样能害上这个病。”

公爵愉快地大笑几声。

“就巫师而言，你算是相当机灵的。”他说，“现在，我准备建议用流放代替——”

“你别想得逞。”切维尔说。他想了想，又补充道：“好吧，你很可能会得逞，但临死的时候你会非常后悔，而且会希望自己——”

话没说完，他的下巴落了下来。

公爵半转过身，顺着他的目光往后看。

“怎么，巫师？你看见了什么？”

“不，你别想得逞。”切维尔开始歇斯底里，“你甚至不会在这儿。这一切都会从来没有发生过，你还没意识到吗？”

“注意他的手。”公爵说，“哪怕他动动手指头，马上干掉他们。”

他又四下看了看，一脸迷惑，巫师不像是在耍什么把戏。当然了，据说巫师能看见根本不存在的东西……

“甚至就算你杀了我也没关系，”切维尔继续喋喋不休，“因为明天我会在自己的床上醒过来，到时候这一切反正都没有发生过。它已经穿过墙了！”

黑夜滚过碟形世界。当然了，黑夜总在碟形世界上，潜伏在阴影、洞穴和地窖里，不过当慢吞吞的阳光跟着太阳离开时，一摊摊一池池的黑夜便会延展开，交汇、合并。因了巨大的魔法场，光线在碟形世界总是走得很慢。

碟形世界上的光线和其他地方的光线都不一样。它成长了一点点，见过些世面，并不觉得自己有必要慌慌张张地到处跑。它知道无论自己速度多快，黑暗总会抢先一步，所以它不怎么急。

午夜像天鹅绒的蝙蝠般滑过大地。而在黑乎乎的碟形世界的映衬之下，一个细小的光点正大步追赶黑夜。火焰在冰冰的四蹄下咆哮，它的肌肉在闪亮的皮肤下游走，活像油里的蛇。它的速度比夜晚还要快。

他们静静地赶着路。尹莎贝尔松开一只环在小亡腰上的手，注视着火花在指间创造出的美丽彩虹，八种颜色一样不缺。光线像发出咝咝声的小毒蛇般流下她的胳膊，在她的头发尖上闪啊闪的。

小亡让冰冰降低了些。他们身后拖着一条沸腾的尾巴，一直延伸出好几英里远。

“现在我确定我就要疯了。”他喃喃地说。

“为什么？”

“我刚刚在底下看到头大象。哇，哦，老天。瞧，斯托·拉特就在前头。”

尹莎贝尔从他肩膀后面眺望远方的微光。

“我们还有多少时间？”她紧张地问。

“不知道。几分钟吧，或许。”

“小亡，先前我从没问过你——”

“什么事？”

“等我们到了以后你准备怎么做？”

“我不知道。”他说，“我有点指望到时候什么东西会给我点提示。”

“有吗？”

“没有。但时候还没到呢，阿尔伯特的咒语或许能帮上忙，而且我——”

现实的穹顶像虚脱的水母一样罩住了王宫。小亡的声音化作了惊慌失措的沉默。然后尹莎贝尔道：“嗯，我猜时间就快到了。我们怎么办？”

“抓紧！”

冰冰从庭院外惨遭不幸的大门滑了进去，在鹅卵石上留下一串火花，接着跃进了被蹂躏的大厅入口。珍珠般的界面慢慢逼近，仿佛一堆冰冷的雾气。

凯莉、切维尔和一群拼命闪躲的大个子乱作了一团。小亡认出了公爵，他拔出剑来，热气腾腾的冰冰刚刹住脚，他立刻就从马鞍上蹦了下来。

“你敢动她一根指头看看！”他高声喊道，“我把你的脑袋砍下来！”

“的确令人印象深刻，”公爵也拔出自己的剑来，“而且还非常愚蠢。我——”

话没有讲完，他翻了白眼，跌倒在地。切维尔放下刚刚用来行凶的银烛台，抱歉地冲小亡笑笑。

小亡转身面对士兵，死神剑上的蓝色火焰在空气中嗡嗡作响。

他咆哮道：“还有人想试试吗？”他们纷纷后退，然后转过身去撒腿就跑，刚一穿过界面他们就消失了。界面之外也看不到客人的影子，在真实的现实里，大厅空荡荡的，一片漆黑。

他们四个被留在了迅速收拢的半球里头。

小亡轻轻走到切维尔身边。

“有什么主意吗？”他问，“我有个魔法咒语，就在身上什么地方——”

“没用。要是我现在在这儿使魔法，它会把我们的脑袋全轰掉。这个现实太小了，根本装不下。”

小亡往祭坛的残垣上一靠。他觉得心里空荡荡的，筋疲力尽。有一会儿工夫，他就那么望着界面嗞嗞地逼近。他会挺过去的，他希望，尹莎贝尔也一样。切维尔不会，但这一个切维尔会。可是凯莉——

“我到底还加不加冕？”她冷冰冰地说，“我得作为女王死去！死就已经够糟了，更别说作为一个普通人死去！”

小亡迷迷糊糊地瞅了她一眼，努力回忆她到底在说些什么鬼东西。尹莎贝尔到祭坛后头的废墟里捣鼓了一阵，最后翻出个镶着小钻石的金冠，尽管它已经被压得有些扁。

“这个是王冠吗？”她问。

“是。”凯莉快哭了，“可这儿没祭司，什么也没有。”

小亡深深地叹了口气。

“切维尔，如果这是我们自己的现实，那我们就能随心所欲地改造它，不是吗？”

“你有什么主意？”

“现在你是祭司了，给自己想个神吧。”

切维尔行了个屈膝礼，然后拿过尹莎贝尔手里的王冠。

“你们都在取笑我！”凯莉喝道。

“抱歉。”小亡疲倦地说，“今天有点儿够呛。”

“希望我能干好。”切维尔庄严地说，“我还从没帮人加冕过。”

“我也没被人加冕过！”

“很好。”切维尔安抚道，“我们可以一起学习。”他开始以一种奇怪的腔调念叨些似乎很了不起的字眼。事实上那只是个为衣服去除跳蚤的简单咒语，不过他想，那又怎么样。然后他又想，老天，在这个现实里我是从古至今最伟大的巫师，这故事今后可以讲给子孙后代……他咬咬牙。在这个现实里有些规矩绝对得改一改，这是肯定的。

尹莎贝尔在小亡身边坐下，把自己的手滑进了他的手掌里。

“怎么样？”她静静地问，“时候到了。有什么东西给你暗示吗？”

“没有。”

界面距离地面已经不远了。它无情地挤压着入侵的现实，速度比先前稍稍慢了些。

一股潮湿温暖的气息吹进小亡的耳朵里，他抬手拍了拍冰冰的鼻子。

“亲爱的老伙计，”他说，“糖都吃光了。你还得自己找回家的路——”

他的手在拍到一半时停了下来。

“我们可以一起回家。”他说。

“恐怕父亲不会太高兴的。”尹莎贝尔说。

然而小亡只当没听见。“切维尔！”

“怎么？”

“我们要走了。你来吗？界面降下来以后你还是一样会存在的。”

“一部分会。”巫师说。

“我说的就是那个意思。”小亡翻身骑到了冰冰背上。

“不过，以不会存在的那一部分的名义，我很愿意加入你们。”切维尔敏捷地说。

“我决定留下来死在我自己的王国里。”凯莉道。

“你的决定无关紧要。”小亡说，“我穿过了整个碟形世界来救你，你明白吗，所以你必须得救。”

“但我是女王！”疑虑涌上了她的眼睛。女王陛下猛一转身，站在她背后的切维尔心虚地放下了他的蜡烛台。“你说的那些话，我听到了！我是女王了，对吧？”

“哦，是的。”切维尔毫不迟疑地回答道。之后，由于巫师的语言应该比铸铁更加牢靠，于是他又加上一句，“而且完全不受害虫困扰。”

这时，小亡大吼一声：“切维尔！”巫师点点头，拦腰抱起凯莉，把她整个人扔到了冰冰背上。接着他把袍子下摆拉到腰部，自己也爬到了小亡背后，再伸手一拉，让尹莎贝尔坐到自己身后。冰冰在地板上跳了几步，抱怨超载，但小亡催促着它，要它赶紧对准破破烂烂的大门前进。

他们一路哗啦啦地出了大厅，跑进院子里，界面跟了上来，稍稍抬高了一点点。珍珠般的雾气离他们只有几码远，还收紧了好几英寸。

“很抱歉。”切维尔对尹莎贝尔摘下帽子，“烈焰·切维尔，一级巫师（幽冥大学），前王家提醒官，并且很快就可能被砍头。请问你是否恰好知道我们这是要去哪儿？”

“去我父亲的地盘。”尹莎贝尔抬高嗓门，好盖住呼呼的风声。

“我见过他吗？”

“恐怕没有，否则你会记得的。”

宫墙的顶端擦过冰冰的蹄子。它的肌肉绷得紧紧的，奋力上升。切维尔抓住帽子，身子又往后倾过去。

“我们谈到的这位绅士是谁？”他喊道。

“死神。”

“不会是——”

"是的。"

"哦。"切维尔低头瞅了瞅遥远的房顶，抬起一边的嘴角冲她笑笑，"要是我现在就跳下去会不会更省事些？"

"等你跟他混熟了，你会发现他这人其实很不错。"尹莎贝尔为父亲辩解。

"当真？你觉得我们会有这个机会吗？"

"抓紧！"小亡吼道，"我们马上就要经过——"

一个装满黑暗的大坑从空中冲出来逮住了他们。

界面犹豫不决地晃了晃，里头像叫花子的口袋一样空空如也，然后继续缩小下去。

前门开了，尹莎贝尔探出脑袋。

"家里没人。"她说，"你们最好进来。"

其他三人挨个走进门厅，切维尔还细心地擦了擦脚。

"小了点。"凯莉挑剔地说。

"里头要大得多。"小亡说着转向尹莎贝尔，"到处都看过了？"

"就连阿尔伯特都找不到。"她说，"这还是头一回。"

她记起了自己作为女主人的责任，赶紧咳嗽几声。

"有人想喝一杯吗？"她问。

凯莉没理她。"我还以为至少是座城堡。"她说，"又黑又大，有宏伟的黑塔，而不是个放雨伞的架子。"

"里头放着把镰刀。"切维尔指出。

"让我们去书房坐坐，我敢说大家都会觉得舒服些。"尹莎贝尔匆匆忙忙地推开了黑色台面呢的房门。

切维尔和凯莉走进门去，一路争个不休。尹莎贝尔挽起小亡的胳膊。

"我们现在怎么办？"她问，"要是他们让父亲发现了，他一定会很生气的。”

“我会想出法子来。”小亡说，“改写一下传记什么的。”他勉强挤出个笑容：“别担心，我会想出法子来的。”

在他身后，书房的门“砰”的一声关上了，小亡转过身，眼前是阿尔伯特笑呵呵的脸。

书桌后的皮革扶手椅缓缓转了过来，死神从交叉的指尖上方看着小亡。等他确定他们的注意力和恐惧已经全部集中到自己身上以后，他说：

你最好现在就开始想。

死神站了起来，他的身形似乎更高大了，房间也显得更加阴暗。

别费神道歉。他补充道。

凯莉把脑袋埋进了切维尔肉乎乎的胸部。

我回来了。而且很愤怒。

“师父，我——”

闭嘴。死神弯弯石灰质的食指，示意凯莉上前来。她转头看着他，她的身体不敢违抗。

死神伸手碰了碰她的下巴。小亡的手摸到了剑柄。

就是这张脸引得千军万马交战、焚毁了伪都的高塔吗？[1]死神叹道。他漆黑的眼窝里是两个红色的小点，仿佛有好几英里深。凯莉像被催眠了似的望着对方的眼睛。

“呃，打扰一下。”切维尔毕恭毕敬地拿着帽子，墨西哥风格。

怎么？死神有些分神。

“它不是的，先生。你说的肯定是另一张脸。”

---

1 此语出于莎士比亚同时代诗人马洛的名剧《浮士德博士的悲剧》。浮士德认出特洛伊的海伦后，马洛写道：就是这张脸引得千军万马交战，焚毁了伊利昂的高塔吗？——译者注

你叫什么名字？

“切维尔，先生。我是巫师，先生。”

我是巫师，先生。死神讥笑道，**安静，巫师。**

“遵命，先生。”切维尔退回到原来的位置。

死神转向尹莎贝尔。

女儿，解释你的行为。你为什么要帮助这个傻瓜？

尹莎贝尔惴惴不安地行了个屈膝礼。

“我——爱他，父亲，我想是。”

“什么？”小亡大吃一惊，“你从没说过！”

“好像从来都没有机会。”尹莎贝尔说，“父亲，他不是故意——”

安静。

尹莎贝尔垂下眼睛：“是的，父亲。”

死神大步绕过书桌，跟小亡面对面地站在了一起。他盯着小亡看了很长时间。然后一巴掌掴到小亡脸上，谁也没看清他的动作。小亡跌了出去。

我邀请你来到我的家里，他说，**我训练你，供给你食物和衣服，我给了你做梦也想不到的机会，而你就这样报答我。你诱惑了我的女儿，你忽视自己的责任，你在现实上激起一个世纪才能治愈的波纹。由于你不合时宜的举动，你的同伴将注定被遗忘。诸神绝不肯轻饶他们。**

总的来说，孩子，这才是你的第一份工作，头开得实在不怎么样。

小亡挣扎着坐起来，抬手捧着自己的脸颊。它冷冷地灼烧着，就像是彗星的冰核。

“小亡。”他说。

这东西它竟然说话了！它都说了些什么？

“你可以放他们走，”小亡说，“是我把他们牵扯进来的。不是他们的错。你可以想办法让——”

为什么我要那么做？他们现在属于我了。

“为了他们，我会反抗你。”

非常高尚。凡人永远都在反抗我。这儿没你的事了，下去。

小亡站起来。他还记得当死神是什么样的。他抓住那感觉，让它浮上来……

不。他说。

啊，那么说你是以平等的身份向我挑战了？

小亡咽了口唾沫。至少该走哪条路已经很清楚了。当你一步跨下悬崖的时候，你的生活自然就会走上一个非常确定的方向。

“如果有必要的话。”他说，“而如果我赢了——”

如果你赢了，你将可以随心所欲。死神说，**跟我来。**

他大步流星地从小亡身边走过，去了大厅里。

剩下的四个人盯着小亡。

“你确定你知道自己在做什么吗？”切维尔问。

“不。”

“你不可能打败主人的。”阿尔伯特叹了口气，“我的经验之谈。”

“要是你输了会怎么样？”凯莉问。

“我不会输的。”小亡回答道，“问题就在这儿。”

“父亲希望他赢。”尹莎贝尔苦涩地说。

“你是说他会让着他？”切维尔问。

“哦，不，他不会让着他，只是希望他赢。”

小亡点点头。他们跟了上去，小亡暗自思量着，一个永无止境的未来，为造物主的什么神秘计划服务，生活在时间之外。也难怪死神想要辞职。死神曾经说，满身的骨头并非必要条件，但那或许不会有什么关系。永恒会不会感觉像是很长的一段时间呢？又或者所有的生命——从个体自己的角度看——长度都完全一样？

嘿，他脑袋里的一个声音说，还记得我吗？我是你。是我把你拖下水的。

“多谢。”他苦哈哈地说。其他人瞥了他一眼。

你能行的，那个声音说，你有个很大的优势。你当过他，他却从来没当过你。

死神大步通过大厅，走进了放置沙漏的房间。他刚一进门，蜡烛就听话地点亮了。

阿尔伯特。

“主人？”

把沙漏拿来。

“遵命。”

切维尔扯住老头的胳膊。

“你是巫师。”他沙哑着嗓子说，“没必要听他的命令！”

“你多大了，小伙子？”阿尔伯特和气地问。

“二十岁。”

“等你活到我这把岁数，你对自己的选择就会有些不一样的看法。”他转向小亡，“抱歉。”

小亡拔出剑来，烛光之下，它的利刃几乎消失了一般。死神转身面对他，在一排排高耸的沙漏前，死神的身影显得十分瘦小。

他伸出两只胳膊，镰刀带着轻微的霹雳声出现在他手里。

阿尔伯特从一条两侧排满沙漏的通道上走回来，一言不发地来到一根石柱旁，把手里的两个沙漏放在了石柱的架子上。

其中一个比平常的沙漏大好几倍——纯黑、纤细，装饰着复杂的骷髅和骨头图案。

这还不是最让人不舒服的部分。

小亡暗自呻吟起来，里头根本看不见沙子。

小一些的那个外形普通，没有什么装饰。小亡伸出手去。

“可以吗？”他问。

请便。

沙漏的上半部分刻着“小亡”两个字。他对着光线看了看，发现上半部分的沙子已经所剩无几，对这个他倒并不怎么吃惊。尽管周围有上百万沙漏在不住地咆哮，但把它拿在手里时，他还是觉得能听见自己的生命在一点点流逝。

他小心翼翼地把它放下来。

死神转向切维尔。

巫师先生，你，你可以帮帮忙，为我们数到三。

切维尔点点头，面色阴郁。

“你确定非得这么干吗？难道大家就不能坐下来——”

不。

“不。”

小亡和死神警惕地绕着对方打转，两个倒影在无数的沙漏表面摇曳。

“一。”切维尔道。

死神威胁似的转了转镰刀。

“二。”

刀刃在半空中相会，发出猫咪滑下窗玻璃似的噪声。

“他们都作弊！”凯莉喊道。

尹莎贝尔点点头：“当然。”

小亡往后一跃，剑刃划出一道缓慢的弧线，死神轻而易举地挡开这一击，镰刀顺势低低地一扫，小亡笨拙地蹦起来，勉强躲开。

尽管镰刀在作战武器中并不显眼，但任何在——呃，比方说农民起义的时候，站错边的人都会发现，在熟练的手里它绝对非常值得畏惧。一旦拿镰刀的人开始挥挥舞舞，任何人——包括镰刀的主人自己——都很难弄清楚刀刃此刻在什么地方，下一秒钟它又会飞到哪里。

死神咧着嘴上前一步。小亡躲过齐头高的一击，往边上一闪，只听身后“叮当”一声响，在距离最近的架子上，镰刀尖割破了一个沙漏——

在摩波漆黑的巷子里，一个拉粪的工人突然捂住胸口，一头栽进了自己的手推车……

小亡就地一滚，起身之后双手把剑举过头顶，拼命往下砍，死神在黑白的瓷砖上飞快地后退，这情景让小亡猛然感到一阵阴暗的愉悦。刚才那疯狂的一击切开了一个架子，架子上的沙漏开始一个接一个地滑向地面。小亡隐约意识到尹莎贝尔飞也般地从自己身边跑过，一个个地接住了它们——

在碟形世界各地，四个人从高处摔下来，却奇迹般地保住了性命……

然后他冲上前去，准备继续扩大自己的优势。死神手上的动作让人眼花缭乱，他挡住了每一次劈砍突刺，然后握镰刀的手法一换，让刀刃向上划出一道弧线。小亡笨手笨脚地横跨一步，剑柄刚好碰上一个沙漏的框架，撞得它飞到了房间的另一头——

在锤顶山区，一个塔戛牧人正提灯在高山牧场寻找一头走失的母牛，这人脚下一滑，底下是足足一千英尺的深渊……

切维尔一个鱼跃，在绝望中拼命伸长胳膊，竟然接住了翻着筋斗的沙漏，他落到地上，靠肚皮继续向前滑行——

一株长满疙瘩的小无花果树神秘地出现在尖叫的塔戛牧人身下，阻断了他下落的进程。这一拦让他不必再考虑许多主要的问题——比如死亡、众神的审判、进天堂的不确定因素等——并且用一个相对简单的问题取代了它们，也就是，要怎么在一片漆黑里爬上一百英尺光秃秃、结了冰的悬崖？

房间里出现了短暂的安静，两个战士各自退开一步，相互试探着想要找到突破口。

“咱们肯定能做点什么，不是吗？”凯莉道。

“反正小亡也一样要输的。”尹莎贝尔摇了摇头。切维尔也摇了摇蓬松的袖子，银烛台滑了出来，他把烛台掂来掂去，一脸若有所思的神情。

死神威胁似的晃晃镰刀，刚巧敲碎了肩膀旁边的一个沙漏——

在贝斯·佩拉吉，皇帝的首席拷打官栽进了自己的盐酸池里……

然后又一刀，完全是运气，小亡竟然躲开了。不过只是刚刚好。他能感到肌肉热辣辣地疼，还有脑袋里如毒药般的疲惫带来一片灰色的麻木，这两个劣势是死神不必考虑的。

死神也注意到了。

投降。他说，**或许我会开恩**。

为了更好地说明问题，镰刀再次划出一圈弧线，小亡笨拙地一挡，镰刀撞到剑边上弹了起来，一个沙漏给敲成了上千块碎片——

斯托-赫里特公爵感到一阵冰冷的刺痛，他捂住心脏，无声地尖叫着跌下马来……

小亡后退了好几步，直到一根粗糙的石柱抵住了他的脖子。死神那令人畏惧的空沙漏离他的脑袋只有几英寸远。

死神并没有怎么注意他。他正若有所思地低头看着地板，公爵的生命只剩下了些参差不齐的碎片。

小亡大吼一声，把剑一挥。这一手观众已经等了一些时候，此刻不由发出微弱的欢呼声。就连阿尔伯特也拍了拍皱巴巴的手。

然而期待中的破碎声并没有出现，有的只是——什么也没有。

他转身又试了一次。剑刃从沙漏中间穿过，沙漏却完好无损。

空气的质地有些改变，这使得他回剑一挡，刚好化解了一次凶猛的劈杀。死神及时跳开，躲过了小亡软弱、缓慢的反击。

这就是结局了，孩子。

“小亡。”小亡说着抬起眼睛。

“小亡。”他重复道，接着手里的剑向上一挥，把镰刀的把手砍成了两段。愤怒在他体内翻腾，就算他要死，也要顶着自己的名字死。

“我叫小亡，你这个浑蛋！”他尖叫着奋力挺直上身，面对那个笑嘻嘻的骷髅头，手里的剑在蓝光中跳出复杂的舞步。死神摇摇晃晃地后退，一边哈哈大笑一边在密集的剑雨下伏低身子，镰刀的把手一次又一次被斩断。

小亡围着他又砍又刺，但即使在愤怒的红色迷雾中，他仍然模模糊糊地意识到，自己的每个动作死神都看在眼里。虽然镰刀已经成了孤儿，但镰刀刃变成了一把剑。死神没有任何破绽，而愤怒的力量不可能一直支撑下去。你永远没法战胜他，他告诉自己。最多也只能稍稍拖住他一会儿。再说失败很可能比获胜更好些。说到底，永恒这种东西谁稀罕呢？

透过厚厚的疲惫他看见死神挺直了浑身的骨头，刀刃像在糖浆里似的缓缓划出从容不迫的弧线。

“父亲！”尹莎贝尔尖叫一声。

死神转过头去。

小亡的心或许很欢迎进入下一站的美好前景，但他的身体却认为这笔买卖自己比较亏，因此坚决反对。它抬起他拿剑的胳膊，以无法抵挡的一击打掉了死神手里光秃秃的镰刀，接着把死神按到了最近的柱子上。

在突如其来的寂静中，小亡意识到一个可怕的事实。在过去的十分钟里，一个烦人的小噪声总在他耳边若隐若现，现在却消失了。他的眼睛往边上飞快地一瞥。

他最后的砂粒就快掉光了。

动手。

小亡举起剑，注视着那两点一模一样的蓝色火焰。

他把剑放下来。

“不。”

死神以腹股沟的高度蹬出一只脚，速度之快，甚至让切维尔忍不住缩了一下。

小亡静静地蜷成一个球，滚到了地板的另一头。透过泪水，他看见死神正在往前走，一手拿着镰刀刃，另一只手里则是小亡的沙漏。他看见凯莉和尹莎贝尔伸手去抓他的袍子，结果被轻蔑地推到了一边。他看见切维尔被一只胳膊肘击中了肋骨，他的烛台咔嗒咔嗒地滚了出去。

死神俯视着他。镰刀的尖端在小亡眼前晃晃，接着抬了起来。

“你说得没错。没有正义，只有你。”

死神有些迟疑，镰刀慢慢地放下来。他转过身，低头看着尹莎贝尔的脸。她气得浑身发抖。

什么意思？

她仰头怒视着死神的脸，然后收回胳膊，划个弧线，挥出去，最后伴随着好像骰子盒的声音，接触发生了。

比起接下来的死寂，那点动静简直不算什么。

凯莉闭上了眼睛。切维尔把脸转开，两只胳膊抱住了头。

死神抬起一只手摸了摸自己的骷髅头，动作异常缓慢。

尹莎贝尔的胸部剧烈地起伏，恐怕切维尔这辈子也别想再碰魔法了。

最后，死神用一种比平常还要空洞的声音问——**为什么？**

“你说过玩弄个人的命运可能会毁掉整个世界。”尹莎贝尔说。

然后呢？

“你就玩弄了他的命运，还有我的。”她朝满地的碎玻璃伸出一只颤抖的手指，“还有那些人。”

所以？

“对这事儿众神会怎么说呢？”

对我吗？

“是的！”

死神似乎有些吃惊：**神对我无能为力。到了最后，即使他们也无法从我身边逃开。**

“看起来可不怎么公平，嗯？神对正义、慈悲什么的就没兴趣吗？”尹莎贝尔气冲冲地质问道。她捡起了小亡的剑，完全没引起他人的注意。

死神咧嘴一笑。**我为你的努力喝彩。**他说，**但它们于你并无益处。让开。**

“不。”

你必须知道，即使爱情也无法对抗死亡。我很抱歉。

尹莎贝尔举起了剑：“你很抱歉？”

让开，我说。

“不。你只不过是在报复，这不公平！”

死神的骷髅头垂下片刻，当他抬起头来时，双眼都在灼烧。

你要按我说的做。

“我不。”

你让这事变得很麻烦。

“好极了。”

死神的手指不耐烦地弹着镰刀刃，活像在锡皮上跳踢踏舞的老鼠。他似乎在思考着什么。他瞅瞅挡在小亡身前的尹莎贝尔，又转身瞟了眼蜷在书架前的其他人。

不。他最后说，**不。没人能命令我，没人能强迫我，我只做我知道是正确的事。**

他一挥手，尹莎贝尔的剑飞了出去。再一个复杂的手势，那姑娘给抬了起来，定在了最近的一根柱子上，动作很轻柔，却不留丝毫反抗的余地。

小亡眼看着黑色的收割者再次向自己逼近，举起利刃准备最后一击。死神俯视着他。

你不知道这让我多难过。他说。

小亡用胳膊撑地，挣扎着抬起身子。

“或许我知道。”他说。

死神吃惊地看了他几秒钟，然后放声大笑起来。笑声传遍屋子的每个角落，在无数个架子间回荡，制造出诡异的音响效果，活像是墓地里的地震一般。他一面笑一面拿过小亡的沙漏，放在它的主人眼前。

小亡试着集中注意力。他看见最后一粒沙子滑下了光洁的表面，在边缘晃了晃，然后开始下落，仿佛慢动作般翻着跟头朝底部落下去，缓慢而轻柔，细小的硅石表面反射出烛光。它无声地落进沙堆里，撞出一个微型弹坑。

死神眼睛里的光扩散开，直到充满了小亡的整个视野，直到他的笑声让宇宙为之颤抖。

然后死神把沙漏翻转了过来。

斯托·拉特王宫的大厅又一次烛光闪烁、鼓乐齐鸣。

客人沿着阶梯鱼贯而下，又一齐朝冷餐桌进发，而司仪还在一刻不停地报着名字。按照惯例，最后出现的客人要么是无比尊贵，要么根本就是心不在焉。比方说：

“王家提醒官，女王卧室的主人，无比尊贵的烈焰·切维尔，一级巫师（幽冥大学）。”

切维尔朝王家新人推进，嘴巴咧得大大的，手里还拿着支雪茄。

“我能吻吻新娘吗？”他问。

“如果巫师也能吻新娘的话。”尹莎贝尔送上脸颊。

“我们都觉得焰火棒极了。”小亡说，“而且我猜他们应该很快就能把外墙修好。你能找到吃的在哪儿，去吧。”

切维尔消失在人群里，尹莎贝尔透过一成不变的微笑跟小亡窃窃私语：“最近他看起来气色不错。”

“唯一一个懒得听女王发号施令的人，这可非同小可。”小亡与一个经过跟前的贵族互相点头示意。

“他们说他是王位背后真正的力量。”尹莎贝尔说，“什么阁下之类的。”

“贪吃阁下。”小亡心不在焉地说，“你没发现吗？他最近一点魔法也不使了。”

“快闭嘴，她来了。”

“至高无上的陛下，女王凯莉瑞赫娜一世，斯托·拉特之主，八个保护国的保护者，斯托·克里旁中轴方向上那一小片争议地带的女皇。”

尹莎贝尔行了个屈膝礼，小亡鞠了一躬，凯莉给他俩一个灿烂的微笑。他们注意到女王似乎受到了一些很难忽视的影响：现在她更倾向于穿至少能大致跟着身体轮廓走的衣裳，还远离了好像菠萝和棉花糖后代的发型。

她在尹莎贝尔脸颊上啄了一下，接着后退一步上下打量小亡。

“斯托·赫里特如何？”她问。

“很好，很好。”小亡回答道，“不过地窖还得再花些工夫。你过世的叔叔似乎有些不同寻常的——呃，爱好，而且……”

“她指的是你。”尹莎贝尔低声道，“那是你的正式头衔。”

“我更喜欢小亡。”小亡说。

“而且纹章也那么有趣。”女王说，“一片黑色背景上的沙漏，上头还有两把交叉的镰刀。王家学院为它头痛了好一阵。”

“当公爵我倒不介意。”小亡说，“真正难适应的是我竟然娶了个女公爵。”

“会习惯的。”

“希望不会。”

“好吧。那么现在，尹莎贝尔，”凯莉露出坚毅的表情，“要想在王室的圈子站稳脚跟，有些人你就免不了得认识认识。”

尹莎贝尔绝望地看了眼小亡，身不由己地走进了人群，很快就消失了踪影。

小亡伸出根手指摸摸衣领内侧，左右瞅了瞅，然后一闪身躲进了餐桌尽头蕨类植物的阴影里，打算一个人清静清静。

在他身后，司仪清了清嗓子，眼睛里出现了一种遥远而茫然的神情。

“灵魂大盗，”司仪的声音恍恍惚惚的，显然属于那种自己的耳朵听不见自己嘴巴的情况，“战胜皇帝，吞噬海洋，窃取时间，终极的现实，人类的收割者——”

行了，行了。我自己进去就成。

一只冷鸡腿正要入口，小亡的手停在了半路上。他没有转身。没这个必要。那个声音绝对不可能弄错，那是种感觉，还有空气变暗、温度陡降的状态。婚宴上的人声和音乐减慢了速度，渐渐消失了。

“我们还以为你不会来。”小亡对一盆蕨类植物说。

不参加我自己女儿的婚礼？再说了，这是头一次有人邀请我参加

个什么事情。请柬还镶了金边，写着敬请回复什么的。

“没错，但是举行仪式的时候你没出现，所以——”

我觉得那样不是太妥当。

“呃，是的，我猜——”

说实话，我本来以为你会娶那个公主。

小亡涨红了脸。“我们谈了谈。”他说，“然后我们想，总不能因为你刚好救了个公主就草率行事吧。”

非常明智，你们。很多女人在沉睡了一百年之后都迫不及待地投进第一个唤醒她们的小伙子怀里，这样的例子实在太多了。

“而且，呃，我们想总的来说，呃，一旦我真正了解了尹莎贝尔，呃……”

是的，是的，当然了。明智的决定。话说回来，我也决定不再参与人类的任何事情。

“当真？”

除了履行职责的时候，当然是。这样做会蒙蔽我的判断力。

一只骷髅手出现在小亡的视线边缘，灵巧地捕捉到一枚填馅儿鸡蛋。小亡猛地转过身去。

“到底怎么回事？”他问，“我必须知道！前一分钟我们还在房间里，然后突然就到了城外，而且我们真的是我们！我是说，现实被改变了，好让我们可以存在！是谁干的？”

我跟神谈了谈。死神看起来相当不自在。

“哦，是你，是你？”

是的。死神避开了小亡的视线。

“我猜他们不会太高兴吧？”

神是公正的，而且也很多愁善感。至于我自己，我可从没弄明白过那东西。但你们还没有自由，必须让历史按部就班。

“我知道。”小亡说，“合并那些王国什么的。”

最后你也许后悔没留下跟我一起。

“我学到了不少，这是肯定的。”小亡承认。他抬起一只手，心不在焉地摸摸脸上那四个淡淡的疤痕。“可我觉得我不是干那种事的料。你看，我真的很抱歉——”

我带了礼物。

死神放下自己的开胃菜，在袍子下面那些神秘的犄角旮旯里翻了半天。当他的骷髅手再次出现时，拇指和食指捏着个小球。

死神松开手指，小球落到小亡手掌里。它沉得过分，还略略有些暖和。

给你和你夫人，新婚贺礼，一件嫁妆。

“真是美极了！我们还以为那个白银的烤面包架是你送的呢。”

那是阿尔伯特。恐怕他没什么想象力。

小球在小亡的双手间转来转去。里头沸腾的形象似乎在回应他的碰触，一股股流动的光线在表面上划出弧线，来到他的手指下。

“是珍珠吗？”

是的。当有什么东西掉进牡蛎里，又弄不出去的时候，那个可怜的东西就用黏液裹住它，把它变成一粒珍珠。这是另一种颜色的珍珠，现实的珍珠。所有这些亮乎乎的东西都是凝固的现实。你该能认出它来——毕竟，这是你创造的。

小亡轻轻地把珍珠从一只手抛到另一只手里。

“我们会把它同宫殿里的珠宝放在一起。”他说，“到目前都还没多少。”

有一天它会变成新宇宙的种子。

小亡手一滑，不过他的反应很快，在珍珠撞上地板之前接住了它。

“什么？”

是这个现实的压力让它保持这个样子。有一天这个宇宙或许会终结，现实也就死了，然后这一个会爆炸，然后……谁知道呢？好好保管。这是个礼物，也是一个未来。

死神把脑袋歪到一边。不过是小东西。他补充道，你本来可以拥有永恒的。

“我知道。”小亡说，“我非常幸运。”

他小心翼翼地把珍珠放在餐桌上，就在鹌鹑蛋和香肠卷之间。

还有一样东西。死神又把手伸进袍子里，这次掏出了个长方形的包裹。包装得很不专业，用一根绳子系着。

是给你的。他说，给你一个人。你过去好像对它从来都不感兴趣。你以为它不存在吗？

小亡解开包裹，发现自己手里是本皮革封面的书。书脊上用亮闪闪的金箔印着两个字：小亡。

他翻过空白的书页，直到眼前出现一小行墨迹，它耐心地一路往下写着：小亡重重地合上书，在一片寂静中，那声音仿佛创世的噼啪声。他挺不自在地笑了笑。

“还剩不少空白的书页，”他说，“我还有多长时间？只不过照尹莎贝尔的说法，既然你把沙漏倒了过来，我死的时候会是在我——”

你有足够的时间。死神冷冷地说，这一切不只是算术而已。

“如果有人邀请你参加洗礼，你觉得如何？”

我看还是算了。我不是当父亲的料，肯定更不适合当外公。不是那块料。

他放下酒杯，朝小亡点点头。

代我向你亲爱的夫人问好。他说，现在我真的必须走了。

“你确定？我们很欢迎你留下。”

多谢你的盛情。不过责任在召唤。他伸出只骨感的手，你知道这

是怎么回事。

小亡抓住他的手摇了摇，努力忽视冰冷的触感。

“你瞧，”他说，“如果什么时候你想歇上几天，你知道，放个假什么的——”

十分感谢。死神优雅地说，**我会非常认真地考虑你的提议。现在——**

“别了，”小亡惊讶地发现自己喉咙里竟然好像卡了块什么东西，“真是个讨厌的字眼，不是吗？”

的确。死神咧嘴笑了，正如我们经常提醒大家注意的那样，他其实并没有多少选择的余地。不过，这一次或许是发自内心的。

我更喜欢再会。他说。

·死神的快乐手记·

可能和你想的一样，他身着黑衣黑帽，手持镰刀，
是个灵魂收割者，看起来很酷。
他说——

我带领灵魂进入下一个世界

我是一切希望的坟墓

我是终极的现实

我是无法逃避的杀手

但也可能和你想的不一样……
比如，他是个十足的猫奴。
死神的宠猫时刻：

“我的意思是，”伊普斯洛痛心疾首地说，
“这世上有什么东西是值得为它而活的？”
死神琢磨半晌。
猫，最后他说，**猫挺不错的。**

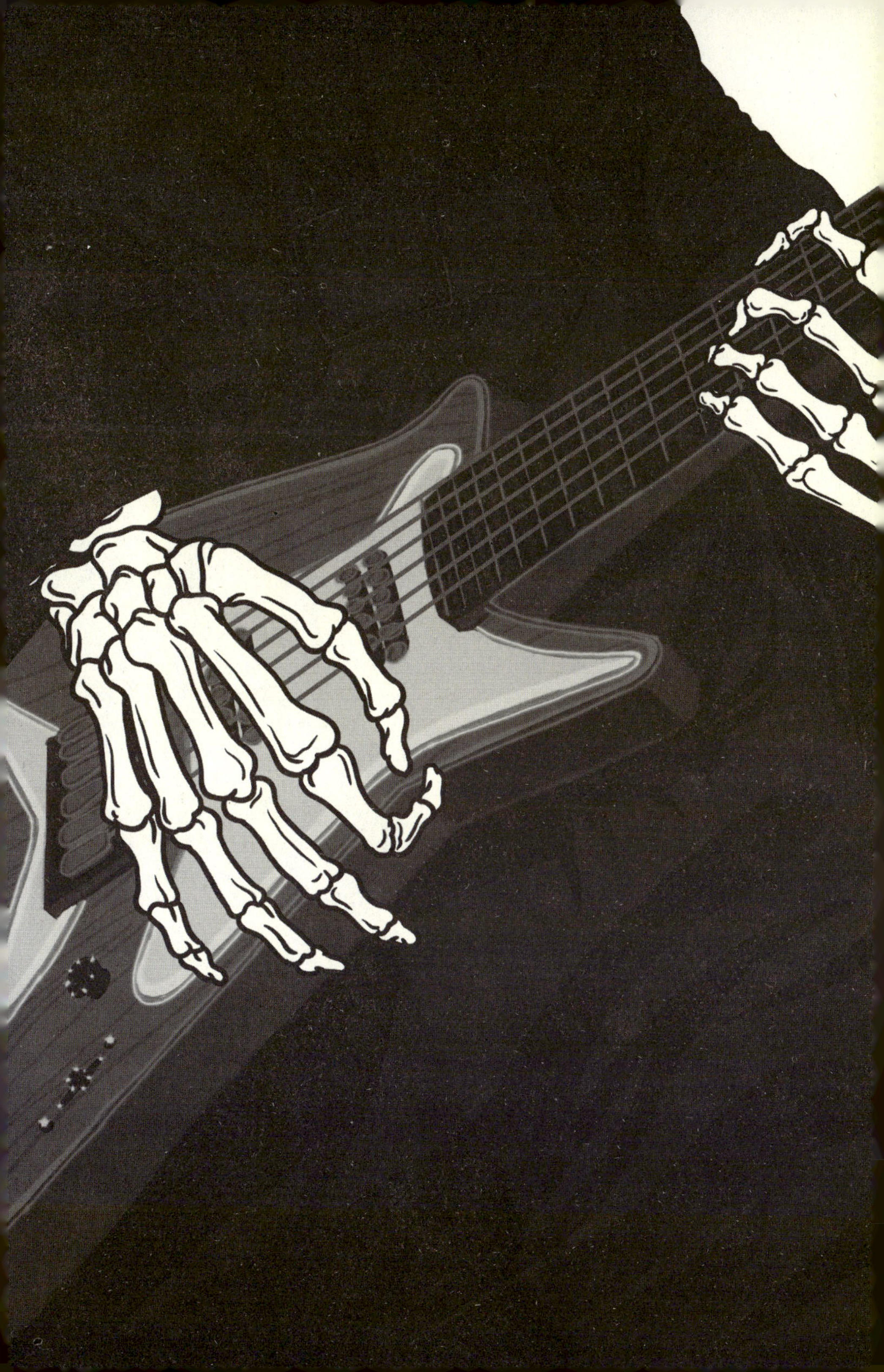

比如，他时常很孤独，也学人类一样在酒馆吐露心声——

过去从来没人想跟我说话。

“真是太遗憾了。”

他们从来不邀请我参加聚会，你知道。

“啊。”

他们都恨我。每个人都恨我。我连一个朋友也没有。

“谁都该有个朋友。”店主睿智地说。

我想——

“什么？”

我想……我想我可以跟这个绿瓶子做朋友。

比如，他当了一段时间的人，在农场替弗莉沃斯小姐工作，送出了人生中第一束鲜花——

花匠德鲁托·波尔从一株舒沃夫人月季上方望过去。有个人站在花盆之间。他看起来特别朦胧；实际上，即使是在此后，德鲁托都始终无法确定到底是什么人来过他的店里，又或者他的声音听起来像是什么样子。

他一边搓着手一边迎了上去。

“您有什么需——”

花。

德鲁托只是犹豫了一个瞬间。

“那么，呃，您想送给——”

一位女士。

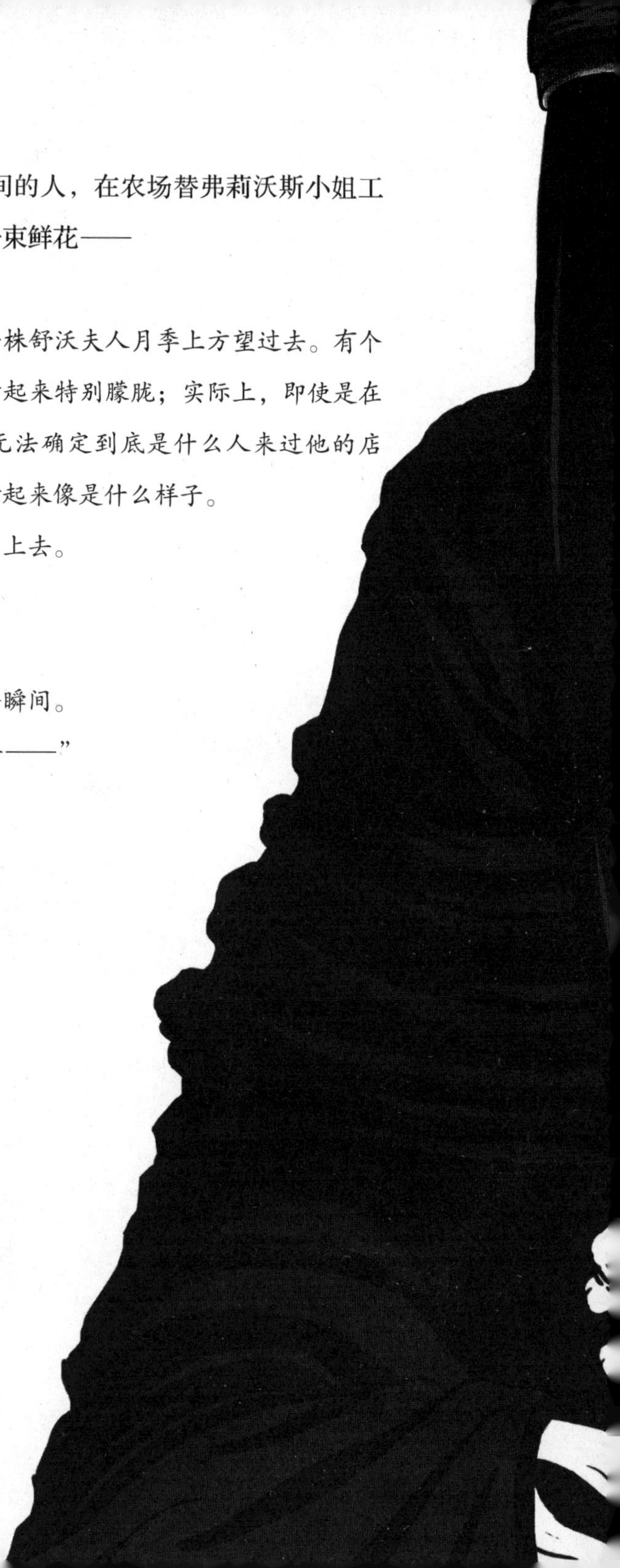

比如，阴差阳错之下，他假扮圣猪老爹，成了碟形世界中那个送礼物给小孩子的白胡子老爷爷——

“是吗，主人？”阿尔伯特有些担心。死神很擅长接纳新事物，他能飞快地把各种新思想凑到一起。阿尔伯特当然明白他们为什么来派送礼物，但是主人……嗯，有时候主人缺乏必要思维器官，无法分辨哪些事该当真，哪些不该……

目前为止我认为我把这份欢乐的任务完成得很好。

嚯。嚯。嚯。

“是的，主人，非常愉快，”阿尔伯特看了看清单，“还有别的工作呢。下一个很可爱，主人，所以我建议您低调地完成。”

愉快就好。嚯。嚯。嚯。

“卖火柴的小女孩莎拉，地址是：圈钱巷，顶针烟斗烟草店门口。”

她想要什么圣猪节礼物呢？嚯。嚯。嚯。

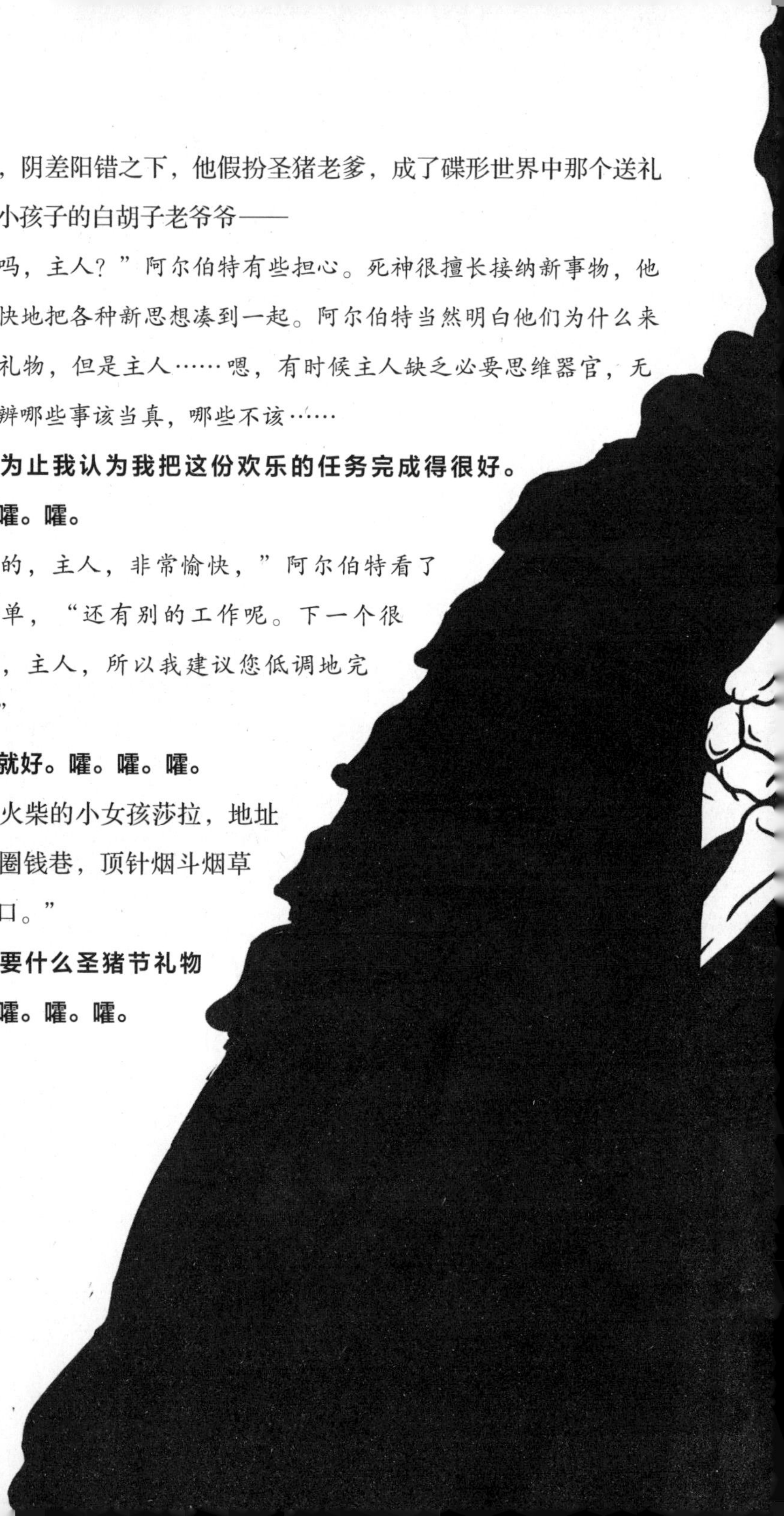

从死神在厨房里找到“快乐”的那刻起，
他的理性破了一道口，情感慢慢渗入，
他开始珍惜人类的可爱，
他感受了生命，
他体会到了身体的疼痛，
他开始愤怒、难过、幸福……
他以前说——
没有正义，只有我。
他后来说——
这不公平。

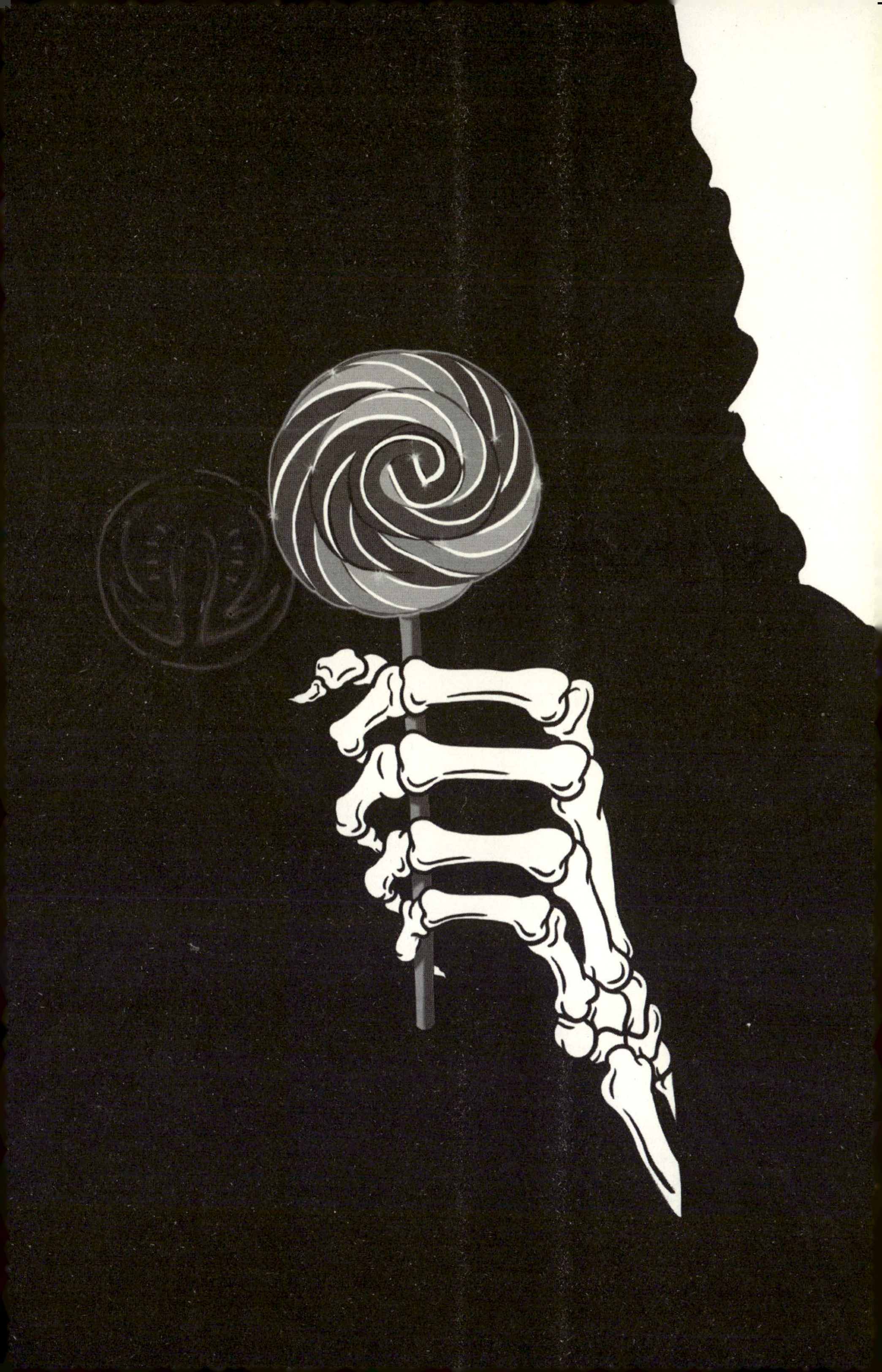

收割灵魂是死神的工作，他还会继续做下去，当一个恪尽职守的专业人士。但他看见了生命，拥有过生命。他想做人，想享受活着的每一刻。

现在，他对你发出了邀请，你愿意加入这场生命的狂欢吗？

再会。——死神

「当你无限接近死亡，才能深切体会生的意义。

——海德格尔」

图书在版编目（CIP）数据

新手死神 / (英) 特里·普拉切特著 ; 胡纾译. -- 郑州 : 河南文艺出版社, 2020. 4
ISBN 978-7-5559-0937-8

Ⅰ. ①新… Ⅱ. ①特… ②胡… Ⅲ. ①长篇小说 - 英国 - 现代 Ⅳ. ①I561.45

中国版本图书馆CIP数据核字（2020）第020700号

MORT by TERRY PRATCHETT
Copyright © Terry Pratchett 1987 First published by Victor Gollancz Ltd,London, in association with Colin Smythe Ltd.
This edition arranged with THE ORION PUBLISHING GROUP
through Big Apple Agency, Inc., Labuan, Malaysia
Simplified Chinese edition copyright © 2020 By Dook Media Group Limited
All rights reserved.

中文版权 © 2020读客文化股份有限公司
经授权，读客文化股份有限公司拥有本书的中文（简体）版权
豫著许可备字-2019-A-0229

著　　者　［英］特里·普拉切特
译　　者　胡　纾
责任编辑　李亚楠
特邀编辑　朱写写　　张楚悦
策　　划　读客文化
版　　权　读客文化
封面设计　汪　芳
出版发行　河南文艺出版社
印　　刷　三河市龙大印装有限公司
开　　本　890mm × 1270mm 1/32
印　　张　8.5
字　　数　191千
版　　次　2020年4月第1版　2020年4月第1次印刷
定　　价　39.00元

如有印刷、装订质量问题，请致电010-87681002（免费更换，邮寄到付）
版权所有，侵权必究

新手死神

[英]特里·普拉切特 著
胡 纾 译

MORT

DISCWORLD:THE DEATH COLLECTION

河南文艺出版社
·郑州·

目 录

·人物表·

死神　死亡的具象化神灵。对人类充满好奇

小亡　人类，死神的学徒

尹莎贝尔　人类，死神的养女

凯莉公主　人类，斯托·拉特的公主，王位继承人

烈焰·切维尔　巫师，数学博士

阿尔伯特　巫师，死神的管家，幽冥大学的创始人

冰冰　死神的马，雪白色

献给 蕾哈娜

这是个被蜡烛照得亮堂堂的房间，里头堆满了生命的时钟——无数沙漏就那么蹲在挤挤挨挨的架子上，每一个都代表一个大活人。沙漏里，细细的沙粒从未来落入过去；所有坠落的沙沙声合在一块儿，让整间屋子好像大海一般咆哮起来。

此刻，房间的主人，正带着心不在焉的神气穿过屋子。他的名字叫死神。

他可不是随便哪个死神。这一位自有其特殊的管辖范围，那是在——呃，真要说起来，其实根本没有什么“围”，只是个扁扁平平的碟形世界，被搁在四只巨象的背上，巨象又站在星际巨龟阿图因的壳上。在这个世界的边缘处，一圈瀑布无休无止地流入宇宙空间。

科学家已经计算过，如此有恃无恐的荒谬事件，其真正存在的可能性不过数百万分之一。

然而根据魔法师的计算结果，百万分之一的机会，十次里头九次都能成事儿。

死神的脚趾骨咔嗒咔嗒地踩在黑白两色的地板砖上，手指的骸骨扫过一排排忙忙碌碌的沙漏，斗篷兜帽底下的嘴在不住地嘀咕着什么。

他似乎终于找到一个合意的东西，于是小心翼翼地把它从架子上拿到了最近的蜡烛旁。他举起沙漏，让光线落在玻璃上，然后凝视烛光折射处的小亮点。

一对闪烁的空眼窝里射出两道沉着的目光，包围住正在深空中划水的世界之龟；巨龟阿图因的龟甲早已被流星、彗星砸得坑坑洼洼。死神心里清楚，总有一天巨龟阿图因也得死，呃，那才真叫挑战呢。

不过他的视线并未在巨龟阿图因身上停留。环绕碟形世界的小太阳已经升起，碟形世界正在它的照耀下缓缓转动，死神的目光落在了这片壮丽的蓝、绿色美景之上。

现在这视线转了个弯，来到被称作锤顶山的巨大山脉中间。这地方满是深深的峡谷和出人意料的悬崖峭壁，地形实在过于丰富，连锤顶山自己都不晓得该拿它们怎么办才好。山里还有自己独有的稀罕天气：榴霰弹似的雨，鞭子似的风，以及长年不断的雷暴。有人说，个中缘由其实再简单不过了，锤顶山是古老的野生魔法的发源地，仅此而已——你还别说，有些人真是什么话都敢讲。

死神眨眨眼，调整焦距以适应景深。现在他看见了群山顺时向[1]那些长满青草的斜坡。

现在他看见了自己要找的山坡。

现在他看见了一片田野。

现在他看见了一个跑得正欢的男孩子。

现在他正看着。

现在，他发出了好像铅版落在花岗岩上的声音，他只说了一个词：**是的**。

由于植被的颜色特殊，那块支离破碎的山地被称作第八色草场，

1 碟形世界自有一套表示方位的术语，下文的中轴向等也是这一类。——译者注

它的土里头肯定是有些魔法的。举个例子来说，整个碟形世界只有寥寥几处能种“提前熟”的植物，这儿就是其中一处。

“提前熟”是指那些往过去长的植物。你今年播下种去，它们去年长出来。

小亡一家祖祖辈辈都干这个，他们用提前熟的葡萄酿出威力巨大的葡萄酒，在算命人那儿十分抢手——因为不消说，喝了这酒能让他们看见未来。唯一的缺憾在于，你得在前一天早晨忍受宿醉的痛苦，还要补喝好多杯才能缓过劲儿来。

种“提前熟”的农民似乎都是些严谨认真的大块头男人，惯于内省，喜欢对日历进行透彻的研究。一个普通的庄稼汉，要是忘了播种，结果不过是损失一年的收成而已；可这些人不一样，他们在十二个月之前就已经收获过了，如今要是忘记撒下种子，绝对有可能扰乱因果关系的整个构造，更别提可怕的难堪了。

对于小亡家而言，还有一件事让大家脸上无光——这家最小的儿子不但极其缺乏严谨的品质，而且在园艺上的天分异常低下，不比一只死海星更强。倒不是说他不愿意帮忙干活，只不过他帮起忙来老是恍恍惚惚、乐乐呵呵的。严谨认真的人很快就学会了要对他提高警惕：他的忙很有感染力，或许还会带来致命的危险。小亡高高的个子，一头红发，满脸雀斑，身体仿佛随时处在失控边缘，全身都好像是用膝盖拼出来的。

在我们刚刚提到的这一天，那具身体正在高处的田地间飞奔，一面挥舞双手一面大喊大叫。

小亡的叔叔和老爸站在石墙上，愁眉苦脸地望着他。

“我就是弄不明白，”老爸勒泽克说，“那些个鸟怎么就不飞了呢？要是我看见他冲我压过来，我是肯定要飞的。”

“啊，人的身子骨真是妙不可言。我是说，瞧瞧他那两条腿，到处乱舞，可跑起来速度还挺像那么回事儿。”

说话间小亡已经跑过了一块田地。一只吃撑了肚子的斑尾林鸽慢慢吞吞、摇摇晃晃地为他让出路来。

勒泽克字斟句酌道：“我看他的心倒摆得挺正的。”

“哦，那个自然。问题是剩下的部分没摆对地方。”

勒泽克道：“他还算爱干净，吃得也不怎么多。”

“是不多，这我看得出。”

勒泽克瞥了眼自己的兄弟，对方正死死地盯着天空。

“我倒是听说你那儿空了个位置出来，哈米什。”

“啊，已经来了个学徒了，不是吗？”

“啊。”勒泽克有些沮丧，“啥时候的事儿，呃？”

“昨天。”他的兄弟以迅雷不及掩耳之势撒起谎来，“全都讲定了，不好意思。你瞧，我可不是对咱们小亡有意见，真的半点儿也没有，你瞧，他是个好小子，上哪儿都别想碰上更好的了，只不过——”

“我知道，我知道。”勒泽克说，“只不过两只手全用上，他也找不着自己的屁股。”

两人望着远处的那个人影。他跌了一跤。几只鸽子摇摇摆摆地走过去视察情况。

“他不笨。”哈米什道，“不是咱们平常说的那种笨。”

“那儿是有个脑瓜子没错。”勒泽克勉强承认，“有时候他开始使劲想啊想啊，你得敲破他的脑袋他才会瞧你一眼。你知道，他奶奶教过他认字。我估摸着就是这个把他搞得魂不守舍。”

小亡爬起来，马上又踩在袍子上被绊了一跤。

“你该让他学门手艺。”哈米什琢磨起来，“比方说当个祭司，或者巫师。那些个巫师，他们就特别喜欢念书。”

兄弟俩对视一眼，心里同时闪过一个模模糊糊的念头：要是一本魔法书落到小亡那双“好心好意”的手里，天晓得会闹出什么乱子。

“好吧，”哈米什急急忙忙地说，“那就学点儿别的。肯定还有好多他能下手的行当。”

“他想得太多，麻烦就在这儿。”勒泽克道，“瞅瞅他现在这副德性。吓唬小鸟可不是靠想的，你只管去吓就是了。我指的是，正常的男孩儿都是这样。”

哈米什若有所思地挠挠下巴：“他也可以变成别人的麻烦。”

勒泽克的面部表情毫无波动，只在眼睛周围出现了一点微妙的变化。

“这话怎么说？”

“下个礼拜绵羊岭那头有个雇工市集。你送他去当学徒，嗯，这么一来他就归他的师父操心了，让他师父去琢磨该怎么把他敲成个人样。这是法律，签个学工契，谁也别想反悔。”

勒泽克的目光穿过田野，只见他儿子正在检查一块石头。

“我可不想他出什么事儿。你看，”勒泽克有些犹豫，“他妈跟我，我们都挺喜欢他的。人嘛，你很快就习惯了。”

“这是为他自己好，你等着瞧吧。把他打造成男人。”

勒泽克叹了口气：“啊，好吧。反正原料倒是绰绰有余。”

小亡对那块石头大感兴趣。石头里能看见几块有条纹的贝壳，它们来自天地肇始，那时候造物主刚刚造了各种东西，用的都是石头，没人知道为什么。

小亡对好多事都感兴趣。比如，人的牙为啥能整整齐齐地合在一块儿？在这个问题上他动了不少脑筋。还有，太阳为啥非要白天出来，干吗不等晚上大家用得上亮光的时候再来？他知道标准答案是什么，只不过那似乎并不太令人满意。

简而言之，小亡是那种比一麻袋响尾蛇还要危险的人物——他铁了心非要找出宇宙背后的潜在逻辑不可。

这事儿相当困难，因为潜在的逻辑压根儿就不存在。当初造物主把世界捏成了一团，那时候他的确有好些挺妙的主意，然而让世界能被理解并不是其中之一。

那些悲剧英雄，每回神对他们表现出一点点兴趣，他们总要叫苦不迭；可事实上，被神忘在脑后的人，日子才真叫难熬呢。

他老爸又在冲他嚷嚷了。小亡把刚才的石头朝鸽子扔过去，开始溜溜达达地往回走。鸽子撑得太饱，差点儿没能闪开。

于是，圣猪节[1]前夜，小亡和老爸就牵了头毛驴，让它驮上小亡那点可怜巴巴的东西，翻山越岭来到了绵羊岭。所谓的镇子不过是个鹅卵石广场，四边排满小铺子，农业生产需要的所有服务在这儿都能找到。

五分钟之后，小亡从裁缝铺里出来，穿上了件不怎么合身的棕色衣裳。它原来的用途已经难以考证，之所以被前主人遗弃倒是不难理解。它给小亡留出了相当充足的成长空间，当初仿佛是为一头十九条腿的大象设计的。

当老爸的拿批评家的眼光上下打量了他一番。

“很不错，”勒泽克赞许道，“相对于价钱来说。”

“我身上直痒痒。”小亡说，“衣服里头除了我肯定还有些别的东西。”

“这世上成千上万的小伙子都会感激不尽的，要是他们也能有这么件漂漂亮亮、暖暖和和——”勒泽克停顿片刻，结果没能找出别的形容词，“——的衣裳，我的孩子。”

小亡满怀希望地问：“那我能跟他们分享吗？”

1　碟形世界中的一个节日，代表新一年的开始。——编者注

“你得拿出点儿机灵样儿。”勒泽克严厉地说，“必须给人留下印象，让人家在人堆里一眼就能看见你。”

其实这一点完全不必担心，他会给人留下印象的。广场上密密麻麻地挤满了人，父子俩走进人堆里，想着各自的心事。平常小亡挺喜欢来镇上，这儿有种五湖四海齐聚一堂的氛围，还能听到其他村子的方言，其中一些离绵羊岭足足五英里远，甚至还有些人是从十英里之外赶来的。不过这回他有些心神不宁，那感觉就好像是回忆起了什么还没发生的事。

市集大致是这样运作的：找工作的人歪歪扭扭地在广场中间站成几排，不少人还在帽子上弄了些符号，告诉世界自己学过啥手艺——羊倌整一小卷羊毛，车夫弄一束马鬃，搞室内装饰的就来一小块麻布纹路的墙纸等。

想当学徒的小伙子则在广场中轴向的一面挤成一团。

“过去站着就成，然后就有人来找你当学徒。”勒泽克的声音里点缀着疑虑，“如果他们喜欢你的模样，就会是这样。”

“具体是怎么弄的？”

“呃。”勒泽克有些迟疑。哈米什没解释过这部分，而勒泽克对市集的一点点了解仅限于牲口买卖，所以他只能尽情发挥，大胆展开想象：“我猜他们会数数你的牙齿、搞清楚你有没有哮喘、双脚是不是没问题之类的。我要是你，可不会让人知道自己读书的事儿，这事儿叫人紧张。”

“然后呢？”

“然后你就去学门手艺。”

“哪种手艺？”

“呃……木工就挺不错，”勒泽克随口诌了一个，“或者盗窃，总得有人干这些。”

小亡盯着自己的双脚。他是个尽职尽责的好儿子——在他记得自己是人家儿子的时候。假如老爸期望他当学徒，那他就一定要好好干出个样子来。只不过，木工听上去似乎没什么前途——木头这东西一辈子都顽固得紧，还老喜欢裂口子。而正式的盗贼在锤顶山一带非常稀罕，这儿的人太穷，负担不起这笔费用。

“好吧，”他终于说，“我就试试看。可如果没人要我怎么办？”

勒泽克搔搔头皮。

“不知道，”他说，“大概就这么等着，等到市集散了为止。大概得到午夜，我猜。”

眼下，午夜正在逼近。

鹅卵石上腾起一片薄雾。广场上竖着座装饰性的钟楼，每隔十五分钟，钟面上的活板门都会打开，两个精巧的小机器人呼呼地跑出来敲敲打打。

现在离午夜还有十五分钟。小亡冷得直打哆嗦，但与此同时，羞耻和固执的深红色火焰在他心里熊熊燃烧，比地狱的斜坡还要烫人。他往手指上吹气，好让自己有点事儿干；市集快散了，整个广场只剩下寥寥几人。小亡抬眼盯住冰冻的天空，好躲开他们的目光。

绝大多数摆摊的都已经收拾好东西回家去了。就连卖热肉派的男人也不再吆喝，而是完全不顾自身安危，拿起一个派大嚼起来。

先前那群前途光明的年轻人只剩下了小亡，他的最后一个同伴消失在几个钟头之前，那是个斜眼、驼背、猛流鼻涕的家伙，而绵羊岭唯一一个拿执照的乞丐宣布，此人正是再理想不过的做乞丐的材料。先前站在小亡另一侧的小伙子跟了个造玩具的。他们一个个都走了——泥瓦匠、兽医、刺客、绸布商人、制桶工、骗子，还有农民。再过几分钟就是新年，一百个男孩儿都会满怀希望地开始他们的职业生涯，提供别人需要的服务，过上全新的、富有意义的生活，美好的前景就要在他们面前展开。

小亡悲苦地思索着，为什么就他没人要？他一直努力摆出高尚的样子，每看见一位可能成为自己师父的人，他都直直地盯住他们的眼睛，好让对方深刻理解自己上佳的天性和各种极其可爱的品质。然而这一切似乎都没能产生正确的效果。

“想来块热肉派吗？”他老爸问。

“不。”

“他在减价促销呢。”

“不了，谢谢。”

“哦。”

勒泽克犹豫了半晌。

“我可以去问问他，看他是不是需要学徒，”他热心地说，“很可靠的，餐饮业。”

“我不认为他需要。”

“嗯，很可能。”勒泽克说，“我猜那多半是个单干的行当。反正他现在也走了，这样吧，我的留点儿给你。”

“我其实不怎么饿，爸爸。”

“里头基本上没啥软骨呢。”

“嗯，不过还是谢谢你。”

“哦。”勒泽克有些泄气。他在附近跳了几下，好让脚上的血管活动活动，接着又咝咝地吹了几段听不出调子的小曲。他觉得自己有责任说点儿啥，比如提些建议什么的，指出生命中难免会有起起落落，然后伸出胳膊搂住儿子的肩膀，大谈特谈成长的烦恼，由此说明——简而言之一句话——世界不过是根好笑的旧鞋带，人永远不应该，打个比方说，太过骄傲，竟然拒绝一块上好的热肉派。

现在只剩他俩了。这年的最后一场雾攥紧拳头抓住鹅卵石。

在他们头顶，高高的钟楼里一个嵌齿轮“叮当”一声，牵动杠杆释放了一个棘齿，沉甸甸的铅球随之落下。金属摩擦发出可怕的噪声，钟面上的活门滑开，把敲钟的小人放了出来。两个小东西抽筋似的挥动锤子，仿佛感染了机器人的关节炎。它们开始敲响新的一天。

“那，得了。”勒泽克满怀希望地说。他们得找个地方过夜——圣猪夜你是别想在山里赶路的。也许能在哪儿找着个马厩……

小亡心不在焉地说：“敲完最后一下之前都不是午夜。”

勒泽克耸耸肩。这个儿子固执得很，他也无计可施。

“好吧。”他说，“那咱们就再等等。”

正在这时，他们听见了马蹄的嗒嗒声，它回荡在清冷的广场上，其喧哗程度绝非一般的声响可比。事实上，用“嗒嗒”这个词来描绘这动静可谓异乎寻常地不准确——“嗒嗒”让人联想到一匹欢蹦乱跳的小马驹，很可能还戴着顶草帽，帽子上专门为耳朵戳了两个洞。而这声音却明明白白地暗示着，草帽是绝对不在考虑范围之内的。

马从中轴方向一路跑进了广场，它一身白毛，高大威武，潮湿的肋下冒出蒸汽，四蹄踏在鹅卵石上激起点点火星。看它奔跑时那骄傲的样子，简直把自己当成了战马似的，而且显然没戴什么草帽。

马背上有个高大的人影，避寒的斗篷裹得紧紧的。一人一骑来到广场中央，骑手慢吞吞地下了地，开始在马鞍后头东翻西找。过了好一会儿，他——或者是她——终于掏出个马粮袋，把它拴在马耳朵上，还怪友好地拍了拍马脖子。

空气带上了厚实、油腻的感觉，在小亡周围，深色的阴影突然有了蓝色和紫色的边角。骑手大步流星冲他走来，黑斗篷随风飘舞，双脚叮叮地踏在鹅卵石上。四周唯有这么一点点声响——寂静像大块大块的棉絮一样往广场压了下来。

如此震撼的效果，可惜被路面上的一片薄冰搞砸了。

哦，见鬼。

那不完全是声音。词倒是有的，没错，可它们直接传进了小亡的脑子里，根本没费神从耳朵通过。

他飞快地朝地上的人跑去，伸手想拉对方一把，结果发现自己手里握的不过是磨得发光的骨头，还有些泛黄，就好像用旧了的台球似的。那人的兜帽松开来，一个赤裸裸的骷髅头把空荡荡的眼窝转过来对准了他。

只不过，倒也不完全是空的。它们仿佛是两扇窗户，通向空间的渊薮，在深处竟能看到两颗细小的蓝色星星。

小亡突然想到，在这种情况下自己应该惊恐万状才是，于是不由得感到有些心慌，因为他发现自己一点害怕的感觉也没有。坐在他面前的是一具边揉膝盖边嘟嘟囔囔的骷髅，是有点恐怖没错，但它是具活生生的骷髅，不同寻常，令人难忘，而且古怪得很，可就是不怎么令人害怕。

谢谢你，孩子，骷髅说，**你叫什么名字？**

“呃，”小亡道，“亡沙漏……先生。大家都叫我小亡。”

那可真是巧极了，骷髅说，**拉我一把，谢谢。**

人影摇摇晃晃地站起身来，还拍了拍衣服。小亡这才看见它腰上系着条沉甸甸的腰带，上头挂着把剑，剑柄是白色的。

小亡彬彬有礼地说：“希望您没伤着，先生。”

骷髅咧开嘴笑了。当然，小亡暗想，它就算不想笑也没辙不是？

一点也没有，我敢肯定。骷髅四下瞅瞅，似乎看见了勒泽克。当爸爸的好像中了定身法，这可是开天辟地头一回呢。小亡觉得有必要解释解释。

“我父亲。”他尝试移到一号展品身前，既要起到保护作用又不能冒犯对方，“请原谅，先生，不过，您是死神吗？”

正确。洞察力可以得满分，好小子。

小亡咽了口唾沫。

“我父亲是个好人。”他想了想，又加上一句，“挺好的人。我宁可您不要来找他，假如这对您没什么所谓的话。我不知道您对他干了什么，但我希望您立刻停止。我无意冒犯。”

死神退后一步，脑袋歪向一边。

我不过是把我们俩放在时间之外一小会儿，他说，**他什么也听不到，什么也看不到，这是为了他好。而且，孩子，我是为了你来的。**

“我？”

你在这儿找活儿干？

小亡突然看见了希望之光：“您是在找学徒吗？”

眼窝转向他，里头的小光球闪烁着。

当然。

死神抬起一只骷髅手挥了挥。随着一道紫光——就好像是能用眼睛瞧见的“砰”的一声——勒泽克解了冻。在他头顶，敲钟的小机器人继续宣布午夜到来——时间接到了许可，现在可以悄悄爬回原位。

勒泽克眨眨眼。

“刚才没看见你，”他说，“抱歉——肯定是我发呆来着。”

我正提出给你儿子一个职位。死神说，**我相信你对此并不反对。**

“你说你是干啥的来着？”勒泽克跟黑袍骷髅聊起天来，一丁点吃惊的样子也没有。

我带领灵魂前往下一个世界。

“啊，”勒泽克道，“当然，抱歉，看打扮就该猜到了。非常必要的工作，非常稳定。自己开业？”

我已经干了一段时间了，是的。

“很好，很好。从没想到小亡能干这个，你知道，不过这是个好行当，挺好的行当，一直都非常可靠。你叫啥名字？”

死神。

“爸爸——”小亡急切地叫了一声。

“老实说，我还真没听说过这名头。”勒泽克道，“你的店具体是在哪儿来着？”

从最深的海底直到连雄鹰也无法抵达的高处。

“很不错，”勒泽克点点头，“嗯，我——”

“爸爸——”小亡拽了拽老爸的外套。

死神伸出一只手放在小亡肩上。

你和你父亲的所见所闻并不相同。他说，**别让他担心。你以为他会希望看见我吗？——原原本本的、活生生的我？**

“可您是死神，”小亡说，“您到处杀人！”

我？杀人？死神对此显然难以接受。**完全不是这么回事。人被杀死，但那是他们自个儿的事。我不过是从那儿开始接手罢了。毕竟，要是人被杀了却又不死，世界会蠢成什么样子，嗯？**

“呃，这么说也对——”小亡还是有些疑心。

小亡从没听说过“着迷”这个字眼，他家的常用词汇表里压根儿找不到它。但他灵魂深处有一点点火花对他说，这眼前有些古怪、迷人的东西，并不仅仅是恐怖而已，假如错过了这一刻，他准得后悔一辈子。然后他又记起了一整天的羞辱，还有回家的漫漫长路……

“呃，”他张开嘴，“干这活儿我用不着先去死，对吧？”

死亡并非强制性的。

“那个……骨头呢？”

除非你愿意。

小亡吐出一口气，他开始动心了。

“只要父亲同意。”他说。

他们看了眼勒泽克，发现他正搔着自己的胡子。

“你怎么想，小亡？”他的眼睛里闪烁着易碎的兴奋，跟发高烧似的，“当然不是每个人都乐意干这行。我得承认，当初我想的也不是它。可话说回来，人家都说殡葬业是个好行当呢。你自己看着办吧。”

“殡葬业？”小亡道。死神点点头，抬起一只手指放在嘴唇的位置，做了个咱们心照不宣的姿势。

“是挺有意思的，”小亡缓缓说道，“我想我很愿意试试看。”

“你刚才说你的店在哪儿来着？”勒泽克问，“远不？”

不比一层阴影之隔更远。死神道，**当第一个细胞出现时，我在场。有人的地方就有我。当最后的生命在冻结的恒星下蠕动时，我也会在场。**

“啊，”勒泽克道，“这么说你还真到过些地方。”他露出迷惘的样子，仿佛拼命想要回忆起某些重要的事情，最后显然放弃了努力。

死神拍拍他的肩膀，态度很友好，然后又转过头去问小亡：

你有什么东西要带走的吗，孩子？

“有的。”小亡这才想起来，“只不过，恐怕我把它们忘在店里了。老爸，我们把包落在了裁缝的铺子里！”

“肯定已经关门了，”勒泽克说，“圣猪节铺子是不开门的。你们只好后天再回来——呃，应该说明天了。”

这没有关系。死神道，**咱们现在就走。过不了多久我就会来公干的，毫无疑问。**

“希望你很快就能顺道回家瞧瞧我们。”勒泽克似乎还在跟自己的脑子较劲。

“恐怕还是不要的好。”小亡说。

“行吧，再见了，伙计，”勒泽克道，“好好听话，明白？还有——请原谅，先生，不过，你有儿子吗？”

死神似乎很吃了一惊。

没有，他说，**我没儿子。**

“我再跟这孩子说一句就好，要是你不反对的话。”

死神显出十分老于世故的样子：**那么我去看看马怎么样了。**

勒泽克伸出胳膊搂住儿子的肩膀，鉴于两人的高度差，这一动作很有些难度，不过他还是成功地扒住儿子的肩，并且轻轻把他推到了广场的另一头。

他开始窃窃私语：“小亡，跟我提起学徒这码子事儿的是哈米什叔叔，你知道吧？”

“嗯？”

“好吧，他还说了些别的。”老头对儿子推心置腹，“他说，学徒没准也能把师父的生意搞到手，这也不是什么新鲜事儿。你怎么想，啊？”

“呃，我不太确定。”

“值得好好考虑考虑。”

“我正想着呢，父亲。”

“好多小伙子都是这么开始的，哈米什说。好好干活，赢得师父的信任，然后，呃，要是家里有女儿什么的……那个，呃，那个什么先生提没提到过女儿？”

“哪个先生？”

“那个……你的新师父。”

“哦，他啊。不，没有，我想没有。”小亡慢吞吞地说，“恐怕他不是居家型的。”

“好多机灵的年轻人，他们的成功都靠联姻呢。”

“当真？”

“小亡，我怎么觉得你没用心听呢。”

“什么？”

勒泽克猛地把儿子扳过来面朝自己。

“你今后也这么着可不成，”他说，“你弄不明白吗，孩子？要真想在世界上混出点名堂来，你就得好好听人家说话。这可是你老爸告诉你的。”

小亡低头看着父亲的脸。他有好多话想说：他想说自己是多么爱他，又多么担心；他想问父亲刚才看见、听到了些什么；他想说他以为自己踩上了一个小土堆，结果却发现那其实是座大火山。他还想问问“联姻”到底是什么意思。

最后他说出口的却是：“好的，谢谢你。我最好赶紧了。有机会我会给你们写信的。”

“过路的人里头肯定有谁能把它念给咱们听。”勒泽克擤擤鼻子，“再见，小亡。”

“再见，爸爸。我会回来看你们的。”一旁的死神很有技巧地咳嗽起来，只不过那声音更像子弹打穿了长满蛀虫的横梁。

咱们最好现在就动身，他说，**上来，小亡。**

小亡笨手笨脚地爬上华丽的银马鞍，死神弯下腰来跟勒泽克握手。

谢谢你。

“这孩子其实心地不错。”勒泽克说，“有点爱做白日梦，没别的。咱们不都年轻过嘛。”

死神琢磨了半晌。

不，他说，**我看不一定。**

他拾起缰绳，掉转马头，踏上了通往边缘向的那条路。小亡坐在穿黑袍的人影背后，绝望地挥着手。

勒泽克也朝儿子挥手告别。等到马和骑手都消失在视线之外，他才把手放下来低头瞅了瞅。刚刚的握手……感觉有些奇怪。可是不知怎的，他就是想不起到底怪在哪儿。

小亡倾听着马蹄落在石头上的嗒嗒声。等他们走出广场之后，马蹄踩在结实的泥土上，又发出柔和的砰砰声，再后来就什么也听不见了。

他低下头，发现大地在脚下展开，夜晚被银色的月光侵蚀着。要是他摔下马去，唯一能撞到的东西就是空气。

他更加用力地抓紧了马鞍。

这时死神问：**你饿吗，孩子**？

“是的，先生。”这几个字直接出自肚皮，完全没有经过大脑的干涉。

死神点点头，拉住缰绳，马在空气中站住了。碟形世界像个巨大的圆盘在下方闪闪发光，城市是一片片光点，稀稀拉拉地分布其间；在靠近世界边缘的温暖海域，几点磷光隐约可见，而在几处深谷里也还困着些光线——碟形世界的光线一向磨磨蹭蹭，还有点儿发沉[1]，现在它们正像银色的水汽一样蒸发着。

“真美，”小亡轻声道，“那是什么？”

太阳在碟形世界下头。死神说。

1　几乎任何东西都比碟形世界的光线跑得快，因为它又懒惰又柔顺，和普通的光线截然不同。根据著名哲学家李·廷·韦德的理论，速度超过普通光线的只有一样东西，那就是君主制。他的推理过程如下：国王只能有一个，而传统又要求前后两个国王之间没有空白地带，因此，当前一个国王驾崩的时候，王位必须即刻传给他的继任者。由此可以推断，要完成这项工作，宇宙中就必定存在着某种基本粒子——比如帝子，也可能是后子，当然，有时候继承也可能失败，因为它们可能会在运动过程中遭遇一个反粒子，或者说共和子。韦德有一个雄心勃勃的计划，他想用这些粒子来传递信息，并且以仔细折磨一个小国国王的方式进行信号调节。但他一直没来得及对此进行详细的说明，因为就在那时，酒吧打烊了。（如无特殊说明，本书注释均为作者原注）

“每天晚上都是这样吗？”

每晚如此，死神道，**自然就是这样。**

“大家都不知道？”

我，你，还有神知道。挺不错，不是吗？

“老天！”

死神在马鞍上弯下腰去，俯视世上的王国。

不知道你怎么样，他说，**反正我准能谋杀一整盘咖喱饭。**

尽管早已经过了午夜，可双城安卡-摩波还是生机勃勃。小亡本来觉得绵羊岭老是一副忙忙碌碌的样子，可比起周围的这些街道来，绵羊岭至多只能算是个，呃，太平间。

无数诗人曾试图描绘安卡-摩波，他们都失败了。这或许要归咎于双城热情的生命力，又或者原因其实很简单——对于那些喜欢水仙花的诗人而言，一个住着百万居民却没有下水道的城市实在过于雄壮了些。咱们这么说吧，在安卡-摩波，生命气息之浓烈好比大热天里的奶酪，声音之嘈杂仿佛在教堂里讲脏话，光线之明亮有如水面上的浮油，色彩之缤纷堪比满身的瘀痕，而那跑前跑后、熙来攘往、丰富多彩的忙碌劲儿，活脱脱就像是躺在蚁丘上的死狗。

各种商店把古怪的货物一直摆到了人行道上。许许多多的神殿全都敞开大门，往街上发送铜锣、铙钹的声响。当然，那些比较保守的基要主义宗教不搞什么锣啊钹的，它们提供的是牺牲品短促的尖叫声。街上似乎还有不少友好的年轻女郎，经济比较困难，买不起太多的衣服。此外还有火把、变戏法的和各种兜售白日成神妙方的贩子。

而死神就那么大步流星往前走。小亡疑心他会像烟一样从人家身上穿过去，但他错了。事情很简单，无论死神走到哪儿，其他人都会自然而然地晃到一边儿去。

小亡自己可没那个运气。人群在死神面前轻轻分开，又在他身后合上，刚好堵住小亡的去路。他的脚指头被踩了又踩，肋骨被撞了又撞，不断有人想卖给他难闻的香料和形状极具暗示意味的蔬菜。还有位年纪挺大的女士，完全不顾眼前铁一般的事实，竟然说他看起来像是个手头宽裕的小伙子，肯定想好好乐一乐。

他对她非常感谢，还说他希望自己已经在乐了。

死神来到了街角，火把发出的光芒在锃亮的骷髅头上映出明晃晃的亮点，他嗅了嗅空气。一个醉汉跌跌撞撞地朝死神走过来，又莫名其妙地绕开了些，连他自个儿也没弄明白究竟为啥这么干。**这才叫城市啊，孩子，**死神说，**你怎么想？**

“它很大，”小亡有些不大确定似的，“我是说，为什么他们都愿意这么挤挤挨挨地过日子呢？”

死神耸耸肩。

我喜欢它，死神说，**生机勃勃。**

“先生？”

怎么？

“咖喱是什么？”

蓝色的火光在死神眼睛深处一闪。

你有没有咬过一块滚烫的冰块？

“没有，先生。”

咖喱跟那差不多。

“先生？”

怎么？

小亡使劲咽下口唾沫：“很抱歉，先生，可我爸爸说，要是有什么不懂的地方，我就该问明白，先生。”

很值得赞赏。死神拐进了一条小巷子，人群就像做随机运动的分子一样在他面前分开。

“呃，先生，我没法不注意到，问题是，那个，事实很明显，先生，就是说——”

尽管讲，孩子。

“你怎么能吃东西呢，先生？”

死神突然停下脚步，害得小亡直直地撞了上去。他张开嘴准备说话，死神挥手要他安静。他似乎在倾听着什么声音。

有些时候，你知道，他半是自言自语似的说道，**我真觉得恼火得很。**

他抬起一只脚，飞快地走进了旁边的一条小巷，黑袍上下飞舞。小巷在漆黑的墙壁和沉睡的小楼之间蜿蜒，简直算不上路，至多是条弯弯曲曲的缝罢了。

死神在一个破破烂烂的大水桶前停下，一只胳膊整个伸进桶里，拎出个拴着块砖头的小口袋。他拔出剑来，只见一道蓝色的火光在黑暗中一闪，绳子被切断了。

我的确觉得很愤怒。他把袋口朝下一倒，三团湿漉漉、惨兮兮的小毛球滚出来，落在鹅卵石上，身下很快就浸出一摊水。死神伸出自己白色的手指，温柔地抚摸着它们。

过了一会儿，小猫身上腾起灰色的烟雾，在空中形成了三朵细小的猫云。它们时不时地翻腾着，似乎对自己的形状不大确定；还冲小亡眨巴眨巴眼睛，灰色的瞳孔里满是迷惑。小亡伸出手去，想摸摸其中一只，结果感到一阵轻微的刺痛，手指直接穿透了小猫的身体。

干了这活儿，你可别想看到人性最好的一面。死神的气息喷到一只猫咪身上，吹得它轻轻地翻了个跟头。它抗议似的喵喵叫起来，声音仿佛来自很远之外，而且是通过一条锡管传播的。

“它们是灵魂，对吧？”小亡问，“人是什么样子？”

人有各种形象。死神说，**基本上全看各自的形态发生场。**

他叹了口气，听着活像是裹尸布的嗖嗖声。他捡起飘在空中的猫咪，小心翼翼地把它们装进袍子里一个隐蔽的地方，然后站起身来。

咖喱时间。

咖喱花园坐落在众神街和鲜血巷的交会处，眼下店里挤得满满当当，但挤进来的都是社会的“精华”——或者说，是那些浮在社会最上层的人，我们还是管他们叫“精华”好了，这样显得比较明智。桌子之间种了好些芬芳的草木，几乎掩盖住了城市本身的基本气味——曾经有人做过类比，把双城的味道比作为鼻子准备的浓雾警报。

小亡吃得挺欢，不过他抑制住自己的好奇心，没去观察死神怎么可能吃得下东西。开始的时候食物在那儿，后来就不见了，所以可以推测其间必定发生了什么。小亡有种感觉，死神并不真的习惯这么干，吃东西不过是为了让自己放松些。就像一个老单身汉，突然有个侄子跑来度假，害得老头心惊胆战地生怕走错一步。

其他食客没怎么注意他们。后来，死神靠在椅背上，点燃了一只挺不错的烟斗，但就连这一手也没能吸引多少眼球。一个眼窝冒烟的家伙就坐在跟前，想视而不见还真得要点儿本事，不过每个人都设法应付了过去。

小亡问：“是魔法吗？”

你怎么看？死神问，**我真的在这儿吗，孩子？**

“是的，”小亡字斟句酌地说，“我……我一直在观察那些人。我觉得他们望着你，却又看不见你。你对他们的心动了什么手脚吧。”

死神摇摇头。

全是他们自己干的，他说，**跟魔法没关系。他们看不见我，原因很简单，因为他们不能允许自己看见。当然，这只是在时候到了之前。**

巫师能看见我，还有猫。但你们一般的人类……不，永远办不到。他朝空中吐了个烟圈，又加上一句，**很奇怪，却是真的。**

小亡望着烟圈摇摇晃晃地上升，往河那边飘走了。

“我能看见你。”

那不一样。

侍者拿着账单走了过来，把它放在死神跟前。此人来自克拉奇，身材敦实，棕色皮肤，发型类似一颗变成新星的椰子。死神礼貌地对他点了点头，这人大惑不解地皱起了眉毛，接着又像是发现耳朵上沾了肥皂似的甩甩脑袋，转身离开了。

死神伸手从袍子里拿出一个顶大的皮革钱袋，里头装满了各种钱币，大多数都年事已高，开始发绿泛蓝。他仔细地核对过账单，然后数出一打硬币。

来吧，他站起身来，**我们得走了。**

死神大步流星地走出花园，来到街头，小亡快步跟上。尽管黎明的第一缕阳光已经在地平线上徘徊，可眼下四处还是繁忙得很。

“我们现在去哪儿？”

给你买些新衣服。

“这些都是今天——我是说昨天——才买的。”

当真？

“父亲说那家店的经济服装很有名气。”为了跟上对方，小亡只好跑起来。

它的确给贫穷所能带来的恐怖增添了新的内容。

他俩转到条更宽敞些的街上，这里是比较富裕的城区（火把之间的距离变短了，而两堆大便的间隔则长了些）。没有小货摊，也没有街角的小贩，只有真正挂着名牌的房子。它们不只是商店，而是大商号，店里有供应商，还有椅子和痰盂。即使在这个钟点，大多数也仍然开门营业，因为一般的安卡商人都是这副德性，一想到自己没挣着的钱就睡不着觉。

小亡问："难道这儿的人就从来不睡觉吗？"

这里可是城市。死神推开一家服装店的门。二十分钟之后，他们从店里出来，小亡穿上了一件挺合身的黑色袍子，衣服边上还有些淡淡的银色装饰，而店主人则瞪着手里的一把古代铜币，奇怪它们怎么就到了自己手上。

"那些硬币都是怎么来的？"小亡问。

一对一对得来的[1]。

一个通宵营业的理发师为小亡修剪了头发，把它打理成城里年青一代中最时髦的样式。死神坐在隔壁的椅子上，全身放松，自娱自乐地哼着小调。他发现自己竟然心情不错，不禁大吃一惊。

过了一会儿，他掀起兜帽，瞟了眼理发师的学徒，对方正把一条毛巾系到他脖子上，就像被催眠了似的对死神视而不见。到这时候，小亡已经有些习惯了周围人的那种表情。死神对学徒说：**洒点儿花露水，再擦擦脑袋，真是个好小伙子。**

旁边的椅子上，一个老头子巫师正在修胡子，听了这阴郁、沉闷的嗓音，猛一转身，脸色变得煞白，急忙嘟囔了几句保护咒语。死神也朝他转过脸去，动作异常缓慢，以求达到最佳效果，然后咧嘴赏给了他一个笑容。

几分钟之后，小亡回到马厩去牵死神的马，他耳朵周围凉飕飕的，浑身都不大自在。既然有了新衣服和新发型，他感到有必要摆个气派的架势。应该指出，效果不甚理想。

---

1 古代习俗，在死人眼睛上放两枚硬币。——译者注

小亡醒了。

他躺着不动，眼睛盯住天花板，让记忆快速回放。前一天的事情像无数个小冰块，在他心里结晶、成形。

他不可能遇到了死神，他不可能跟一个眼放蓝光的骷髅一道吃了饭。肯定是个古怪的梦。他不可能坐在一匹高大的白马后头，慢慢跑上天空然后又去了……

去了哪儿?

答案瞬间流进他脑子里，像税务局的传票一样势不可当。

这儿。

他的双手开始摸索，先是碰到了自己很有个性的头发，又摸到些光滑柔软的床单。在家里，他们的羊毛毯子一直都挺粗糙，而且还有股挥之不去的绵羊味儿。现在这个手感好多了，就跟暖和的干冰似的。

他急急忙忙地跳下床，瞪大了眼睛在房里四下打量。

首先，房间很宽敞，比他家的整个屋子都大。它还很干燥，像古老沙漠里年代久远的坟墓一样。空气带着种味道，仿佛它已经被煮过好几个钟头，现在正在慢慢冷却。他脚下的地毯厚极了，准能藏下整个部落的小矮人，走上几步还带电似的噼啪作响。一切都被设计成了紫色和黑色。

他低头看看自己，发现身上是一件白色的长睡衣。先前的袍子给叠得整整齐齐，放在床边的一把椅子上。至于那把椅子，上头刻着一个骷髅和骨头的图案，非常精致，根本别想视而不见。

小亡在床沿上坐下，开始穿衣服，脑子飞快地转动。

他轻轻推开沉重的橡木房门，没听到想象中那种阴沉的吱吱声，一股奇异的失望之情油然而生。

门外是条原木铺成的过道，对面的墙上钉了些托盘，上头放着硕大的黄色蜡烛。小亡蹑手蹑脚地走出房门，偷偷摸摸地顺着过道往前走，在尽头发现一截楼梯。他成功地通过了楼梯，没遇到任何灵异事件。最后他来到一个仿佛是门廊的地方，这儿到处是门，还有许多葬礼上用的帘子，一台老祖父座钟嘀嘀嗒嗒的，声音活像大山的心跳。钟旁边立着把雨伞。

雨伞里头带着把镰刀。

小亡看看周围的门。它们全是一副自命不凡的样子，个个拱顶上都刻着已经熟悉了的骨头图案。他朝离自己最近的一扇门走去，结果背后传来一个声音——

“你绝对不能去那儿，小子。”

他花了一秒钟才反应过来，这声音没出现在他脑子里，而是由嘴巴产生再通过适宜的空气压力系统传进耳朵的，完全符合大自然的原始设计。就为了这么十个字和一个有些使性子似的语调，大自然还真花了不少心思。

他转过身。那是个姑娘，身高跟他差不多，年纪或许略长几岁。她一头银发，双眼闪着珍珠的光泽，一袭长裙，款式非常有趣，只是不太实用，是那种悲剧女英雄常穿的裙子——其主人多半还要把一朵玫瑰花压在胸前，拿深邃的目光凝视月亮。很可惜，小亡从没听说过“前拉斐尔画派”，其实这一个词就可以完美地形容这姑娘。唯一的不同在于，所谓“前拉斐尔画派”画里的那种女孩儿经常拥有半透明的、患肺痨的体态，而眼前这位则带了点儿巧克力消耗稍微过量的意思。

她盯住他，脑袋歪向一边，一只脚烦躁地敲着地板。然后她突然伸出手，使劲拧了拧他的胳膊。

“哎哟！”

“哦，这么说你真的是真的了。”她说，“你叫什么名字，小子？”

"亡沙漏。大家都叫我小亡。"他揉揉胳膊，"你干吗拧我？"

"我要叫你小子，"她说，"而且我干什么并不需要解释给你听，你要明白。不过如果你一定要知道的话，是因为我以为你是死人。你看起来挺像死人的。"

小亡没吭声。

"舌头掉了？"

事实上，小亡正在从一数到十。

"我没死。"最后他说，"至少我觉得我还没死，这不太好确认。你是谁？"

"你可以称呼我尹莎贝尔小姐，"她傲慢地说，"父亲说你必须吃点儿东西。跟我来。"

她像风一样朝另一扇门走去。小亡赶紧跟上，并且注意跟尹莎贝尔保持合适的距离，结果刚好让弹回来的门打在还没受伤的那只胳膊上。

门背后是厨房——狭长、温暖，天花板很低，挂了好多铜锅子。巨大的黑色铁炉占据了一整面墙壁。一个老头正站在炉子前头，一边煎鸡蛋培根，一边从牙齿缝里吹口哨。

香味飞到屋子的另一头，吸引着小亡的味蕾，暗示说假如它们能一起聚聚，双方都能好好乐一乐。他发现自己径直往前走，甚至来不及征求两条腿的意见。

"阿尔伯特，"尹莎贝尔呵道，"多准备一个人的早饭。"

那人缓缓扭过头来，一言不发地冲她点点头。她转身面对小亡。

"我得说，"她说，"有整整一个碟形世界可以选，我原以为父亲不至于挑个你这样的。我猜他也只好将就。"

她风似的出了厨房，"砰"的一声摔上房门。

小亡自言自语道："将就什么？"

屋里安静极了，只有煎锅的嗞嗞声和炉子铸铁心脏里煤块破碎的声响。小亡发现，炉门上有一行浮雕的字迹：小摩洛克[1]。

厨师似乎没注意到他的存在，于是小亡拉了张椅子，在干干净净的白色饭桌前坐下。

“蘑菇？”老头连头也没回。

“啊？什么？”

“我说，你要蘑菇吗？”

“哦，抱歉。不要，谢谢。”

“早饭来了，年轻的先生。”

他转过身朝餐桌走来。

即使是在习惯之后，小亡每次看见阿尔伯特走路都会屏住呼吸。死神的男仆是那种瘦得像火柴棍，脸上还长着一个大酒渣鼻的老头，总给人留下一种戴着无指手套的印象——就连他不戴手套的时候也不例外。阿尔伯特的步伐更是包含一系列复杂的动作：首先身体前倾，左臂开始挥舞，开头很慢，接着越来越快，变成一种疯狂的痉挛，最后，当旁人以为他的小臂就要从胳膊肘断开时，胳膊会突然沿着身体移动到腿边，然后推动整个人像踩高跷一样飞快地前进。煎锅随身体在空中画出一组错综复杂的曲线，刚好静止在小亡的盘子上方。

阿尔伯特还真戴着那种老头子专用的半月形眼镜，好让他从镜片上头往外瞅。

“待会儿还可以来点稀饭。”他冲小亡眨眨眼，看那神情，显然是已经允许他参与关于稀饭的惊世阴谋。

“请问，”小亡说，“我到底是在哪儿？”

“你不知道吗？这是死神的房子，小伙子。他昨晚带你来的。”

“我——我好像记得些。只不过……”

1　Ptntd，摩洛克，古代腓尼基人信奉的火神，要求用儿童做祭品。——译者注

“啊？”

“那个，培根和鸡蛋。”小亡含含糊糊地说，“好像，呃，跟这地方不大搭调。”

“我还有些黑稀饭。”阿尔伯特道。

“不，我是说……”小亡有些迟疑，“只不过，我想象不出他坐下来吃两片火腿和一个煎鸡蛋的样子。”

阿尔伯特咧嘴一笑。“噢，他不吃的，小伙子。不，是不常吃。主人是，很容易伺候的。我只为我自己和——”他顿了顿，“那位年轻的女士做饭，当然。”

小亡点点头：“你女儿。”

“我女儿？哈。”阿尔伯特道，“这你可弄错了，是他的。”

小亡低头盯住自己的煎蛋，它们也从一堆油脂里瞪着他——阿尔伯特听说过膳食平衡，但并不赞同。

“我们说的是同一个人吗？”小亡最后问，“高个子，一身黑色，有点儿……瘦骨嶙峋的？”

“养女。”阿尔伯特态度亲切，“说来话长——”

他头顶的一个铜铃丁零零地响起来。

“只能等下次再说了。他要见你，在书房。我要是你就赶紧去。他不喜欢等人。可以理解，真的。上楼梯，左手第一间，好找得很——”

“门上有骷髅和骨头吗？”小亡推开椅子。

“都有，大部分都有。”阿尔伯特叹了口气，“不过是他的一点怪癖而已，没什么特别的意思。”

小亡留下了早饭，让它凝固。他跑上楼梯，沿着走廊来到第一扇门前，抬手准备敲门。

进来。

门把自己转动，门朝里头打开了。

死神坐在一张桌子后头，全神贯注地看着本皮革封面的大书，那书几乎比桌子本身还大。小亡进屋时，死神抬起眼睛，把一只含钙量很高的手指放在正在阅读的地方，然后咧嘴一笑。当然，除了咧开嘴，他也没什么别的选择。

啊。他刚吐出一个字又停了下来。接着挠挠下巴，制造出手指甲划过梳子的噪声。

你是谁，孩子？

“小亡，先生，”小亡说，“你的学徒。你记得吗？”

死神瞪着他看了一会儿，随后眼睛里的蓝色小点又回到书上。

噢，没错。他说，**小亡。好吧，孩子，你当真想要了解时间和空间最难解的秘密吗？**

“是的，先生。我想是的，先生。”

很好。马厩在房子后头，铲子就挂在门上。

他低下头，抬起眼睛。小亡没动弹。

有没有可能你没明白我的意思？

“不完全明白，先生。”

施肥，孩子，施肥。阿尔伯特在花园里留了堆肥料，我猜房子周围什么地方有辆手推车。去干吧。

小亡悲伤地点点头：“是的，先生。我明白了，先生。先生？”

怎么？

“先生，我看不出这跟时间和空间的秘密有什么关系。”

死神压根儿没从书上抬起眼睛。

这个嘛，他说，**是因为你是来学习的。**

事实上，尽管碟形世界的死神是一个，用他自己的话来讲，一个人神同形同性的化身，但他还是老早就放弃了传统的骷髅马，因为骑骷髅马时总免不了要在半路停下，把掉出来的零零碎碎重新缠好。现在他的马全都是有血有肉的牲口，而且个个血统优秀无比。

而且，小亡还发现，伙食开得很不错。

有些工作给你提供成长空间，而这份工作嘛，怎么说呢，刚好相反。不过至少干活儿的地方挺暖和，事情也不难上手。只过了一小会儿小亡就进入了状态，还在心里玩起了数量盘查的小把戏，任何人在这种情况下都会这么干的。让我们来瞧瞧，他想，我已经干了差不多四分之一，就说三分之一吧，所以等我搞定了干草架旁边那一角之后，就干完一半多了，就说八分之五吧。也就是说只需要再来三车……这并不能说明什么问题，只除了一样：尽管宇宙令人敬畏、壮丽无比，可假如你能把它想象成一连串的小块，那么应付起来就会容易多了。

马站在马厩里望着他，时不时地企图吃掉他的头发，当然态度一直挺友好。

过了一阵，他意识到还有别人在看他。那个叫尹莎贝尔的姑娘靠在半扇门上，双手撑着下巴。

她问："你是仆人吗？"

小亡直起身子。

"不，"他说，"我是学徒。"

"别傻了，阿尔伯特说你不可能是学徒。"

小亡集中精力，把一铲肥料倒进手推车里。再装两铲，或者三铲，如果好好压一压的话，也就是说再运四车，好吧，就算五车，然后我就弄到一半的……

"他说，"尹莎贝尔抬高了嗓门，"学徒最后会变成师父，而死神只能有一个。所以你只是仆人，所以你必须听我的话。"

接下来再运八车就能把从这儿到门边的都搞定，差不多是总量的三分之二。也就是说……

“你听见我的话了吗，小子？”

小亡点点头。然后就只剩十四车了，就算十五车吧，因为我没把角落里的弄干净，而且……

“你丢了舌头吗？”

“小亡。”小亡温和地说。

她愤怒地看着他：“什么？”

“我的名字叫小亡，”小亡说，“或者亡沙漏，大多数人都叫我小亡。你想跟我说点什么吗？”

有几秒钟，她哑口无言，目光从他的脸移到铲子上，然后又回到他脸上。

“只不过人家要我把这个干完。”小亡说。

她爆发了。

“你在这儿干吗？父亲为什么带你回来？”

“他在雇工市集上雇了我。”小亡说，“所有的小伙子都找到了活儿干，我也一样。”

“而你希望有人雇你？”她厉声道，“他是死神，你知道。冷酷的收割者，非常重要的人物。他不是你能成为的什么人，你要么是，要么就不是。”

小亡朝手推车的方向挥挥手。

“我猜最后会有好结果的。”他说，“我父亲总说事情差不多都那样。”

他拾起铲子，转过身去，尹莎贝尔冷哼一声走开了，小亡于是对着马屁股咧嘴一笑。

小亡以稳定的频率继续干活，十六分之一、八分之一、四分之一、三分之一，把车推过院子，把肥料堆到苹果树旁边。

死神的花园又大又整洁，打理得很不错，而且非常非常黑。草是黑的，花是黑的，黑色的苹果吊在黑色的苹果树上，在黑色的树叶间闪闪发亮。就连空气仿佛也是黑乎乎的。

过了一会儿，小亡觉得自己能看见——不，他不可能有这么荒谬的念头，但他真觉得自己能看见……不同颜色的黑。

也就是说，并不仅仅是很深很深的红色、绿色，或者其他什么颜色，而是真正的黑色。整整一个光谱的颜色，个个不同，又全都是——呃，黑色。他倒下最后一车肥料，把手推车放好，接着回到了房子里。

进来。

死神站在一张台子背后凝视着地图。瞧他看小亡的眼神，仿佛对方并不完全存在似的。

你没听说过芒特湾吧，嗯？

“没有，先生。”

有个很出名的船难。

“有吗？”

会有的，死神说，**假如我能找到那个该死的地方的话。**

小亡绕过台子，斜眼瞄着地图。

“你准备把船弄沉吗？”

死神露出惊骇的神情。

当然不是。只不过是糟糕的驾驶、浅水和逆风，全都加在一起。

“太可怕了，”小亡说，“会有很多人淹死吗？”

那得看命运，死神转向身后的书架，抽出一本沉甸甸的地名辞典。**我完全无能为力。什么味道？**

小亡的回答言简意赅：“我。”

啊。马厩。死神顿了顿，手停在书脊上。**那么，你觉得我为什么**

指引你到马厩去呢？仔细地思考这个问题，现在。

小亡有些迟疑。他已经仔细想过了，在数肥料的空隙想的。是为了锻炼手、眼的协调吗？或者是养成服从的习惯？又或者是要他认识到——从人类的角度认识到——小任务的重要性？还是要教他理解即使大人物也得从底层做起？任何一个解释似乎都并不完全合适。

“我想……”

什么？

“嗯，说实话，我想是因为马粪已经淹到了您的膝盖。”

死神盯着他看了好一阵。小亡心里七上八下，重心不断地在两只脚间移来移去。

完全正确，死神大声道，**清晰的思维，现实主义。对干咱们这行的来说非常重要。**

“是的，先生。先生？”

啊？死神正跟辞典目录搏斗。

“人随时都在死，先生，不是吗？上百万的人。您肯定很忙吧，可是——”

死神瞅了小亡一眼，这种眼神小亡已经渐渐熟悉了。开始的时候是茫然的惊奇，很快朝烦恼的方向一闪，接着又及时提醒自己注意，最后落脚到模糊的忍耐。

可是——？

“我本来以为您会——呃，出去到处走走什么的。您知道，在街上转转。我奶奶的年鉴上有张您的图片，手里还拿着镰刀之类的。”

我明白了。恐怕这很难解释，除非你懂得瞬间具现和节点聚焦。我猜你并不懂吧？

“我想是的。”

总的来说，我只需要在某些特别的情况下亲临现场就可以了。

“就像国王一样，我猜，”小亡道，“我是说，国王总在统治着，就算他在干别的事儿，甚至在睡觉也一样。对吗，先生？”

差不多吧。死神说着卷起地图，**现在，孩子，如果马厩的活儿已经完了，你可以去看看阿尔伯特那儿有没有什么事做。如果愿意，你今晚可以跟我一道去干活。**

小亡点点头。死神回到皮革大书前，拿起一支笔，盯着它看了看，然后抬起眼睛，骷髅头偏向一边。

你见过我女儿了？

“呃。是的，先生。”小亡的手已经放在了门把上。

她是个挺讨人喜欢的姑娘。死神说，**不过我想她很希望有个年纪差不多的人可以说说话。**

“先生？”

而且，当然了，总有一天这儿的一切都会归她所有。

有一瞬间，死神眼窝深处有什么东西一闪，看起来活像颗蓝色的超新星。小亡过了好久才慢慢反应过来，尽管满心不自在又完全缺乏技巧，但死神的确是在试着冲他挤眼睛。

这是片与时空完全无关的土地，在任何地图上都找不到它，它只存在于多元宇宙深处，而除了几个嗑药过量的天体物理学家之外，谁也不明白这宇宙究竟是怎么回事。就在这片地方，小亡花了一下午帮阿尔伯特种花椰菜。花椰菜是黑色的，还带点儿紫色的点缀。

“他尽力了，你知道。”阿尔伯特挥动铲子，“只不过在颜色上头，他实在没有多少想象力。”

“我不大确定我有没有弄明白。”小亡道，“你是说这些都是他造的？”

花园背后，地面逐渐倾斜，形成一道深谷，然后又抬升成黑色的高沼地，一直通向远处的群山。那些山就像猫咪的牙齿一般参差不齐。

“没错。”阿尔伯特说，“当心你手里的水壶。”

“之前这儿是什么？”

“不知道。”阿尔伯特另起一行花椰菜，“太空，我猜。也就是说光秃秃的一无所有，给它个花哨的名字就叫太空。说实话，活儿干得不怎么样。我是说，花园也还行，可那些山简直就是赝品，凑近一瞧全失真了。我过去看过一回。”

小亡眯起眼睛，使劲瞅着离自己最近的几棵树。它们看起来挺实在的。

“他为什么要弄出这么些东西来？”

阿尔伯特咕哝道：“你知道那些提太多问题的小伙子会遇上什么事儿吗？”

小亡想了一会儿。

“不。”他最后回答道，“什么事儿？”

片刻的寂静。

然后阿尔伯特站直了身子：“我他妈怎么知道。多半会听到答案，要我说那也是活该他们倒霉。”

“他说我今晚可以跟他一道出去。”小亡说。

“这小伙子运气真不错呢，不是吗？”阿尔伯特含含糊糊地说着，回头往小屋走。

小亡跟了上去：“这些真是他造的？”

“没错。”

“为什么？”

“我猜他想要个地方，让他感觉像家的地方。”

“你死了吗，阿尔伯特？”

“我？我看起来像死人吗？”看着小亡挑剔地上下打量他几眼，

老头哼了一声，“省省吧你。我跟你一样活蹦乱跳，没准儿还多些。”

“抱歉。”

“呃。”阿尔伯特推开后门，转过身来，努力做出和善的表情。“最好别问这些有的没的。”他说，“它们让人紧张。现在，来点儿好吃的怎么样？”

他们正玩着多米诺，铃响了，小亡坐直身子。

“他会希望我们把马准备好。”阿尔伯特说，“来吧。”

屋外的薄暮不断加深，他们来到马厩，小亡望着老头给死神的马装上鞍子。

“它叫冰冰，”阿尔伯特给马拴紧了肚带，“所以说呢，这年头名字什么的不能说明任何问题。”

冰冰想要吃掉他的围巾，态度挺亲热。

小亡记起了奶奶年鉴里的木版画，在播种日期和月象盈亏之间，画着“伟大的索命者死神来到所有人身边”。在学认字的时候，他盯着那画看过好几百遍。恶鬼骑的喷火大马名字竟然叫作冰冰，真要给大家知道了，图片的效果保准得大打折扣。

“我总以为他该叫它毒牙、马刀或者檀木什么的。”阿尔伯特继续道，“可主人就是要别出心裁。很期待吧，嗯？”

“我想是的。”小亡不大确定，“我从没见过死神干活儿的样子。”

“看过的没几个，”阿尔伯特道，“至少别想看到第二回。”

小亡深深地吸了口气。

“说到他那个女儿——”

啊，晚上好，阿尔伯特、孩子。

小亡条件反射似的纠正道：“小亡。”

死神大步走进马厩，稍稍弯下腰免得碰上天花板。阿尔伯特点点头，没有任何逢迎的意味，仅仅是出于形式。人家偶尔带他进城的时候，小亡也见过一两个仆人，阿尔伯特跟他们半点不像。看他那模样，就好像房子其实属于他，主人不过是过客，是一种需要容忍的不便，跟脱落的油漆和厕所里的蜘蛛差不多。而死神对此也毫无意见，仿佛好久之前他跟阿尔伯特就把该讲的都讲明白了，现在嘛，双方都心满意足，努力把彼此带来的不便之处降到最低，好各干各的。在小亡看来，这就好比在一场特别吓人的雷暴之后外出散步——一切都很清新，没什么特别讨厌的东西，但仍能感觉到刚刚释放的巨大能量。

他得查出阿尔伯特的身份。这一项工作自动粘在了任务列表的尾巴上。

拿着这个。死神把镰刀塞进他手里，自己翻身上了马背。镰刀看起来挺普通，只除了刀刃的部分：它薄得要命，根本就是透明的，仿佛空气中一道苍白的蓝色微光，既能切开火焰，也能斩断声音。他小心翼翼地把刀拿稳。

好了，孩子，上来。死神说，**阿尔伯特，不用等我们。**

马小跑着出了院子，一路跑上了天。

应该有电闪雷鸣和跳跃的星星；空气该被扭曲变成急速的火花，就好像在普通的、日常的跨维度超级跃迁时那样。但这是死神，是四处移动的艺术大师，完全不必故弄玄虚，他能轻而易举地在各个维度间穿行，就好像穿过一扇没上锁的门，不费吹灰之力。就这样，他们轻轻松松地跃过了雾气萦绕的峡谷和翻滚蒸腾的云山，直到云层在眼前分开，碟形世界就躺在他们脚下，懒懒地晒着太阳。

那是因为时间是可以调整的。当小亡指出这个问题时，死神回答道，**没什么要紧。**

“我一直以为时间挺重要的。”

人觉得它重要只是因为他们发明了它。死神阴沉沉地说。在小亡看来这话实在老套，不过他决定不去争辩。

“我们现在干什么？”

克拉奇的诸侯国之间有场很有潜力的战争。死神说，**好几个地方暴发了瘟疫。还有一项挺重要的行刺计划，要是你更喜欢刺杀的话。**

“什么？刺杀？”

嗯哼，一个国王。

“噢，那些国王啊。”小亡轻蔑地说。他了解国王。有一团行游艺人，或者至少是漫步的艺人，每年都来绵羊岭一回，他们演的戏全是关于国王的。国王总是你杀我、我杀你，或者被别人杀。情节通常相当复杂，涉及身份误会、毒药、战役、长久走失的儿子、鬼魂、女巫，在大多数情况下还有许许多多的匕首。很明显，当国王可不是什么轻松的差事，然而还是有一半的人类对它趋之若鹜，实在是让人感到惊讶。小亡对宫廷生活的概念比较模糊，但据他想象，应该是没人能睡饱觉才对。

“我倒挺想看看真正的国王是什么样的。”他说，“他们随时随地都戴着王冠，我奶奶说，就连上厕所的时候都不例外。”

死神仔细地思索了半晌。

从技术上讲，我找不出什么反对的理由。他承认，**不过，根据我个人的经验，通常事情并非如此。**

冰冰转了个弯，宽广的斯托·拉特平原出现在他们脚下，开始以光速后退。这是个富饶的地方，满是淤泥和一块块起伏的甘蓝菜地。平原上小巧的王国鳞次栉比，边界线就像扭动的蛇身。小型的正式战争、联姻、各种复杂的联盟，再加上偶尔一点点粗心大意的绘图工作，使得这片土地上的政治版图一直在改变。

“这个国王，”当森林迎面扑来时，小亡问道，“他是好人还是坏人？”

我从不关心这类问题。死神说，**他并不比别的哪个国王更坏，我猜。**

“他判过人死刑吗？”他想起自己是在跟谁讲话，于是补充道，“请恕我冒昧，当然。”

有时候。当了国王，有些事情你就不得不干。

一座城市溜到他们脚下，在中心能看见建在巨大岩石上的城堡。岩石在一片平原中异军突起，活像地质结构上的粉刺。死神告诉他，那是来自远方锤顶山的大石头，是在冰河退却时留下的。在遥远的过去，冰巨人向众神宣战，乘着他们的冰河到处肆虐，想要冻住整个世界。不过他们最终还是放弃了，驾着闪闪发光的巨大牲口回了自己的藏身之处，那是在中轴附近嶙峋的高山中。平原上的居民完全不明白他们为什么撤退，而在斯托·拉特，也就是石头周围的这座城市，年轻人一般认为原因其实很简单——这地方实在能无聊死人。

冰冰踏着空气一路下降，瞄准城堡最高的塔楼，落在石板上。死神下了马，让小亡把马粮袋拿出来。

他们不慌不忙地往楼梯走去：“人家就不会发现这儿多了匹马吗？”

死神摇摇头。

你会相信塔顶上居然会有一匹马吗？

“不会。这些楼梯，别想把马弄上来。”

嗯，所以……？

“哦，我明白了。大家不愿意看见那些不可能存在的东西。”

说得好。

现在他们走上了一条悬着好多挂毯的宽阔走廊。死神把手伸进袍子里，拿出一个沙漏凑到眼睛底下，在昏暗的光线下凝视着它。

这是一个造型特别精致、玻璃被切割成复杂的多面体，木头和黄铜的支架也格外华丽。上头深深地刻着一行字：混账国王奥勒弗。

里头的砂粒闪着古怪的光芒，而且已经没剩多少了。

死神自娱自乐地哼着小调，也不知道沙漏是从哪个神神秘秘的旮旯里掏出来的，反正现在它又给塞了回去。

他们转过一个弯，立刻撞上了如一堵墙般厚厚的噪声。整个大厅里全是人，烟雾和叽叽喳喳一路攀升，直升到天花板上各种旗帜投下的阴影里。高处的一个戏台上，三位游吟诗人努力想让大家听到自己的声音，然而完全是白费力气。

死神的出现没激起什么波澜。门旁的一个男仆扭过头来，张开嘴巴，然后心不在焉地皱皱眉头，想别的事儿去了。几个朝臣朝他们这边瞅了瞅，眼睛立刻失去焦距，因为常识感在一瞬间制服了其他五感。

还有几分钟。死神从一个侍者的托盘上拿过一杯酒，来跟大家一起乐乐。

“他们也看不见我！”小亡道，“可我是真的！”

真实并非总是表面上的样子。死神道，**再说了，如果他们不愿意看见我，他们当然也不想看见你。这些都是贵族，孩子，他们可是视而不见的高手。酒里头为什么会有根棍子，上头还插着樱桃？**

“小亡。”小亡机械地纠正道。

它对味道没有一点用处。好好的一杯酒，为什么有人要放根插着樱桃的棍子进去？

“接下来会发生什么事？”一个老伯爵撞上了小亡的胳膊肘，这人东张西望了好半天，就是不朝他看，然后耸耸肩走开了。

就说这些东西吧，喏。死神指了指一盘三明治，**我是说，蘑菇，很好；鸡肉，很好；奶油，很好。我对任何一样都没意见，可是干吗把它们全搅成一团，夹在小面包片里？真是发疯。**

“呃？”

瞧瞧，这就是凡人。死神继续道，**他们在这世界上活不了多少年，可宝贵的时间都花在了什么地方？把事情搞得复杂无比，让自己吃**

尽苦头。不可思议。来根腌黄瓜。

“国王在哪儿？”小亡伸长了脖子，想越过整个宫廷的头顶往里瞅。

长金色胡子的家伙。死神在一个仆人的肩上弹了弹，对方转过身来，大惑不解地看看周围，死神趁机从他的托盘里转移出第二杯酒，动作极其老练。

小亡四下张望，终于在人群中心发现了目标。国王正站在一小圈人中间，身子稍稍前倾，听一个相当矮小的廷臣讲话。他个子挺高，身材壮实，长着张迟钝、耐心的脸，看到这么一张面孔，你买下他手里的老马时肯定不会担心上当受骗。

“他看上去不像坏国王。”小亡说，“怎么会有人想杀他？”

看见他旁边的男人没？长小胡子，笑起来像蜥蜴的那个？死神拿手里的镰刀指了指。

“怎么？”

他的表兄弟，斯托-赫里特公爵。实在不怎么讨人喜欢。死神说，**用起毒药来得心应手。去年还是第五顺位继承人，现在已经排到了第二位。可以说是——往上爬的好手。**他在袍子里掏了半天，拿出另一个沙漏，尖铁架子，黑色的砂粒。死神试验性地摇了摇。**而且还得再活上三十——三十五年。**他叹了口气。

“他就这么大摇大摆地到处杀人？”小亡大摇其头，“根本没有正义。”

死神又叹了一声。**不。**他把酒杯递给一个侍应，对方惊讶地发现自己手里凭空多了个空杯子。**只有我。**

他拔出剑来往前走去。跟作为工作标配的镰刀一样，它也有影子一样薄的冰蓝色刀刃。

小亡低声道：“我还以为你用镰刀呢。”

国王都要用剑。死神说，**这是皇家的——怎么说来着，特权。**

死神再次把骨感的手指伸到袍子底下，拿出奥勒弗国王的沙漏。在沙漏上半格的流沙池里，最后几粒沙子挤作了一团。

仔细瞧好了，死神说，**过后我或许会提几个问题。**

“等等，”小亡可怜巴巴地说，“这不公平。你就不能阻止吗？”

公平？谁说什么公平了？

“呃，要是另外那个人真有那么——”

听着，死神说，**这里头没公平什么事儿，你不能偏袒谁。老天。时候到了就到了，其他的什么也没有，孩子。**

“小亡。”小亡一面呻吟一面盯着人群。

就在这时，他看见了她。大厅里的人来来往往，此时刚好露出一条缝隙，让小亡看到一个消瘦的红发姑娘，她坐在国王身后，被一群年纪大些的女人包围在中间。她其实算不上有多么美丽动人——不但在雀斑上收获过于丰盛，而且，说实话，身材也倾向于皮包骨头。可这一眼却在他后脑里激起股强电流，一路通到胃里，还发出了恶毒的大笑。

时间到了。死神用尖尖的胳膊肘捅了捅小亡，**跟我来。**

死神朝国王走过去，剑在手里掂了掂。小亡眨眨眼，赶紧跟了上去。那姑娘的眼睛跟他对视了一秒钟，然后立刻转开——接着又转了回来，连脑袋也被拽得一扭，她的嘴开始形成一个惊恐的“噢”。

小亡的决心瞬间烟消云散。他朝国王跑去。

“当心！”他喊道，“你有危险！”

世界变得浓密而黏稠，里头填满蓝色和紫色的阴影，仿佛中暑时的幻梦；声音渐渐远去，直到宫廷的喧嚣像别人耳机里的音乐一样，显得遥远而模糊。小亡看见死神友善地站在国王身边，目光射向——

游吟诗人的戏台。

小亡看见了弓箭手，看见了弓，看见了划破空气的箭矢，其速度